灯下漫笔红楼

吴雄伟 著

河北人民出版社

图书在版编目（CIP）数据

灯下漫笔"红楼"/吴雄伟著. —石家庄：河北人民出版社，2012.10
ISBN 978-7-202-06165-7

Ⅰ.①灯… Ⅱ.①吴… Ⅲ.①《红楼梦》研究 Ⅳ.①I207.411

中国版本图书馆CIP数据核字（2012）第221308号

书　　名　**灯下漫笔"红楼"**
著　　者　吴雄伟
责任编辑　赵　蕊
美术编辑　吴书平
责任校对　付敬华

出版发行　河北人民出版社（石家庄市友谊北大街330号）
印　　刷　河北新华联合印刷有限公司
开　　本　787×1092毫米　1/16
印　　张　19.75
字　　数　240 000
版　　次　2012年10月第1版　　2012年10月第1次印刷
书　　号　ISBN 978-7-202-06165-7/I·863
定　　价　39.00元

前　言

《红楼梦》原名《石头记》，有抄本称《脂砚斋重评石头记》，书中第一回说还有《情僧录》《风月宝鉴》《金陵十二钗》等书名，但未见以这些名字问世的该书。经考证，绝大多数人认同《红楼梦》的作者是曹雪芹。但到曹雪芹1763年去世前还只完成《红楼梦》的前八十回，后四十回仅留下一些残稿。直到二十八年后，由高鹗、程伟元整理补写完成后四十回续书，才形成了流行的一百二十回本的《红楼梦》。

自《红楼梦》流行以来，最初研究《红楼梦》形成了一种所谓的“索隐”风气，把《红楼梦》中的人物和事件与现实中的人物和事件相对照，说《红楼梦》中的某某人和事就是现实中的某某人和事，以至到了十分离奇的地步。早期索隐派产生于辛亥革命之前，其代表者有周春的《阅〈红楼梦〉随笔》，提出“张侯家事说”，还有护梅氏所主张的“和珅家事说”，更有乾隆皇帝所倡导的“明珠家事说”等等。到民国初年，又有王梦阮、沈萍庵的《红楼梦索隐》，蔡元培的《石头记索隐》及邓狂言的《红楼梦释真》，说什么《红楼梦》写的是顺治皇帝与秦淮名妓董小宛的爱情故事，等等。我们统称作“旧红学”。小说一开始作者就明说“真事隐去”，如果写的全是真人真事，那么把现实中的人名改一下，不就成了一本人物传记？那就完全贬低了这部巨著之意义了。当然，书中的人物和事件与曹雪芹的人生阅历有着不可分割的联系，许多内容是他所见所闻，也正如曹雪芹自己所说的"俱是追踪蹑迹，不敢稍加穿凿"。据此，"五四"后有人就提出了"自传说"，胡适就是自传说的代表人物。我们称之为"新红学"。随着曹雪芹的生平研究逐步明朗，继续考证《红楼梦》就是曹雪芹的自传越来越走不通，"自传说"也就不攻自破了。但随着对曹雪芹家世材料考证的不断深入，"新红学"对《红楼梦》研究的贡献取得了非常积极的成果。新中国成立后以李希凡、蓝翎为代表，以马克思主义阶级斗争理论分析研究《红楼梦》。因为按照马克思主义的观点，人类有史以来的历史都是阶级斗争的历史，从而开启了一个新时期。中国十八世纪中叶，正是所谓的清朝康乾盛世，人们习惯称之为"海晏河清"，实际上社会矛盾已空前激化，清王朝正处于由盛转衰阶段，新的生产关系处于萌芽状态。而在同时期的欧洲，新兴资产阶级革命已经风起云涌。《红楼梦》以它现实主义的笔触，着重从封建社会内部揭示其尖锐的内在矛盾和现状，同时对封建社会后期萌生的新的生产关系及其代表人物的思想行为也有所表现。但艺术与政治毕竟不能画等号，把什么都上升到阶级和阶级斗争的高度去理解书中的每个具体的人、每句具体的话显然是不合适的。人类社会生活本身千姿百态，纷繁复杂，如果都用阶级斗争来解释，非但解释不通，也过于简单化、形式化、概念化。况且，阶级矛盾和阶级斗争的表现形式相当复杂，每个具体的个体也都各不相同，真正的艺术形象绝不是插上一个阶级斗争的标签就能明晓的。改革开放三十多年来，红楼梦研究获得了彻底的思想解放，借助媒体和网络的传播，"红学"呈现出百花齐放、百家争鸣的缤纷景象。就一本小说而言，《红楼梦》是一本政治历史小说，而就它反映中国封建社会晚期的真实历史的深度和广度而言，它是中国封建社会中产生出的史无前例的最伟大的作品。当然，也有人说，不就是写了一个大家庭里的吃喝玩乐，丫环、小姐、太太们的一些日常生活琐事，有什么伟大可言。正所谓“一千个人眼里有一千个哈姆莱特”，“红学”研究呈现出了千千万万个“哈姆莱特”。

目 录

第一辑　红楼总论

一、宝、黛、钗之惊世之笔

《红楼梦》用极其浓重之笔墨，描写了贾宝玉、林黛玉的爱情。贾宝玉和林黛玉是从封建家庭中分化出来的“异类”，这么说是有一定根据的。他们决不是由于天赋，而是现实生活的教育和启示。林黛玉出身官宦之家，父亲是前科探花，放任巡盐御史，母亲出身贾府，可谓名门望族，但由于父母过早亡故，成了一个孤儿，寄养在舅舅家。虽然物质条件丰富，精神上却受到了寄人篱下的凄苦。如她在《葬花词》中所说的那样：“一年三百六十日，风刀霜剑严相逼。”（第 27 回）有知心话没人谈，有苦恼无人理解，特别是在婚姻上无父母亲做主，陷入苦闷。一个女孩，到了成熟年龄，虽然衣食无忧，但婚姻上没有人给以理解，这是对其生命的摧残。贾宝玉是作者精心创造出来的一个特殊人物，他虽然出身在富贵豪门之家，受到了贾母、王夫人的溺爱和父亲贾政的严厉管教，而他的思想却没有按照封建家长的要求发展。作者曹雪芹杜撰了一段故事，说宝玉原本是女娲炼石补天的一块石头，三百六十五块都去补天了，只剩下一块无才补天，弃之荒郊，但石头经过锤炼，灵性已通，自来自去，自怨自愧，日夜悲哀，对现实十分不满。后来经过僧道超度，携到那“昌明隆盛之邦，诗礼簪缨之族，花柳繁华地，温柔富贵乡那里去走一遭”，投胎来人间，因此一生下来就因未得补天而怨恨满腹。这有着明显的宿命论色彩的烟幕，其实贾宝玉是作者曹雪芹自身的精神寄托。据考证，曹雪芹从小生活在贵族家庭，曹家原是满族皇帝之包衣（奴隶），随努尔哈赤进关，其曾祖父、祖父、伯父、父亲三代四人在康熙年间都是皇帝的内务府官员，世袭江宁织造。也就是为皇宫采购衣物织物的官员。但到他父亲这一辈就被抄家败落下来了。曹雪芹的曾祖父曹玺任职江宁职造府。祖父曹寅，幼时曾伴读康熙，后为康熙侍卫，袭江宁织造，他的文化修养很高，是当时江南文人学士的领袖人物。他有一个儿子曹顒，在曹寅死后继任江宁织造，但三年后死了。曹寅有一个孪生兄弟曹荃，早死了，留下四个儿子，大儿子名叫曹頫，在曹顒死后就由曹頫继任江宁织造这一官职，曹頫就是曹雪芹的父亲。康熙死后，雍正即位，曹家便失却宠信。康熙晚年为政以宽仁为尚，清朝的吏治和社会风气变坏，官员贪污、侵欠、挪移钱粮问题日益严重。雍正嗣位后，一方面严惩政治对手，另一方面决心整肃吏治，稽查亏空。曹頫被查出大量亏欠，到雍正五年被免职，接着就被抄家，曹頫一家被迫迁回北京，当时曹雪芹才 13 岁。因此，他对于在江宁的豪华生活，即所谓的“秦淮旧梦”是熟悉的，而一下子由贵族公子生活跌到“茅椽蓬牖，瓦灶绳床”的贫困生活，产生了强烈的反差，形成了他的愤世嫉俗性格，成了一个“异类”。

那么后来进入大观园的薛宝钗呢？她与他们是什么关系？是毫不相干，还是三角恋爱，还是别的什么形式？

曹雪芹写了《红楼梦》前八十回，后四十回系后人所作。曹氏对其中的三个主要人物贾宝玉、林黛玉、薛宝钗之间的关系及他们的结局作如何处理，多少年来，红学家们诸说纷纭。曹雪芹本人似乎也估计到他的鸿篇巨著没写完就会死去，所以在书的开头第 5 回就安排了一个插曲：“贾宝玉神游太虚境，警幻仙曲演红楼梦”，用含蓄的诗和歌点出了《红楼梦》

的结局。这就给后人研究《红楼梦》提供了一个重要的线索。其中对宝、黛、钗的关系，曹雪芹是这样描绘的：

都道是金玉良缘，俺只念木石前盟。空对着，山中高士晶莹雪；终不忘，世外仙姝寂寞林。叹人间，美中不足今方信。纵然是齐眉举案，到底意难平。（《终身误》）

其中两句最为重要："空对着，山中高士晶莹雪；终不忘，世外仙姝寂寞林。"简单说就是，贾宝玉与薛宝钗成婚后，宝玉念念不忘死去的林黛玉，宝钗遭到了冷遇。

在贾府内，宝、黛相爱，这是众所共睹的事实。宝玉与黛玉是姑表兄妹，因黛玉的父母早逝，只孤身一人，所以只好进京来到荣国府，寄养在舅舅家，外祖母史太君对黛玉十分怜爱。宝、黛见面，恰如"远别重逢"，初次相见，宝玉就闹起来狠命砸那块玉，原因却是"如今来了这么一个神仙似的妹妹也没有（玉）"（第3回）。贾母要把宝玉从碧纱橱挪出来住到贾母的套间暖阁，让黛玉住碧纱橱，宝玉却执意住在碧纱橱外间，与黛玉相邻，才相见就表现出很强的亲和力。林黛玉虽然性格上有小性儿，但本质善良，表里如一，从小受到良好家教，知书达理，才气如虹。这两颗年少之心互相碰撞，渐渐萌生出情爱，是最正常不过了。黛玉进贾府后与宝玉"一桌吃、一床睡"（第20回），长期耳鬓厮磨，虽"不免一时有求全之毁，不虞之隙"（第5回），然宝玉稍明时事，"凡远亲近友之家所见的那些闺英闺秀，皆未有稍及林黛玉者，所以早存了一段心事"，故"每每或喜或怒，变尽法子暗中试探"，而林黛玉"也每用假情试探"，因此两假相逢，"其间琐琐碎碎，难保不有口角之争"（第29回），甚至吵成了"乌眼鸡"（凤姐语）。但两人终于迈过"九溪十八涧"，攀越"十八盘"，登上了爱情的"玉皇顶"。其中更为重要的是，宝玉不喜读书，蔑视功名利禄，独有林黛玉不曾劝他去立身扬名，使他们的恋爱建立在共同的土壤上。从第19回“意绵绵静日玉生香”，到第34回“情中情因情感妹妹”，由相互爱悦、猜测、试探，到互相倾诉肺腑，私相传递，终于生死相依。宝玉被其父打后，于病中送旧手帕给黛玉，黛玉细细体察出手帕的意思，左思右想，五内沸然，竟不顾嫌疑避讳，在手帕上题了三首诗。这三首诗锥心刺骨，哀婉极致。即使从唐诗三百首中，也实在找不出与之类比的爱情诗来。什么“花开堪折直须折，莫待无花空折枝”（杜秋娘《金缕衣》），“早已潮有信，嫁与弄潮儿”（李益《江南曲》），“啼时惊妾梦，不得到辽西”（金昌绪《春怨》），等等，要么浅吟低唱，百无聊赖，要么侧敲旁击，惆怅曲折，与林黛玉对爱情之炽烈、直白、以死相许，显得那么苍白无力。林黛玉的三首爱情诗，写的就是单一的泪，“眼空蓄泪”，“暗洒闲抛”，“抛珠滚玉”，“点点斑斑”，“难收面上珠”，竟全是滚滚泪珠！对爱情，林黛玉是以生命相搏。山无棱，江水为竭……天地合，乃敢与君绝。“得成比目何辞死”（唐卢照邻《长安古意》。比目鱼身体扁平，只有单眼，两鱼合在一起成双眼才能游泳，喻一对同甘共苦的夫妻）。为什么宝、黛初次见面，黛玉就“大吃一惊”，好像在哪里见过，宝玉也说“这个妹妹我曾见过”呢？曹雪芹又编造了一个绛珠仙草向神瑛侍者还泪的美丽的神话故事，说赤霞宫神瑛侍者每天给西方灵河岸三生石畔一棵绛珠仙草浇水，使它修炼成一个女体，绛珠承受甘露之惠，无以回报，就答应用一生的眼泪相还。这更使宝、黛的爱情带有宿命论的色彩，即所谓的“木石前盟”。

贾宝玉是否爱薛宝钗呢？或者说，他是否分情于宝钗呢？宝钗是宝玉的两姨表姐，宝钗与母亲一起进京暂住在荣国府，薛家是当时有名的皇商，薛姨妈与王夫人是亲姊妹，出身于显赫的“金陵王”家族。第28回，当宝玉初次看到宝钗那雪白的一段酥臂，“不觉动了羡慕之心”，但他立刻想到的是“这个膀子要是长在林妹妹身上，或者还得摸一摸，偏生长在他身上”。忽然又想起“金玉”之说，看到宝钗脸若银盆，眼如水杏，唇不点而红，眉不画而翠，比林黛玉另具一种妩媚风流，“不觉就呆了”，连宝钗褪了串子递给他也忘了接。这里可分两层意思，第一层，当宝玉看到宝钗雪白的一段酥臂时，虽然动了羡慕之心，但因为有了黛玉，立即就打消了妄念。第二层，当宝玉看到宝钗比黛玉另具一种风流妩媚的美貌，想起了“金玉姻缘”，就不觉呆了，把林黛玉忘掉了。所以林黛玉把手帕打在他的眼睛上，他只好作哑巴。可见，贾宝玉对薛宝钗并非绝无感情。但是，宝钗的处世圆滑、虚伪，与宝玉的天性烂漫、纯真，实在格格不入。薛宝钗几次劝他“会会官宦，谈讲谈讲仕途经济，将来好立身扬名”，贾宝玉更是无情地斥之“好好的一个清静洁白女儿，也学的沽名钓誉，入了国贼禄鬼之流”，“真真有负天地钟灵毓秀之德”（第 36 回）。可见，贾宝玉既对薛宝钗的美貌有所倾心，但思想观念上的分歧是无法弥合的。他只钟情于林黛玉，只要林黛玉在一天，他是不会背叛“木石前盟”的。所以，他曾在梦里喊“和尚道士的话如何信得？什么金玉姻缘，我偏说是木石姻缘”（第 36 回）。对“金玉”之说提出了强烈抗议！当宝玉熟睡时，宝钗陪了他一会，他知道后立即说：“不该，我怎么睡着了，亵渎了他。”（第 36 回）

然而，要实践“木石前盟”，在气氛森严的贾府谈何容易！从客观上说，黛玉上无父母，下无兄弟姐妹，孤身一人寄养在外祖母家，身体虚弱，常年犯病，只能感受到年事已高的外祖母的一点温情。而支持薛宝钗的，有合法的“金玉”之说，薛家有万千家产，有貌似老实憨厚、实质非常狡猾的薛姨妈，还有王夫人、贾元春，阵容何等齐整。

这场交锋终于在贾府内外，以其特殊的方式旷日持久地展开了。

林黛玉是贾母的亲外孙女，来贾府后的生活起居与迎、探、惜一样。第18回当贾母听说宝玉在黛玉的房里玩时，连声说"好好好，让他姊妹一处顽顽"，她把黛玉接来贾府，就是打算把黛玉许配给宝玉的。由于贾母疼爱黛玉，贾府上下都认为宝、黛是很好的一对，连薛姨妈也不得不承认，以至当着林黛玉在场，对宝钗说："你宝兄弟老太太那样疼他，他又生的那样，若要外头说去，断不中意，不如竟把你林妹妹定与他，岂不四角俱全?"（第57回）凤姐则当面对林黛玉说："你既吃了我们家的茶，怎么还不给我们家作媳妇?"众人听了一齐都笑了起来，林黛玉红了脸，一声儿不言语便回过头去了。凤姐则更明白地说："你给我们家作媳妇，少什么?""人物儿、门第配不上，根基配不上，家私配不上？哪一点还玷辱了谁呢?"（第25回）王熙凤十分理解贾母的心理意图，从人物、门第、根基、家庭经济状况多方面对宝、黛婚姻作了论证，结论是谁也不"玷辱"谁，这就决不是说说笑话的了。从第70回以前看，宝、黛的婚姻，已是"万木无声待雨来"，快要瓜熟蒂落，只欠贾母的一句表态了。然而，贾母为什么又不开这个口呢？第66回，尤三姐向兴儿探询宝玉的婚事，兴儿说："只是他已有了，只未露形。将来准是林姑娘定了的！因林姑娘多病，二则都还小，故尚未及此。再过三二年，老太太便一开口，那是再无不准的了。"

正当贾母踌躇的时候，持"金玉姻缘"者发起了一次又一次的进攻。薛姨妈一方面声称"把林妹妹定与他（宝玉）"，却又不去对贾母说，另一方面却对王夫人说"金锁是个和尚给的，等日后有玉的方可结为婚姻"（第28回）。贾元春是一个"金玉"之说的得力支持者，她不喜欢黛玉。在省亲期间，宝玉题匾"红香绿玉"，她删去"玉"，改为"怡红快绿"。宝玉作诗用"绿玉春犹卷"之句，薛宝钗偷偷告诉宝玉，"他（元春）因不喜‘红香绿玉’四字，改为‘怡红快绿’，你这会子偏用‘绿玉’二字，岂不是有意和他争驰了？”（第18回）于是只好改成“绿蜡”。随后，元春从宫中送出端午的节礼，送给宝玉、宝钗的一样，都是上等宫扇两柄，红麝香珠二串，凤尾罗二端，芙蓉簟一领。而林黛玉与迎、探、惜的一样，只单有扇子和数珠儿，以致宝玉诧异“怎么林姑娘的倒不同我的一样，倒是宝姐姐的同我一样，别是传错了罢？”然而回目上列得极为分明：“薛宝钗羞笼红麝串”（第28回），哪里有一星半点错！贾妃为什么选择宝钗，难道她不知宝、黛相爱？其实贾妃虽然深居宫中，信息传递却是极为灵敏的。贾母钟爱这一对姑表小兄妹，贾府上上下下无不知晓，凤姐几次表明态度，恨不得早一点把黛玉娶过来，贾妃不可能不知道。然而，她为什么要拆散宝、黛这对鸳鸯？自然有贾妃自己的考虑。一是，贾妃自己的婚姻，也不是自己作主。虽然贵为皇妃，也不过是皇帝的小老婆，“三宫六院”也不过是“见不得人的去处”（第18回，元春语），贾妃内心之苦闷，除她自己外，别人无法感受。如果贾妃自身的婚姻美满，爱情甜美，她岂不考虑宝玉的个人诉求？二是，以贾妃深居皇宫之身份，显然婚姻对她来说就是政治。宝玉不喜读书，喜欢在女孩儿队里胡闹，多次受到宝钗、湘云的批评，贾妃当然是知道的。虽然贾妃只回贾府省亲一次，但王夫人等“每月逢二、六日期，准其椒房眷属入宫请候看视”（第16回）。她之所以选择宝钗，就是要让宝钗督促宝玉认真读书，谈讲谈讲些仕途经济学问，学会应酬世务，考个举人进士，为官作宦。而黛玉从来不在宝玉面前说这些“混账话”（第32回，宝玉语），虽然宝、黛情深意蜜，但爱情当不得饭吃，要生存发展，还得像祖辈那样为官作宦。宝钗自然是最理想的了。她期望薛宝钗嫁过来持家立业。在这位贵妃看来，这也许是最好也是唯一的选择。所以贾妃选择宝钗的意向是坚定的。反对“木石前盟”的第三个人就是赵姨娘。赵姨娘为了抬举贾环，对宝玉恨之入骨，必欲置之死地而后快，因为这个原因，林黛玉也成了她的攻击目标，“恨”屋及乌。在公开场合，赵姨娘每每赞美薛宝钗，贬低林黛玉，如她说薛宝钗“真是大户人家的姑娘，又展样，又大方，怎叫人不敬服”，而林黛玉“把我们娘儿们正眼也不瞧”（第 67 回），平时林黛玉对赵姨娘也是能回避就尽量回避，回避不了只好表面上周旋张罗一番。第 52 回，宝玉正在黛玉处说话，恰逢赵姨娘进来瞧黛玉，黛玉忙赔笑让座，又命倒茶，一面又“使眼色与宝玉”，宝玉会意，便迅速离开了潇湘馆。第 19 回，黛玉见宝玉脸上有钮扣大一块“血迹”，宝玉忙不迭作解释，黛玉说：“你又干这些事了。干也罢了，必定还要带出幌子来。便是舅舅看不见，别人看见了，又当奇事新鲜话儿去学舌讨好儿，吹到舅舅耳朵里，又该大家不干净惹气。”怎么会吹到贾政的耳朵里去呢？明白所指的就是赵姨娘。别以为赵姨娘是个无足轻重的人物，她离贾政最近，贾政对她的信任度，连王夫人都不及。

“木石前盟”与“金玉姻缘”在大观园里旷日持久地对峙，林黛玉以病弱之躯是耗不起的，宝、黛婚姻终于失败，成了一场虚话。原因就是林黛玉先死了。这正是曹雪芹的精心安排。“红颜女子多薄命”，早在第 34 回里，曹雪芹就留下了伏笔：“那黛玉还要往下写时，觉得浑身火热，面上作烧，走至镜台，揭起锦袱一照，只见腮上通红，正合压倒桃花——却不知病由此起。”此为肺结核症状。林黛玉在宝玉病中赠给她的旧手帕上写的三首诗（“眼空蓄泪泪空垂，暗洒闲抛更向谁？尺辐绞销劳解赠，为君那得不伤悲！”“抛珠滚玉只偷酒，镇日无情镇日闲，枕上袖边难拂拭，任它点点与斑斑。”“彩线难收面上珠，江湖旧迹已模糊，窗外亦有竹千竿，不识香迹渍也无。”），竟都是滚滚泪珠！从医学的角度说，林黛玉因伤感过度而身体抵抗力下降，病菌乘虚而入。从林黛玉的母亲贾敏过早去世，以及李纨的丈夫贾珠早亡来看，贾府很可能有结核病家族史。书中再往前，林黛玉又有“我虽为你（宝玉）的知己，但恐不能久待，你纵为我的知己，奈我命薄何”（第 32 回）之叹，白纸黑字，林黛玉夭亡的悲剧近在眼前。

宝玉与黛玉之所以能相知相爱，根本原因是有共同的思想基础。贾宝玉原本就是一块“顽石”，其思想很与众不同，他把封建时代普遍认同的“扬名显荣，光宗耀祖”，“仕途经济”，“文死谏、武死战”之类的人生价值趋向统统不屑一顾，对走仕途经济、谋取功名利禄的人一律斥为“国贼禄鬼”。那么否定了这些用什么来替代呢？贾宝玉曾反复说过一段话，可以看作是其思想观念的完整表述：“趁你们在，我就死了，再能够你们哭我的眼泪流成大河，把我的尸首漂起来，送到那鸦雀不到的幽僻之处，随风化了，自此再不要托生为人，就是我死的得时了。”（第 36 回）而林黛玉呢？第 23 回是极重要的一回，林黛玉谛听《牡丹亭》艳曲，“原来姹紫嫣红开遍，似这般都付与断井颓垣”，“则为你如花美眷，似水流年”，“你在幽闺自怜”等，引发了她对人生的感悟，充满了悲剧情怀。到后来的《葬花词》就更深化了这种感悟：“侬今葬花人笑痴，他年葬侬知是谁？试看春残花渐落，便是红颜老死时。一朝春尽红颜老，花落人亡两不知！”（第 27 回）这一番诉说，竟痴倒了坡上坡下两个人，宝、黛走到了一起，简直就是鬼使神差啊！

庚辰、己卯等手抄本在第 18 回都有脂砚斋批语：“所点之戏剧伏四事，乃通部书之大过节大关键。”其中，“《牡丹亭》中伏林黛玉死”。《离魂》是《牡丹亭》中《闹殇》一出改成的折子戏。南安太守杜宝的独生女杜丽娘，美丽聪慧，纯真可爱。她读《诗经》“关关雎鸠，在河之洲”，从鸟儿成双，领悟到“人何以不如鸟乎？”杜丽娘在后花园看到满园春色，感伤时光的流逝，夜晚入梦，在梦中跟书生柳梦梅在牡丹亭畔幽会，梦醒之后，杜丽娘到花园中寻梦未见，伤心至极病倒。杜丽娘从春天病到深秋，在中秋之夕，想看看中秋的明月，结果看到的却是秋雨淅淅沥沥，西风刮着梧桐叶一片一片飘落，杜丽娘心病难医，心事无人可诉，带着对爱情的渴望，告别双亲，在连宵夜雨中离开了人世。《红楼梦》写林黛玉进入大观园后，贾宝玉到潇湘馆看望，当时是春天，贾宝玉进入潇湘馆看到的景色是“凤尾森森，龙吟细细”，潇湘馆竹木茂密，春风吹拂着竹梢发出响声，很符合宝黛爱情开始时的勃勃生机和盎然诗意。此处脂砚斋评道：“与后文‘落叶萧萧，寒烟漠漠’一对，可伤可叹。”林黛玉死后，贾宝玉再到潇湘馆，看到的也是一片荒凉冷落景象。曹雪芹写林黛玉之死，显然受到杜丽娘之死的影响。林黛玉是在潇湘馆泪尽而亡。她是为贾宝玉而泪尽。

到第76回，写林黛玉“大约一年之中，通共也只好睡十夜满足的”。第79回，写林黛玉“一面说话，一面咳嗽起来”。脂砚斋又旁批道：“总为后文伏线”，而伏线就是黛玉之死。《红楼梦》抄本清乾隆年间的流行最多，蔚为壮观，其中在南京发现的藏于靖氏的抄本（简称靖本），从考证的角度说有其独到的价值。此本共八十回（中间缺28、29回），所存四十三回的批语中，对曹雪芹原书八十回以后的部分情节提供了十分重要的线索。特别是黛玉的最后结局，在第79回《芙蓉诔》旁批道：“观此，知虽诔晴雯，实乃诔黛玉也。试观‘证前缘’回，黛玉逝后诸文，便知。”《芙蓉诔》以战国楚宋玉、屈原的《招魂》《离骚》《九辨》及北周庾信、魏晋阮籍等人的作品师之，杂掺单句，随意所为，信笔而来，力求辞达意尽，不拘泥于方寸之间，实为曹雪芹诔黛玉的倾力之作。这条批语证明，批者已看到原书后半部的稿子。黛玉早逝，已有确凿证据。同时又知晓还有

“证前缘”这样的回目。所谓“证前缘”，其意就是黛玉死后，宝玉“悬崖撒手”，出家离尘，都到“太虚玄境”销号，回到西方灵河岸边，还原为绛珠仙草和神瑛侍者，以确证“还泪”之“前缘”。宝玉“证”了“前缘”之后，还要回青埂峰，复还本质，就是那块未得补天的石头。

林黛玉之死，一方面是病魔的折磨，另一方面是“金玉姻缘”对她的冲击。精神和疾病交织，使她时时刻刻处在“风刀霜剑”之中。林黛玉之死，所谓“还泪”之公案也就了结了。在第58回“杏子阴假凤泣虚凰”中，宝玉听了一段芳官的议论，“独合了他的呆性”，这段议论是：“这又有个大道理，比如男子丧了妻，或者必当续弦者，也必要续弦为是，便只是不把死的丢过不提，便是情深义重了。若一味因死的不续，孤守一世，妨了大节，也不是道理，死者反不安了。”这段议论独合了他的呆性，说明宝玉心中原有这样的想法，芳官的话只是点拨了他，世上万物原跳不出一个“理”字。有的论者正是根据这段议论得出了“黛玉死后，宝玉、宝钗之婚事，宝玉是十分情愿的”，“感情美满”等等。然而，宝、钗、黛的关系，与上面的议论相比较，虽然形式上相似，本质上却绝然不同。首先，宝、黛根本就没有正式结婚，没有成为夫妻，因此，宝、钗成婚，也就谈不上是什么续弦。贾宝玉把几乎全部的情和爱给了林黛玉，换来的却是林黛玉的一具冰冷的尸体，薛宝钗能成为林黛玉的“续者”吗？事情发展的戏剧性即在于此：宝、黛感情深挚，却成不了夫妻；宝、钗并无感情，却成了夫妻。因此，宝玉对与宝钗的成婚，选择了维持名义上的夫妻关系。对宝玉来说，这是他最好的选择。而如果换一种情况，宝玉与黛玉成婚后黛玉再死去，宝玉就可以理直气壮地与宝钗“续弦”，把对黛玉的爱转移到宝钗身上，合了“杏子阴假凤泣虚凰”时宝玉的“呆性”。但此时的宝玉不能这样做，这正是曹雪芹不落窠臼的惊世之笔。

经过“金兰契互剖金兰语”，作为林黛玉的契友，薛宝钗当然能够体谅贾宝玉的这种感情和做法。因此，作为夫妻，她作出了重大牺牲。这样，《红楼梦》就摆脱了“三角恋爱”式的俗套，无论是在思想性还是艺术性上都上升到了一个崭新的高度。贾宝玉对这种名为夫妻、实为路人的局面当然不能长期容忍，终于“悬崖撒手”了。

请看宝钗的那首被贾政悲叹为不详的诗谜：

朝罢谁携两袖烟，琴边衾里总无缘。晓筹不用鸡人报，五夜无烦侍女添。焦首朝朝还暮暮，煎心日日复年年。光阴荏苒须当惜，风雨阴晴任变迁。（第22回）

所谓“琴边衾里总无缘”，这对假夫妻说得还不够明白吗？甲辰本在这条谜下有脂批：“此宝钗金玉成空。”书中写薛宝钗平时不爱花儿粉儿，贾母说她住的屋子“如雪洞一般，年轻姑娘也要忌讳”（第40回）。宝钗咏海棠诗中又有“欲偿白帝凭清洁”等，都暗示着宝钗日后的名为婚嫁，实为孤居。

清乾隆年间，曹雪芹的好友明义所著的诗集《绿烟琐窗集》，其在序中写道：“曹子雪芹出所撰《红楼梦》一部，备记风月繁华之盛，盖其先人为江宁织府，其所谓大观园者，即今随园故址。惜其书未传，世鲜知者，余见其抄本焉。”里面有题《红楼梦》的诗，都是叙述《红楼梦》的内容。其中叙述薛宝钗的那首里有“红粉佳人未破瓜”的句子，表明宝、钗虽名为婚配，实际两人梦魂不通，同床异梦。

我们再回过头来看红楼梦十二支曲的第一支《终身误》，宝玉虽然与宝钗举行了结婚礼仪，但不过是“空对”“山中高士晶莹雪”。明代高启的《梅花》诗中有“雪满山中高士卧”，曹雪芹用之来比喻薛宝钗的高洁。“世外仙姝寂寞林”，当然是指离开人间的林黛玉。黛玉原是天上的绛珠仙草，因有还泪之说，才投胎来人间。“纵然是齐眉举案，到底意难平”。引汉梁鸿、孟光夫妇的故事，赞美宝、钗的互相敬重。但林妹妹永远失去了，所以总是“意难平”。

有人叹息林黛玉奇才而又薄命。有人同情薛宝钗的孤居，充当了旧礼教的殉葬品。就连曹雪芹的“知者”脂砚斋，也指责宝玉有“世人莫忍为之毒”，“若他人得宝钗之妻，麝月之婢，岂能弃而（为）僧”（第 21 回脂批）。而正是这种章法，才使《红楼梦》突破一般描写男女相爱的小说，如《牡丹亭》《西厢记》等框框，升华到新的思想和艺术高度。林黛玉对贾宝玉一往情深，至死不变，她的“情情”（见《脂砚斋重评石头记》庚辰本第 19 回批语《情榜》），即痴情，几百年来，不知倾倒了多少读者。贾宝玉钟情于林黛玉，在黛玉死后，他分情于薛宝钗，即《情榜》所评“情不情”，但他守情于墙垣内，念念不忘死去的林黛玉，薛宝钗纵有“上青云”的志向，登上了“宝二奶奶”的宝座，但又不得不尊重贾、林的感情选择，实际上充当了贾、林感情的陪绑。这些无疑都是感人至深的。这样，从道德上说，贾、林、薛都达到了各自的境界和高度。这就是曹雪芹的高超之处。

我们再来看续作。续作把拆散“木石前盟”的罪名加到贾母、王熙凤的头上，由凤姐导演，杜撰了一个移花接木的“掉包”情节，关起门来就把宝玉的婚事办了。黛玉在宝玉、宝钗的喜庆婚礼中死去，壮则壮矣，但不近情理。难道她们蠢到认为用欺骗的手段就可以使宝玉就范，骗了一时就能骗他一辈子？其后果她们就不考虑吗？按高鹗的安排，贾母、王夫人给宝玉娶亲，原本是要“冲喜”，治宝玉失玉后出现的毛病，把两个人一生的婚姻理解成一时的“冲喜”，这本身就是自相矛盾的草率之举，利令智昏。倒是袭人还算明白，她说“如今和他说要娶宝姑娘，竟把林姑娘撂开，除非他人事不知还可，若稍明白些，只怕不但不能冲喜，竟是催命了”，“那不是一害三个人了么”。（第96回）再说贾府嫡亲子孙成婚大礼，也该发喜庆请柬，这个“移花接木”的请柬怎么发？贾府是世袭贵族，又是皇亲国戚，婚丧大事，自然少不了众多宾客，前面秦可卿之死惊动多少人前来，就连贾府到庙里做个佛事都有宾客闻讯而来。宝玉的大婚，岂能少得了贺宾？而这个移花接木、冒名顶替的婚礼，上上下下瞒得住吗？对威严的南安王府、北静王府也敢隐瞒宝玉的婚配真相？这种花花点子、雕虫小技式的“婚礼”根本就登不了大雅之堂。而且薛家也是皇商大族人家，嫁个女儿还要冒别人的名，难道就非要嫁到贾府去，叫女儿一辈子有人在她的背后指指点点？有多丢人？曹雪芹断不会出此败笔。书中贾母甚至对林黛玉说：“若是他心里有别的念头，成了什么人了呢?”“若是这个病，不但治不好，我也没心肠了。”（第97回）与前八十回判若两人。林黛玉是贾母的嫡亲外孙女，与贾母有血缘关系，薛家是旁系，与贾母是一般亲戚，无血缘关系，贾母修炼到这般大年纪，就是对丫环、小和尚都透着慈情，对娇弱的林黛玉岂会推出门了事，凭外人去欺侮？她一定如兴儿说的那样，宝玉的婚事已经定了，非林黛玉莫属（高鹗笔下的贾母、王熙凤，与曹雪芹笔下的判若两人，这是高鹗的大昏笔）。宝玉得知黛玉已死，在疯癫痛哭一场之后，真的与宝钗做起夫妻来了，与“媳妇作了胎”（第120回），接着又中第七名举人，又半路疯跑，情节庸俗离奇，又混乱不堪。续书刊成于公元1791年，离曹雪芹逝世约二十八年，当时已有传抄的脂批本。按一般说法，后四十回系高鹗整理加工，无论是情节结构还是思想艺术成就，都与曹雪芹的原著无法比拟，许多地方违背了曹雪芹的原来安排。所以，《红楼梦》最好应出两种版本，一种是八十回本，另一种就是目前流行的一百二十回本。这样，让读者有一个想象、思索和比较的空间。如果单出一百二十回本，容易给人以先入为主的观念，鱼目混珠，既束缚读者的思想，又歪曲了前八十回已经树立的形象，影响到对《红楼梦》整个思想艺术意义的理解。

《红楼梦》电视剧已拍了几个版本。如还是采用高鹗的“移花接木”的掉包情节，前面已说过，壮则壮矣，但不近情理。电视剧的编导们不敢突破这个旧框框，难道如续书中的人物凤姐、王夫人等人一样，都认为用欺骗的手段就可以使宝玉就范，骗了一时就能骗他一辈子？不考虑后果？沿用这种老套子即使再拍十个，依然是一个粗陋作品。这种老套子不破除，就永远也达不到曹雪芹所创作的思想文化艺术高度。

林黛玉是如何病故的？高鹗的“掉包”情节设计实在不高明。按曹雪芹的写作思路，《红楼梦》写到黛玉之死，标志着贾府开始转入败亡之路。设想宝玉的婚事一天天临近，贾母的身体也越来越差，贾母在重病中对宝玉的婚事表态，贾府娶林黛玉为媳。但贾母去世，贾府忙忙地办丧事，宝玉的婚事往后推。林黛玉感伤贾母去世，回忆外祖母对自己的疼爱，婚事被推移、搁置，无人做主，心力交瘁，病情加重，最后竟撒手人寰。应了紫鹃说的“若没了老太太，也只是凭人去欺负”（第57回）的话。宝玉因林妹妹之死而悲痛欲绝，呆病发作，众人七嘴八舌，最后由元妃赐婚，与宝钗成亲——“冲喜”。宝玉与宝钗的婚礼是在十分悲凉的气氛中进行的，无疑是一场极为不幸的“末世之婚”，接着就是贾府被抄。甲戌本第20回有脂砚斋批语：“余只见有一次誊清时，与《狱神庙慰宝玉》等五六稿被借阅者迷失，叹叹。”第26回又有一段眉批：“《狱神庙》回有茜雪红玉一大回文字，惜迷失无稿，叹叹。”证实贾府被抄后宝玉被关在狱神庙内，最后宝玉出走。这个“功名奕世，富贵流传”的封建豪门就“忽喇喇似大厦倾”。最终完成“悲金悼玉”之故事，与判词“玉带林中挂，金簪雪里埋”相符。

历史往往是相通的，就青年男女相爱这一主题而言，在人类的历史长河中是永恒的。自《红楼梦》诞生以来，宝、黛之爱倾倒了一代又一代的青年读者，宝、黛的婚姻是失败了，但他们爱得纯真、坦荡、无懈可击，清光绪年间就有人说：“《红楼梦》以前无情书，《红楼梦》以后无情书。”（《红楼梦卷·泪珠缘书后》）这一说法很符合宝、黛相爱的实际。以前虽也有《西厢记》里张君瑞、崔莺莺一见钟情式的爱情，更有《牡丹亭》里柳梦梅与杜丽娘的生死至情，但他们之间的爱与宝、黛相比，都显得逊色。宝、黛初次见面那种似曾相识的感觉，不同于一般的一见钟情。其中经历志同道合之默契，互引为知己者，纵观中外情爱史话，唯有宝、黛而已。他们之间的爱情之花无比娇艳，无比芬芳！为了爱，林黛玉以死保持了“质本洁来还洁去”的高洁，贾宝玉断然“悬崖撒手”，“弃而为僧”（《脂砚斋重评石头记》庚辰本第21回有批语：“宝玉看此世人莫忍为之毒，故后文方能‘悬崖撒手’一回”），践行了他对林黛玉说的“你死了，我当和尚”的诺言。宝、黛爱情虽以悲剧结局，却更意味隽永，震撼多少青年人的心灵，令无数后人读者心醉神驰，一掬叹赞之泪！他们用宝、黛之爱，塑造自己的相依相恋和婚姻殿堂。所谓物极而反，水盈则溢，宝、黛的爱情虽然是一曲催人肝肠的悲歌，它结出的果实却是难以计数的一代又一代人的爱情硕果。

当然，宝、黛相爱，是他们那个时代、那个阶级的历史写照。他们既在封建家庭中成长，又都是封建家庭之“异类”，身上或多或少打上了那个时代的烙印。年轻人不必刻意模仿。史料记载，清嘉庆年间常州有一个书生读《红楼梦》，每到入情处，必掩卷冥想，或发声长叹，或挥泪悲啼，寝食并废，遂致神思恍惚，心血耗尽而死。（《红楼梦卷》）当今也曾有一个女大学生读了《红楼梦》，整日对着镜子流泪，说我为什么没有林黛玉长得漂亮啊，进入了病态。这就是“误读歧途”了。

二、“护官符”最终护不了自身

有人说读《红楼梦》有一把钥匙，就是所谓的“护官符”（贾不假，白玉为堂金作马；阿房宫，三百里，住不下金陵一个史；东海缺少白玉床，龙王来请金陵王；丰年好大雪，珍珠如土金如铁）。这个“护官符”，是封建社会官僚政治的缩影，书中说，贾、史、王、薛四大家族“一损俱损，一荣俱荣”。

贾、史、王、薛四大家族之所以一损俱损，一荣俱荣，除了封建官僚“官官相护”之外，还有更深的姻亲关系，纵观《红楼梦》全书，有宁国府、荣国府两条主线，并由此展开了贾、史、王、薛四大家族的姻亲关系。

宁国公贾演—贾代化—贾敬—贾珍（尤氏）、惜春—贾蓉（秦可卿）

尤二姐、尤三姐

荣国公贾源—贾代善（史太君）—贾赦（邢夫人）—贾琏（王熙凤）、

迎春—巧姐

贾政（王夫人）—贾珠（李纨）、贾宝玉、

元春、探春、贾环—贾兰

薛姨妈—宝钗、薛蟠

贾敏（林如海）—林黛玉

从中可看到，荣国府第二代贾代善娶的是保龄侯尚书令史公的小姐为妻。第三代贾政之妻王夫人来自金陵王家，其兄王子腾是当朝九省统制，王夫人的内侄女又嫁给荣国府贾赦的儿子贾琏为妻。薛家是有名的皇商，薛姨妈来自金陵王家，与王夫人是亲姊妹。如此盘根错节的关系，可不就是“一损俱损，一荣俱荣”。第 2 回冷子兴说到“宁公生四个儿子，贾代化袭了官”，也就是说另外三个儿子没有封侯；荣公死后，“长子贾代善袭了官”，荣公有几个儿子书中没有交代。这样也才有了书中的贾代儒、贾代修、贾敕、贾效、贾琮、贾琛、贾琼、贾芸、贾蔷、贾芹、贾菱、贾菌等众多贾家后代。

贾、史、王、薛四大封建家族是怎样“一损俱损、一荣俱荣”的呢？从两个案子可以看出。一个是葫芦案。姑苏城阊门外仁清巷，巷内有一葫芦庙，庙旁住着一位乡宦甄士隐，膝下只有一个女儿，名叫英莲。因庙内失火，英莲走失，被人拐子拐走。拐子把英莲养到十二三岁时，同时把小英莲卖给薛家和冯家，致使两家争抢英莲。呆霸王薛蟠打死公子冯渊，抢走英莲，像没事人一样带着母亲、妹子就进京走了，心想与姨夫（贾赦、贾政）说说，花上几个钱，没有完不了的事。冯家告了一年的状，竟无人做主。最后告到新上任的金陵应天府尹贾雨村那里。贾雨村是靠贾府的关系提拔举荐当上官的，开始贾雨村还真当一回事，要差公人将凶犯族中人拿来拷问。在门子的提示下，贾雨村了解了事情真相，并拿到了上面说的那张“护官符”，当即就胡乱判了一下完事。还急忙修书两封，告诉贾政并京营节度使王子腾，说“令甥之事已完，不必过虑”（第 4 回）。冯渊真是逢冤，英莲也真的应该可怜（曹雪芹写的书中人名好用谐音）。再一个就是石呆子案。荣国府大老爷贾赦看中了书生石呆子家中收藏的二十把古扇子，原本想花钱买下来，叫儿子贾琏想办法把古扇搞到手。贾琏千方百计要弄到扇子，无奈无论花多少钱，石呆子就是不卖。贾赦一怒之下，就勾结官府贾雨村，诬陷石呆子拖欠官银，把石呆子送进了监狱，逼迫他变卖家产赔补，从而把扇子抄了作了官价，送到贾赦手里。贾赦得到了扇子，却弄得石呆子坑家败业，在狱中不知是死是活。

以上仅是二例。四大家族既“一损俱损，一荣俱荣”，又广为交结官府，做出了无数伤天害理的事。第16回，“王熙凤弄权铁槛寺”。凤姐凭借贾府与官府的关系，破坏别人的婚姻收受大量酬金，坐收三千两银子，还搭上了两条青年男女的性命。并促使其“以后有了这样的事，便恣意的作为起来”（第15回）。尤二姐，本身温柔善良，因为先有贾琏的宠爱，只想服侍凤姐一辈子，以求得一口饭吃，却不得允许。王熙凤先花二十两银子教唆尤二姐已退婚的张华到都察院控告贾琏，又花三百两银子买通都察院虚张声势吓唬贾珍父子，败坏尤二姐的名声，最后借丫环秋桐之手搞死尤二姐。然后还要杀人灭口，搞死秋桐、张华（未遂）。王熙凤娴熟地滥用权力和关系，疯狂杀人灭口，连眼皮子也不眨一眨。

当然，这个“白玉为堂金作马”的贾府，绝不是专营杀人活计的“黑店”，更不是说贾府内个个都是杀人犯。要知道贾府的祖先曾“勋业彪柄”，建立起了一个赫赫扬名、已将百载的贵族门第。中国三千年封建统治之所以能得以传承，是因为自秦始皇之后逐步形成了一个完整的封建专制制度。而贾府及四大家族之存在，是整个封建政治中的重要链条。在它的上面有皇帝的信任和赐予的特权，下面有地方官吏的奉承和扶持。从而构成了对最广大下层民众的巨大桎梏。尤为重要的是，在漫长的封建社会里，已经形成了以儒家学说为代表的完整的思想统治体系。中国自汉以来，儒家思想占据主导地位，董仲舒主张“罢黜百家，独尊儒术”。清统治者大力倡导儒家思想及程朱理学。康熙本人对《四书》“字字成诵”，推崇朱熹是儒家“集大成而继千百年绝传之学，开愚蒙而立亿万世一定之归”的人物。乾隆吹捧孔子“日月经天，江河行地，五百年闻知之统，独衍心传，七十子悦服之诚，长垂师表”。儒家的“仁义礼智信”，乃治国齐家平身之道。大到一个国家，小至每个家庭，渗透到各个方面，各个角落。清代涌现出了一大批理学名儒。任何个人要接受儒家思想，都必须先洗脑子，驱除各种杂念，这个过程甚至是痛苦的。即程朱理学中所说的“存天理，灭人欲”。书中的贾政就是理学熏陶下的一个典型人物。

第 5 回警幻仙子转述宁、荣二公的话：“吾家自国朝定鼎以来，功名奕世，富贵流传，已历百年，奈运终数尽，不可挽回。我等之子孙虽多，竟无可继业者。”正如孟子所说，君子之泽，五世而斩。这个百年望族的衰落是一个渐渐演变的过程。尽管贾府的祖先宁国公贾演、荣国公贾源跟着皇帝出生入死打天下，创下了基业，但随着时间的推移，光环必然慢慢消退。这是因为他们的后代在祖先业绩的笼罩下，养尊处优，不思进取，挥霍浪费，其败亡之势逐步形成。宁国公、荣国公是第一代，贾代化、贾代善是第二代，贾敬、贾赦、贾政是第三代，贾珍、贾琏、宝玉是第四代，到贾蓉已是第五代。可谓一代不如一代，越来越敢干坏事。尽管表面上还是讲究礼法家法、礼义廉耻、父慈子孝，骨子里却弥漫着“恨不得你吃了我，我吃了你”（探春话）。

这样就出现了相互矛盾的现象。一方面是其祖先曾经有过的热烈隆重，一切都是有章可循，有法可依，大架子还是照样摆着。贾府看起来俨然是一部紧凑运转的大机器。通观整部《红楼梦》，几个大的场面有：元妃省亲（包括盖豪侈的省亲别墅），秦可卿出殡，凤姐协理宁国府，开诗社，探春治园，年底祭祀等，显得何等大手笔，何等气派，贾府除夕贾家众人在家长带领下到祠堂祭祀，显得多么神圣、庄重。就是平时贾府上下大小众人的生活起居的礼仪也是很到位的。到谁的生日，甚至是大丫环的生日，也要做寿诞，以及平时的各式宴请，多么讲究礼法家法，礼义廉耻，父慈子孝。就是日常生活中礼节也是少不得的。瞧贾母吃饭：李纨捧饭，凤姐安箸，王夫人进羹，贾母正面榻上独坐。旁边丫环执着拂尘、漱盂、巾帕，外间伺候之媳妇丫环虽多，却连一声咳嗽都不闻（第 3 回）。一次贾政喊宝玉来见，宝玉进来，见地下一溜椅子上坐着迎春、探春、惜春、贾环，从长至幼整齐排列，宝玉一到，探春、惜春、贾环从座位上站起，只有迎春端坐不动。原因是迎春比宝玉年长，而其他比宝玉年龄小的三位礼数尽到（第 23 回）。另一方面，在表面平静的背后，是围绕权力、财产、利益展开的激烈争夺。表面上是“诗礼簪缨”，实际是“金玉其外，败絮其中”。正如贾探春用艺术语言表达出来的：“咱们倒是一家子亲骨肉呢，一个个不像乌眼鸡，恨不得你吃了我，我吃了你。”（第 75 回）也正如没有多少文化水准的邢夫人的兄弟邢大舅拍案对贾珍说的：“怨不的他们视钱如命，多少世宦大家出身的，若提起‘钱势’二字，连骨肉都不认了。”（第 75 回）连平时明哲保身的尤氏也直白说出了这样的话：“我们家下大小的人只会讲外面假礼假体面，究竟作出来的事都够使的了。”（第 75 回）即使亲戚、嫡庶、妻妾、父子、夫妻之间，也无不进行着险毒的猜忌和疯狂的争夺。贾赦前面说了，为了几把古扇，就敢把别人搞得倾家荡产，死于非命；胡子都白了，还要硬娶史太君的丫环做小老婆，否则，“凭她嫁到谁家，也难逃出我的手心”（第 46 回），一副恶霸赖皮嘴脸。贾珍、贾蓉整天在宁国府斗鸡戏狗，闹翻了天，柳湘莲说，“你们东府里除了那两个石头狮子干净，只怕连狗儿猫儿都不干净”（第 66 回），老奴焦大则破口大骂“哪里承望到如今生下这些畜牲来，每日家偷鸡戏狗，爬灰的爬灰，养小叔子的养小叔子”（第 7 回）。书中评价贾琏“不肯读书，于世路上好机变言谈”（第 3 回），借着料理家务，整日寻花问柳，枉死了几条人命（尤二姐、鲍二家媳妇等）。其他如兄弟之间贾环与宝玉，母女之间赵姨娘与探春，婆媳之间邢夫人与王熙凤，夫妻之间贾琏与凤姐，妻妾之间凤姐与尤二姐、金桂与香菱，姑嫂之间尤氏与惜春，简直都想置对方于死地才善罢甘休。

荣国府的大管家王熙凤则是一个最典型、着墨最多的人物。这个人有办事才干，也有心计和魄力，但缺少的是德性，是一个有才无德的典型人物。她被人称作"脂粉队里的英雄"，旧社会对于一个女人的压迫和痛苦，在她身上荡然无存。她有粉面含春的容颜、甜心浓蜜的笑脸，走到哪里，就把笑声和喧闹带到哪里，贵族家庭的"老祖宗"没有她就一天过不好。她所有的美好容颜和笑脸其实都是用来讨好贾母、王夫人的。封建家族政治不可能做到"能者上，平者让，庸者下"，也没有换届任期制度，王熙凤之所以能够掌控荣国府家政大权，完全凭贾母一句话。她知道只有扭住了贾母、王夫人这棵大树，才有她的用武之地。如她在元宵夜的宴席上"数贫嘴"，专擅贾母等人的心思，威而不露，戏而不谑，逗得在场的人全都笑痛了肚子，可以说只有她这个管家媳妇才说得出来。而在美好的容颜和笑脸背后，隐藏着一颗蛇蝎胆、虎狼心。她纵有一万个心眼，每个心眼却都盛满了毒辣与杀机，一切都是为了填充她那永远也填不满的权欲、财欲和嫉妒心理，哪怕已经有无数的男人和女人倒在她的脚下。她克扣各房众媳妇和丫环的月例钱，向外放高利贷，仅利钱就有上千两银子。书中写到一个细节，凤姐忽然发现几个仆人给她送礼来了，开初不明白为什么，后来才知道原来是王夫人的丫环金钏儿死后，一两银子的月例还空着，都想争这一两月例的缺额。凤姐心里盘算的是，"送什么来，我就收什么，横竖我有主意"（第 36 回）。最后王夫人表态，由金钏儿的妹妹玉钏儿吃双份月例才了结，来表达她对金钏儿之死的赎罪心理。王熙凤把大量财产偷运到娘家，死后巧姐就说不知拿了多少东西运往舅舅家。让这样贪得无厌、毫无章法可循的人来管家，这个“家”还能管好？权力落在像王熙凤这样的恶徒手里，上有贾母的保护伞，下有一群为虎作伥的爪牙，权力失去了任何监督和制约，更驱使她作恶多端而达到不可收拾的地步，丧钟也就敲响了。奴仆兴儿曾对尤二姐说：“如今合家大小除了老太太、太太两个人，没有不恨他的。”（第65回）凤姐眼里只有一个贾母，什么肉麻的话都可以从她的口中出来，其实这个女人也并不把贾母真正看重，不然她就不会在背地里鼓动鸳鸯从贾母那里偷出东西押出去典当换钱，让贾琏给她付利息。即使对王夫人，她的表现也十分放肆，王夫人不过问了一下丫环的月钱情况，她当面一一作了解释，转过身去就把袖子挽了几挽，破口大骂，声称“从今以后倒要干几件刻毒的事了”（第36回）。对婆婆邢夫人简直就是不屑一顾。对贾珍的老婆尤氏更是没有基本的礼数。其实，贾母最疼她，凤姐最有权力，只是招来更多的忌恨，脚下踏的是一座冰山。

不少论者对王熙凤抱着赞美的心理，这个人总是怪怪的百年来名声不错，能干、泼辣、敢作敢为等赞辞不绝。其实这些说法很概念化。有人赞美王熙凤泼辣，能干，有出色的管理才能，然而，为什么好端端的贾府在她手里被弄得支离破碎，被抄了家？说什么贾府本来就已走向灭亡，王熙凤最能干也无法挽回。这是因果倒置。不是贾府本来就该灭亡，才有王熙凤无法阻止其灭亡，而是因为王熙凤等作恶太多，才招致贾府的灭亡。王熙凤的所作所为，哪有一点“中兴之臣”的表现？不过是揽权，捞钱，心胸狭窄，好报复人，根本无挽狂澜于既倒的气概。早在冷子兴演说荣国府时，就说“主仆上下，安富尊荣者居多，运筹谋划者无一人”。王熙凤是风头人物，根本就不是运筹谋划者，充其量也只是“安富尊荣”行列里的一员而已。德才兼备是人们对人才评价的习惯用语，是一个完整的整体。

历史上因为疏于对德的考察而用人失误的实在太多。春秋时晋大夫智宣子在选拔接班人时，由于重才轻德，让自己的一个“聪察强毅”而极“不仁”的儿子智伯袭了他的职位，智伯一旦大权在握，便横行无忌，导致“三家分晋”，晋国灭亡，连自身也丢掉了性命。如果重用有才而无德的人，只会带来更大、更直接、更严重的祸害。第15回，“王熙凤弄权铁槛寺”，长安守备之子与张金哥退婚之事，王熙凤从中插手，勾结长安节度使云光强迫退婚，凤姐坐收三千两银子，还逼死了两条人命。在“自此胆识愈壮，以后有了这样的事，便恣意的作为起来”旁，脂砚斋批道：“阿凤心机胆量，真与雨村是一对乱世之奸雄。后文不必细写其事，则知其平生之作为，回首时无怪乎其惨痛之态！”王熙凤最多也只是一个乱世奸雄，其所作所为，只是加速了贵族贾府之灭亡。如她的判词说的：“凡鸟偏从末世来，都知爱慕此生才，一从二令三人木，哭向金陵事更哀。”又如书中所言，“机关算尽太聪明，反误了卿卿性命！”

贾政是书中唯一的正人君子，书中的冷子兴介绍贾政“最喜欢读书，礼贤下士，拯弱济危，大有祖风”。比起贾赦、贾珍这些个恶徒，贾政清清白白做人，平时就是与几个清客相公下棋聊天，言谈举止总离不开四书五经，对孔孟之道贾政确实在自身范围内身体力行。贾政奉旨放了两次外差。其中一次是外放江西粮道。虽然以前听到一些外省州县折收粮米勒索乡民的事，未身亲其事，现在却要实际查办这些事件。于是贾政与幕宾商议出示严禁，并谕一经查出严惩不贷。初到之时，那些地方官员百计营钻，无奈贾政固执不领情面。但那些跟随贾政多年的部属好不容易盼到贾政放了外任，都指着发财，不想贾政要认真查办，州县的馈送一概不受，那些部属眼看送上门的白花花的银子，只是不能到手。有个门子说：“花了若干银两才打进来做了个门子的差事，跟了来一个月连半个钱也没得到，明日大家齐告假往回返。”（第 99 回）第二天果然聚集都来告假。贾政不知就里，觉得奇怪。内中有个叫李十儿的对贾政道出了真情，并为贾政出了个主意：这些人都走了，你成了光杆，没人给你办事，到时如何向圣上交差？岂不有负圣恩。现在世风如此，无官不贪，你要逆风而行，那什么事也做不成。你可以继续当你的清官，但得允许下属捞钱，下属才肯帮你做事。你就睁一眼、闭一眼假装没看见。今后如果真出了问题，圣上追究下来，你自身清廉，最多落一个“失察”的处分，绝不会去坐牢，更不会有杀身之祸。贾政无奈，也只好同意这个歪主意，愤愤地说“我是要保性命的，你们闹出事来不与我相干”（第 99 回）。果然，后来贾府被抄，贾政被召回京，从都察院出来，吓得满头大汗，但皇上念其“勤俭谨慎”，仍给予勉励，并未深究。在官场腐败成风、积重难返的情况下，贾政绝不可能凭自身之力来扭转官场的恶习，但能洁身自好，也属不易。

曹雪芹这位艺术大师，其实对贾政也是不满的。书中说贾政“起初天性也是个诗酒放诞之人”（第 78 回）；在成名之后，围绕贾政身边的清客相公，曹雪芹都给予讽刺，什么单聘仁（善骗人）、卜世仁（不是人）、詹光（沾光）等。名义上，贾政是荣国府的当家人，实际上内外经济事务权力被贾琏、王熙凤夫妇把持。他除了在书房与那些清客相公下棋聊天外，就是逼着儿子读四书五经，直等到出了事才“跌足长叹”。此外，曹雪芹还让贾政露了一次底牌。为了招得贾母欢心，一家子围坐讲笑话。贾政讲了一个男人怕老婆给老婆舔脚丫子的故事。说一个人最怕老婆，这个怕老婆的人从不敢多走一步，偏是那日是八月十五，在朋友家吃酒吃醉了，便在朋友家睡着了，第二日才醒，后悔不及，只得来家赔罪。他老婆正洗脚，说：“既是这样，你替我舔舔就饶你。”这男人只得给她舔，未免恶心要吐，他老婆便恼了，要打，说：“你这样轻狂！”唬得他男人忙跪下求说：“并不是奶奶的脚脏，只因昨晚吃多了黄酒，又吃了几块月饼馅子，所以今日有些作酸呢。”（第 75 回）这个笑话笑是让人笑了，然而一个堂堂贾府家长，当着众多晚辈讲了一个如此不堪的故事，正如有的评论所说的，贾政就是个“假正经”。其实也并不是作者曹雪芹故意要与贾政过不去，实际是对流行几千年的孔孟学说产生出了不满情绪，体现了曹雪芹之离经叛道。

大观园中能干的贾探春在检抄大观园时说了一段话：“可知这样大族人家，若从外头杀来，一时是杀不完的，这可是古人说的‘百足之虫，死而不僵’，必须先从家里自杀自灭起来，才能一败涂地呢。”（第 74 回）对贾府的败亡，事实上曹雪芹早作了安排，第 57 回“开夜宴异兆发悲音”，第 76 回“凸碧堂品笛感凄清”，江南甄家被抄，使贾府兔死狐悲，已成惊弓之鸟。早在秦可卿死时，就托梦王熙凤，叫她在祖先坟上多买置一些房产土地，到将来败落下来时带着众人去耕读，因为毕竟祖先是先皇的有功之臣，将来犯了罪，被抄家，但祭祀产业不入官，不会把祖坟都挖掉的。秦可卿还说了一段话：“若目今以为荣华不绝，不思后日，终非长策。眼前不日又有一件非常喜事（指元妃省亲），真是烈火烹油、鲜花着锦之盛——要知道也不过是瞬息之繁华，一时之欢乐，万不可忘了那盛宴必散的俗语。若不早为后虑，只恐后悔无益了。”（第 13 回）但贾府众人一个个都是不见棺材不掉泪的。秦可卿出的这个主意，也只是不得已而为之，当然也是曹雪芹开出的最后医治贾府的药方，但即使是这样的药方，也没有引起贾府众人的重视，王熙凤更是把它当作耳边风。对这个意见“不传达，不报告，不理睬”，依然是贪婪、狠毒，只图眼前，哪顾长远。到贾府被抄家时，从王熙凤房里抄出两箱房地契又一箱借票，都是重利盘剥。王熙凤哪里是什么“脂粉队里的英雄”，充其量只是一个凶狠的赌徒罢了。

一个贵族贾府内，有大小众人二三百号，这几百号人整年整月地吃喝玩乐，包括盖豪华的省亲别墅，以及婚丧红白喜事，这些花费从哪里来？靠大管家王熙凤下蛋生钱是不可能的。从《红楼梦》中反映出的事实看，贾府有以下几宗收入：

（一）官俸。贾珍是三品世袭官职，贾赦也是世袭三品，贾政最后做到四品工部郎中。这样的官员有多少俸薪呢？《红楼梦》既没有明写是发生在哪朝哪代的事，也就无法具体确定这些人的官俸。中国历史上各朝代的官俸是有差别的。据考证，明代的官俸是：官价正一品的“三公”，年俸薪为俸米12石，银子215两，钱7128贯；正二品的六部尚书，年俸薪为米12石，银子152两，钱4944贯；正七品知县年俸薪为米12石，银子27两，钱360贯。再以清朝为例，《大清会典》中有“文职官之俸”规定：一品官岁支银180两，二品官岁支银150两，三品官岁支银130两，四品官岁支银105两，五品官岁支银80两，六品官岁支银60两，七品官岁支银45两，八品官岁支银40两，正九品官岁支银33两，从九品及未入流的官岁支银31两。此为基本工资。称作“正俸”。而“京员（中央机关及京城的官员）例支双俸”，被称作“恩俸”。此外，“每正俸银一两兼支米一斛，大学士、六部尚书、侍郎加倍支给”，被告称作“俸米”。这三样相加，就是清朝官员的全部“工资”了。以大学士为例，因为清朝不设宰相，大学士就是一品官，已经“位极人臣”，也不过是正俸180两银子，加恩俸180两银子，再加俸米360斛（折合180石），每月收入也就是银子30两，米15石。

（二）皇帝恩赏。书中记述年底到了，贾珍、尤氏让贾蓉去领皇帝春祭恩赏，贾蓉先到礼部，又到光禄寺才领回来一个黄布口袋，上面印有“皇恩永赐”四个字，另一面有礼部祠祭司的印记，又有一行小字写的是：

“宁国公贾演荣国公贾源恩赐永远春祭赏共二分，净折银若干两，某年月日龙禁尉候补侍卫贾蓉当堂领讫，值年寺丞某人”，下面一个朱笔花押（第53回）。

（三）娘娘及皇帝的赏赐。贾珍说“娘娘难道把皇上的库给了我们不成”，不过是按时到节给些彩缎古董玩意儿，纵赏银子也不过是一百两金子，才值一千两银子。

（四）靠以上几宗收入是远远不够贾府众人挥霍的。还有一笔最大的收入来源。书中第53回写到庄头乌进孝年底送货来，路上走了一个月零两天，送来的是什么呢？看货单：大鹿30只，獐子50只，狍子50只，汤猪20个，龙猪20个，家猪20个，野猪20个，野羊20个，青羊20个，家汤羊20个，家凤羊20个，各色杂鱼200斤，活鸡200只，活鸭200只，活鹅200只，野鸡200对，兔子200对，熊掌20对，鹿筋20斤，海参50斤，鹿舌头50条，炭几万斤，常米1000担，还有干菜、谷子等折银2500两，等等。

鹿、獐、狍等是死的，猪、羊等也都是宰好了的，在路上走了一个多月，那时地球没有“温室效应”，因此也没有“厄尔尼诺现象”，北方的天气极冷，所以不会变质。贾珍是这样来分配这些东西的：将供祖的先留下来，再将各样取了些送过荣府里，然后留下家中所用的，余者派出等例来，命人将族中子侄唤来与他们。贾府众人一时吃得完这么许多东西吗？肯定是吃不完的，那时没有冰箱，即使有冰箱也盛不下这么多东西，需要冷库储存。但街上有各样的铺子，贾府也开着各种铺子，年底放在铺子里出卖可以换回银子。所以贾珍对乌进孝说：“这够做什么的？这一二年里赔了许多，不和你们要找谁去？”粗略算一算，1000担米，每担100斤，贾府里二三百口人，每人二三百斤，一年的口粮也够了，府里的小姐、丫头一天也吃不了多少粮食。

贵族庄园是贵族官僚家庭奢华无度生活的主要经济来源。贾府的土地，来自皇帝的赏赐。祖先宁、荣二公因功得爵，据《会典》记载，公爵授地，大庄420—720亩，半庄240—360亩。书中借乌进孝之口，说出贾府宁、荣两府手中各掌握着八九处庄子，这样算下来贾府大约掌控着5000亩左右的土地。这些土地由佃农耕种，以地租形式向贾府缴纳所得。

此外，还有高利贷，包揽讼词，贪污纳贿，开营当铺等种种手段赚取银钱。到最后贾府被抄时，王熙凤放出的高利贷的借据就有一箱之多，她收受张金哥退婚的贿赂三千两银子，结果酿成两条人命，书中说她从此一发而不可收，搞了无数权钱交易的勾当。史湘云捡到薛家一张旧当票，不认得去向薛宝钗求教，薛宝钗告诉了原委，史湘云感叹人怎么能这样赚黑心钱，又问薛宝钗你们家的当铺也是这个样，薛宝钗告诉她"天下乌鸦一般黑"。

从《红楼梦》产生的背景说，当时的所谓"康乾盛世"，只是表面上的繁荣，"内囊"问题日渐严重。其主要标志，一个是财富越来越集中，当时象征财富的重要标志就是土地，拥有数十万、数百万亩土地的官僚地主大有人在；另一个是蓄奴，出现了买奴至"一二千人者"。社会风气到了无官不买、无官不贪的地步。清代出了个大贪官和珅，搜刮的钱财达当时全国二十年财政收入之半。《红楼梦》中的荣国府，用贾母的话说，属于"中等家庭"，从拥有八九处庄园，蓄家奴数百名来看，贾母所说不虚，与曹雪芹所经历的"秦淮旧梦"江宁织造府也差不多一致。

纵观中国三千年封建社会史，为什么一个新的封建王朝建立后，相隔几百年就会出现农民起义和全国战乱，再产生出一个新的皇帝，改朝换代？这已经成为一个规律（周期率）。从秦始皇建立第一个中央集权的封建王朝开始，西汉、东汉、两晋、隋、唐、宋、元、明、清，最长的朝代也就是二三百年，最短命的只有几十年。在一个封建王朝末期，总是由农民起义开始，各地豪强并起，连年混战，最后由一个集团建立新的统一政权。这个集团或者是众多豪强中的一个，或者是农民起义中的某一首领。如刘邦、朱元璋就是农民起义中的领袖，刘秀、李世民等就是地方豪强的首领。这其中农民起义无疑是改朝换代最直接的发动者，起主导作用。如果没有农民起义的最初发动，那些地方豪强就不可能跟着揭竿起来，取得最后成功。如没有瓦岗的农民英豪造反，太原李渊、李世民父子就不可能起来反隋，也就没有后来唐王朝的建立。没有西汉绿林、赤眉、铜马等农民起义，地主豪强刘秀根本就不可能跟着起来造反，最后当上皇帝。

农民为什么要冒着杀头的危险起来造反，这就牵涉到在朝代替换中，农民起义起的是进步作用，还是退步作用这样的一个问题。以元末为例。元朝后期，土地高度集中，蒙古贵族早已成为封建大地主，各自占有大量土地。元朝皇帝为了笼络蒙古王公，早在登上帝位时，就把土地分赐给他们，开始时赐给王公大臣的一次不过百顷，后来逐步增至千顷、万顷。贵族们把从农民那里收夺来的土地再以苛刻的条件租给农民。元武宗时，一个蒙古大臣占田1230顷，每年收租50万石，平均每亩要收4石（《元史》卷二三《武宗纪》二）。这样苛重的剥削，几陷农民于死地。加上官员奢侈腐败，卖官鬻爵，贿赂横行。到元统元年（1333年），京畿值大雨，饥民达四十万，至元统三年、四年，饥民增至百万，黄河连决三次，饥民遍野，成群离开土地，起义相继而起，天下也就大乱了。（翦伯赞：《中国史纲要》中册第133页）在元末农民大起义中，最后朱元璋扫灭群雄，打败了刘福通、徐寿辉、张士诚、陈友谅等诸多势力，逐步控制局面。1367年，朱元璋决意北伐，大获成功，建立明朝。

明朝的统治者认识到过分压榨民众会引发暴动。朱元璋说：“居上之道，正当用宽”，否则“弦急则断，民急则乱”（《明太祖洪武实录》卷三六）。又认为“农为国本，百需皆其所出”（《明太祖洪武实录》卷四一）。因此必须把流散的农民重新编制在土地上，使之进行生产，必须对农民作一定的“让步”。洪武元年（1368年），朱元璋下令农民归耕，承认已被农民耕垦的或即将开垦的土地为农民所有，分别免除三年徭役或赋税。第二年，又下令把北方各城市附近荒闲的土地分给无地的农民耕种，每人15亩，另给菜地2亩。有余力者不限。洪武二十七年（1394年），明朝政府又发布了“额外垦荒，永不起科”的诏令，规定山东、河南、河北、陕西的农民除纳税的土地外，如有余力垦荒，垦地听其自由，永不征税。这种办法前后施行七十年，对于农业生产的恢复和发展起到了十分重要的促进作用。明朝初年，还组织各地农民兴修水利，朱元璋下令各州县的官吏，凡有关修水利的事都要立即呈告，并由中央政府派人监修。据洪武二十八年统计，前后不到两年，在全国范围内共开塘堰40987处，疏河4163处，修建陂、堤、岸共5048处。洪武年间，陕西的洪渠堰，四川的都江堰和广西的灵渠都先后被修复。宁夏卫所修渠“灌田数万顷”，浙江定海东钱湖“灌田数万顷”。永乐元年（1403年），大批军民开始了对吴淞江的整治工程，随处建置水闸，按时蓄泄，“苏松农田大利”。永乐九年，又组织三十万人开始对南北大运河进行疏通，运河的重新沟通加强了南北的经济联系，为许多农田提供了灌溉之利。（翦伯赞：《中国史纲要》中册第170～172页）新出现的封建王朝使社会由混乱趋于安定，即“天下大乱，达到天下大治”，封建社会的生产关系得到一定程度的调整。历史学家翦伯赞提出了“让步学说”，即一个新产生的封建王朝，往往吸取农民发动起义的教训，在取得政权以后的一段时间里，对农民实行“让步”，分配给无地农民土地，减租减息，实施赈灾措施等。这也完全符合汉、唐以来的实际情况。汉初的“文景之治”，唐初的“贞观之治”，以及清初的康乾年间被称作“盛世”，无不证明了这一论断。所以说，改朝换代也是一种历史进步。其中，农民起义、农民战争是推动这种进步的最主要动力。

当一个封建王朝建立初期，所谓的开国皇帝往往雄心勃勃，采取一些促进生产力发展的措施，与民休养生息，使社会取得一定时间的安定。但因为封建社会是世袭制，实际上每次皇位的继承和争夺都很血腥，说到底就是权力和财产的争夺和再分配，这种争夺必然越演越烈。世袭制更不能保证每一个皇帝都是好皇帝，因此根本无法有效阻止这种越演越烈之争夺，只能从上到下都卷进这样的争夺。在小农经济社会里，争夺最激烈的财产无非就是土地，以至形成对土地的占有越来越集中，当全国的土地集中到极少数人手里的时候，大批农民流离失所，或者沦为农奴，或者背井离乡，啸聚山林，最终必然酿成民众暴动，社会也就像一堆干柴一样，一触即燃，改朝换代也就来到了（现在为什么在学术界泛起一股污蔑农民起义、农民战争的浊流呢？说明我们现在思想理论及道德战线正处于一种混战状态，需要慢慢正本清源）。

宁国府、荣国府众人的最终结果呢？贾妃活着的时候，贾府还笼罩着皇亲国戚的光环，很风光了一阵子。到贾妃去世，贾府的靠山没有了，原先积累的矛盾就立即暴露了出来。俗语：“若要人不知，除非己莫为。”贾府最后被抄家，很大的因素就是官场恶斗。把贾赦为古扇子逼死石呆子的事，贾珍、贾琏、王熙凤欠下的几条人命官司等都翻腾了出来。正所谓“天网恢恢，疏而不漏”，又说“拔了毛的凤凰不如鸡”，贾府众人犯下的种种丑事、恶事，一旦暴露在光天化日之下，凭谁也爱莫能助了。以致坐牢的坐牢，流放的流放，死的死，散的散，落了一片“白茫茫大地真干净”。

三、丫环的命运离不开主子的命运

贾府的奴隶大致分为两大类。一类是“家生奴”，即世代为奴，因为服侍主子服侍得好，有的成了奴隶的领班，如赖大、林之孝、周瑞家等。另一类是花钱买来的丫头、小子，如袭人、晴雯等，大观园里的12个女伶，本是元春省亲时特别从姑苏买来唱戏的女孩子，后来大部分留下来为奴。奴隶之间可以实行婚配，下一代就成了“家生奴”。曹雪芹花了很大的笔墨对这个群体的生存状况作了最真实、最具体、最生动、最感人的刻画。前无古人，后无来者。

在贾府，往往是多个丫环服侍一个主子，此外还有众多的做杂活的丫环，所以丫环的数量比主子多得多。就贾府内部权力结构说，有着极森严的等级制度，这种等级制度是整个封建社会金字塔等级制度的缩影。贾府的最高精神领袖是贾母，她是荣、宁两府的“大家长”。她的两个儿子贾赦、贾政分掌荣国府，侄子贾敬掌控宁国府。这个大家族表面上诗礼簪缨，其乐融融，实际上围绕着财产和权力的继承和再分配，上演着一幕幕明争暗斗的闹剧。主子们是如此，那些各为其主子服务的奴隶处于这个金字塔小社会的最底层，一个个也都是具有两重性的人物。一方面，封建社会所有的“大山”都压在他们身上，贾府的奴隶服侍主子，地位低下，任凭摆布，精明的探春有一段独白：“那些小丫头子们原是些玩意儿，喜欢呢，和他们说说笑笑；不喜欢便可以不理他，便他不好了，也如同猫儿狗儿抓咬了一下子。”（第60回）奴隶们不能掌控自己的命运，尤其在男权社会里，女奴隶们的命运更悲惨。但她们也是一个个鲜活的生命，只要活在这个世上，就不可能心甘情愿地接受命运的任意摆布，既有为改变命运的不屈反抗，也有同类之间的争执不休，乃至残杀。另一方面，主子们的骄奢淫逸、胡作非为也无时无刻不在影响着、腐蚀着他们。用丫环们的话说就是，吃住都和主子们一样，也不受打骂。如有哪个丫环被撵出贾府，一个个无不寻死觅活，如同断了生存之路一般。袭人这样的大丫环甚至说出用八人大轿抬她出去也不出去的话来。平儿这样的通房丫环，平时生活极其奢华，单一副虾须镯，珠子不算，那些金子也价值连城。晴雯被逐后剩下的衣履环簪也有“三四百金之数”。贾府的奴隶走出去，丫环们头上都沾有豪门的光环。一个个无不青春、亮丽、活泼、体面，干活也不累。晴雯被撵出大观园回到她的老家亲戚家，那个破烂不堪、猪圈不如的家，连她自己也感到很陌生了。世代为奴的奴才，甚至还有升迁的机会。荣国府里有个叫赖大的，儿子名叫赖尚荣，因为几代服侍主子有功，被委任为县太爷，也有自己的花园，成了名副其实的主子。

（一）宝玉身边的丫环身份都很特殊。

贾宝玉是《红楼梦》主人公，荣国府第四代嫡传。他身边的大丫环都由贾母直接委派和操控。其身边的头号大丫环叫袭人，原名珍珠，是贾母的丫环。因为人贤惠，就派给宝玉作丫环，又因其姓花，宝玉以一句“花气袭人知昼暖”改名为袭人。袭人虽然长得不是最漂亮，但也如书中所说“似桂如兰”，气质优雅，性格更是温柔和顺，至善至贤。袭人家中原有母亲和哥哥，因为家里穷，把她卖给了贾府。后来哥嫂的家境渐渐有所改变，打算从贾府赎回她去，袭人却死也不肯回去。她自己的打算，就是要留在贾府当宝玉的贴身丫环，将来做宝玉的姨娘。这对一个丫环来说就是最高目标了。她清楚知道要达到这一目标，最要紧的是做好两件事。一是，笼络住宝玉，成为宝玉最贴近的人。这一点她做得很好。就是她早早地与宝玉发生了性关系，而宝玉真正与女孩发生性关系，在全书中也仅这一次。袭人很有一套办法把宝玉笼住。使宝玉不得不听她摆布。最拿手的就是假装母兄要赎她回去，使宝玉信以为真，急忙答应她提出的全部条件。这些条件是什么呢？就是不许嘴上成天说死呀活呀的；不许说除了"明明德"以外无书，把读书上进的人称作"禄蠹"；不管心里喜欢不喜欢，在老爷跟前要装出喜欢读书的样子；不许吃别人嘴上擦的胭脂及调脂弄粉。从这些条件看，竟都是最符合贾母及荣国府家长心意的事。在贯彻主子意图方面，袭人不愧是最忠心的奴仆。二是，袭人深知最要紧的是要与王夫人、贾母、凤姐等执掌实权的人搞好关系。为此，她除了一心一意服侍好宝玉外，还充当了一个不很光彩的角色，时不时地向王夫人打小报告，以博取主子的欢心。她曾单独到王夫人那里，建议王夫人把宝玉与黛玉、湘云等分开住，对王夫人说了一段危言耸听的话："如今二爷也大了，里头姑娘们也大了，况且林姑娘、宝姑娘又是两姨姑表姊妹，虽说是姊妹们，到底是男女之分"，"以后竟还教二爷搬出园外来住"，"若要叫人说出一个不好字来，我们不用说，粉骨碎身，罪有万重，都是平常小事，但二爷一生的名声品行岂不完了"（第 34 回）。这些话使王夫人吓了一大跳，导致王夫人竟怀疑宝玉会不会"作怪"（指男女之间不该发生的事）。其实，"作怪"的罪魁是袭人自己，就是她早早地与宝玉发生了两性关系。袭人以小人之心，度君子之腹，自己与宝玉有那种关系，就以为男女之间只要多接触往来就会有那种事。《红楼梦》全书中宝玉与女孩真正发生性关系的仅这一次，而为这种事被冤枉屈死的却有几条人命。袭人在王夫人面前说这段话，对王夫人这个迫害狂来说，起到了推波助澜的恶劣作用，真正是为虎作伥。果然，王夫人当真就把她当作了宝玉的“小妾”，声称把宝玉交给她，并且享受到了与赵姨娘、周姨娘一样的二两银子月例的待遇。对宝玉婚姻的选择上，袭人以自身得失考虑，处处提及宝钗的好处，因为宝钗为人稳重不拿大，而林黛玉“目无下尘”，虽然林黛玉对她也很尊重。其实，以袭人的世故圆滑，胸有城府，这一点上是与宝钗相通的。即所谓“袭为钗影”。而宝玉根本就不喜欢宝钗那一套做派。宝玉不堪忍受与宝钗的强迫“婚礼”而出走，袭人的姨娘梦也就跟着破灭。

在抄检大观园时，王夫人声称“我身子虽不大来，我的心耳神意时时都在这里”（第 77 回）。宝玉就怀疑是袭人告的状，不然，怎么“私底下说的话太太都知道”呢？如果因袭人的告状导致晴雯的死，袭人的罪责就不能原谅了。但说晴雯被逐就是袭人告状是拿不出充分证据的。第 74 回，就在抄检大观园的前夕，王善保家在王夫人面前说了一通晴雯的坏话，王夫人听后猛然触动往事，对凤姐说：“上次我们跟了老太太进园逛去，有一个水蛇腰、削肩膀、眉眼又有些像你林妹妹的，正在那里骂小丫头。我的心里很看不上那狂样子，因同老太太走，我不曾说得。后来要问是谁，又偏忘了。今日对了坎儿，这丫头想必就是他了。”可见王夫人此前根本就不知道宝玉身边有晴雯这么个人，又何谈袭人在王夫人面前状告晴雯呢？随着贾府这座大厦忽喇喇倾倒，“堪羡优伶有福，谁知公子无缘”（第 5 回），袭人阴差阳错地嫁给了宝玉的朋友蒋玉菡。虽然没有当上宝玉的姨娘，好在蒋玉菡也是一个不错的人物。她的生命和事业又有了新的寄托和依靠。“花气袭人知骤暖，鹊声穿树喜新晴。”（陆游《剑南诗稿》卷五十）处身小康之家的袭人，闲暇无事时，怡红院一幕幕往事涌上心头，那又是怎样的如雪一般化掉的柔情蜜意啊！

与宝玉朝夕相处的大丫环除袭人外，最亲近的就是晴雯。晴雯性格开朗，聪明伶俐，跟宝玉简直是两小无猜，没有把宝玉当主子看待，宝玉也不把她当丫头，只是一块儿乐。晴雯胸无城府，不像袭人那样工于心计，虽然是宝玉的贴身丫环，却没有像袭人那样与宝玉发生性关系。论起点，她是从贾母那里来的。贾母说过一句话："这些丫头的模样爽利言谈针线多不及他。"事实证明贾母的判断很是贴切。

晴雯对宝玉有没有爱？这个问题不是一下子能够回答的。一个女孩对于离自己最近、最为亲密的男孩，产生出情愫，也可能连她自己都不知道这就是"爱"。这个概念用在晴雯身上最贴切不过了。因为她只是一个丫环，身份不同，自感老天不可能赐予她这种待遇。而当她离开大观园，回到自己那个破残不堪的"家"时，她才真正感受到失去的那一切是什么，所以她立刻就不再含羞若闭，在宝玉前去探望时，说出了"不是我说一句后悔的话，早知如此，我当初也另有个道理"。接着就剪下指甲相赠，又与他交换了贴身小袄。哭着说："回去他们看见了要问，不必撒谎，就说是我的，既担了虚名，越性如此，也不过是这样了。"（第 77 回）然而这种迟来的"爱"还有什么意义呢？

其实晴雯的提早出局也是一种必然。晴雯平时锋芒毕露，嘴不饶人，所谓"出头椽子头先烂"。大观园内充满危机，风险四伏，没有练就的功夫是很难生存下去的，单是丢了年轻性命的有多少？晴雯却毫无顾忌地肆意作为。宝玉有一次在外面吃饭，看见桌上有豆腐皮包子，想着晴雯爱吃，就叫人送回来，宝玉的奶妈李嬷嬷自说自话就拿回去给她的孙子吃了。宝玉回来问及此事，晴雯立即就表达她的不满，再加上李嬷嬷又吃了宝玉泡下的一碗枫露茶，致使宝玉大为恼怒，又是要撵丫环，又是要逐乳母，险些酿成一场大风波。李嬷嬷后来知道此事，必然要把账记在晴雯身上。再有一次晴雯在病中，性格暴躁，乱骂大夫“只会骗人的钱，一剂好药也不给人吃”，骂小丫环“等我好了，一个一个的才揭你们的皮”（第52回），把小丫环坠儿弄来，用簪子在她的手上乱戳，疼得坠儿乱哭乱喊，又自作主张地把她撵出大观园。坠儿母女双双求情，晴雯说平时最讨厌偷东西的，坚决要坠儿母亲带她走，母女俩临走还要给这个大丫环磕头。

晴雯真有那么大的权力吗？没有。她无非是靠上了宝玉这棵大树，别人才不得不服从她。当面不与你争论，那是给宝玉面子，不是给你晴雯面子。果然，过不多久在抄检大观园时，王夫人平白无故把晴雯狠批了一顿，说她是狐狸精，宝玉被她勾引坏了，于是把她逐出了大观园。晴雯带病回到她的一个远房哥嫂家（晴雯从小被卖到贾府，根本就没有“家”），不几天就死在哥嫂家的土炕上。晴雯之死，如她的判词中说的“寿夭多因诽谤生”。宝玉在《芙蓉诔》里说，“诼谣谖诟，出自屏帏”，所谓诽谤和谣言，出自内部也。小一点范围，是袭人、麝月等人的小圈子，宝玉就怀疑是袭人告的状，大一点范围就是大观园，王夫人在大观园的耳目肯定是有的。

不是晴雯不聪明、不能干，而是比别人太冒尖，模样长得俊，言谈爽利，针线做得好，自以为高人一等，甚至拿出半个主子的款来，然而这一切并不能改变自己作为丫环的命运，“小姐脾气丫环命”，却招来更多的不满。正因为晴雯上上下下得罪的人太多，攻击她，造谣生事者有之，说她好话的人却不多。小丫环春燕的妈因为在怡红院内打了自己的女儿，被麝月等大丫环告到平儿那里，平儿说“打四十板子”，“撵他出去”。那婆子央告袭人等人：“好容易我进来了，况且我是寡妇，家里没人，正好一心无挂的在里头侍姑娘们”，“我这一去，又要去自己生火过活”。袭人听后早就心软了。平儿也重新说“得饶人处且饶人，得省的将就省些事也罢了”。只有晴雯说“理他呢，打发去了是正经，谁和他去对嘴对舌的”（第59回）。晴雯怀有这种阴暗心理，总想整治一下别人，岂能不招人恨？晴雯被王夫人逐出大观园，园内的几个嬷嬷议论：“阿弥陀佛，今日天睁了眼，把这一个祸害妖精退送去，大家清净些。”（第77回）邢夫人的陪房王善保家有一段话是这么说的：“仗着他生的模样比别人标致些，又生一张巧嘴，天天打扮的像个西施的样子，在人跟前能说惯道，掐尖要强，一句话不投机，就立起两个骚眼睛骂人，妖妖调调，大不成个体统。”（第74回）而晴雯是有一些证据落在她们手里的。如当着众人的面，晴雯叫宝玉的名字，别的丫环都只敢叫“宝二爷”，独晴雯敢叫名字。再如丫环们服侍宝玉喝汤，别人都不敢尝，独晴雯敢尝。晴雯撕扇子更是她的一绝，成了她与宝玉的“二人转”。你越是不服自己的丫环身份，越想僭越，就越陷越深。这些本是生活中的小事和玩耍，但一旦较真，事情就严重了。所谓欲加之罪，何患无辞，以王善保家的身份和离王夫人的距离，加上一个勾引宝玉的罪名，告到王夫人那里，自然引起王夫人的愤怒和不容，晴雯还能存在下去？

那么，宝玉能否保护晴雯呢？以他在荣府的地位，出面保护一个贴身丫环是能够做到的，但他是一个软骨头，眼睁睁看着晴雯被逐，也就是偷着去乡下看望一下，写一篇东西罢了。所谓《芙蓉诔》，其实也不过是遣词造句，做文章的功夫，什么“剖悍妇之心，忿犹未释”，宝玉既有如此的正义感，为何在王夫人驱逐晴雯时，不挺身而出，把“悍妇们”的恶行揭露出来，以雪晴雯之冤？宝玉与黛玉一起改《芙蓉诔》，他竟把其中的“红绡帐里，公子多情；黄土垄中，女儿薄命”，改成“茜纱窗下，我本无缘，黄土垅中，卿何薄命？”倒是流露出了些许真实想法。连黛玉都忡然变色，产生了狐疑。所以晴雯临死时，喊了一夜的"娘"，各自回归到现实。

宝玉的身边除袭人、晴雯外，加上另外的麝月、秋纹、碧痕等，这些丫环，因为都是宝玉房里的，所以身上都带有某种优越感。这也体现出了大观园里的等级制度。宝玉房中的丫环哪一个是好相处的？别说是晴雯，就是秋纹、碧痕，一个个无不尖酸刻薄，丫环小红不过瞧屋中无人进去递了一次水，就被骂作"没脸的下流东西"，责问她"你也拿镜子照照，配递茶递水不配?"（第 24 回）内心早灰了大半。只因为晴雯们平时太张狂，得罪人太多，掐尖逞能，难以与人为善，可悲的是她至死都不明白为什么，说"我虽生的比别人略好些，并没有私情蜜意勾引你（宝玉）怎样，如何一口死咬定了我是个狐狸精"，"我死也不甘心的"（第 77 回）。大观园本是吃人的魔窟，不光吃小丫环，晴雯这样的大丫环也照样被吃。袭人与宝玉真有那种事，但袭人善于伪装，保护住了自己，晴雯自身清白，却被无情地吃掉了。

有人戏言，如果晴雯不死，二十年后会是什么样的人？答案是赵姨娘。这个答案很让人吃惊。赵姨娘是书中一个人见人烦的人，而年轻靓丽的晴雯会成为赵姨娘？然而赵姨娘身上的一些性格在晴雯身上也确实能找到，如晴雯的吃醋，使性子，对小丫环的拳打脚踢，连小丫环说梦话时都流露出对她的恐惧，比起赵姨娘来简直有过之而无不及。也许随着时日的推移，晴雯如真的做了宝玉的姨娘，可不又是一个活脱脱的"赵姨娘"吗？但正如贾宝玉之不可能成为贾政，晴雯也不可能成为赵姨娘。因为历史是不会有"如果"的，世上没有完全复制出来的相同事实。

（二）林黛玉与丫环紫鹃怀有深深的姊妹情。

林黛玉的丫环名字都从禽鸟，一个叫紫鹃，另一个叫雪雁。林黛玉才貌出众，对宝玉感情深挚，但体弱多病，她的丫环也都最后随花扑簌簌四散飞去。紫鹃，乃“洒上空枝见血痕”（《葬花词》）的杜宇也（杜宇又名杜鹃），是大观园中最可亲可爱的女孩之一。紫鹃原是贾母房中的二等丫环名叫鹦哥，派到黛玉身边来服侍她，改名为紫鹃。潇湘馆竹影婆娑，苍露点点，大部分时间里就是她们俩在一起。名义上是主仆，因为心心相通，乃引为知己，情同姊妹。林黛玉从小受封建礼仪的正统教育，知书达理，但父母双亡，无兄弟姐妹，孤身一人，寄养在亲戚家。在贾府这种复杂而势利的小社会里，虽说性格上有点小性儿、任性，但本质善良，表里如一，在与宝玉两小无猜的接触中渐渐情深意合，萌生出情爱，那是很自然的事。每个人都会碰到爱的机会，是造化给他们营造了这种爱情的空间。有人认为宝、黛整日吵吵闹闹，结婚后也不会过得好的，这是很粗俗的见解。事实是，从第 34 回“情中情因情感妹妹”看，他俩的关系已再不争吵，用现代的话说已度过了磨合期。“眼空蓄泪泪空垂，暗洒闲抛却为谁？尺辐绞销劳解赠，为君焉得不伤悲！”“抛珠滚玉只偷洒，镇日无心镇日闲；枕上袖边难拂拭，任它点点与斑斑。”“彩线难收面上珠，湘江旧迹已模糊；窗前亦有千竿竹，不识香痕渍也无？”（第 34 回）林黛玉所写全是滚滚泪珠！他们之间的感情已经到了同生共死的最高境界。林黛玉的思想行为无疑影响了紫鹃，而紫鹃也影响着黛玉。黛玉身边有一个如此善良、聪明的丫环，自然成了她的精神之寄托，随着时日的推移，几乎到了谁也离不开谁的地步。紫鹃时时处处为黛玉着想，黛玉虽然与宝玉情深义重，但父母双亡，在婚事上无人做主，经常思虑过度，夜不成眠，独紫鹃体察其心，为她着急、操心。紫鹃私下里劝说黛玉：“别的都容易，最难得的是从小一处长大，脾气心情都彼此知道了”，“替你愁了几年了，无父母无兄弟，谁是知疼着热的人？趁早儿老太太还明白硬朗的时节，作定了大事要紧。俗语说，‘老健春寒秋后热’，倘若老太太一时有个好歹，那时虽也完事，只耽误了时光，还不得趁心如意呢。公子王孙虽多，那一个不是三房五妾，今儿朝东，明儿朝西？要一个天仙来，也不过三夜五夕，也丢在脖子后头了”，“若娘家有人有势的还好些，若是姑娘这样的人，有老太太一日还好些，若没了老太太，也只是凭人去欺负了。姑娘是个明白人，岂不闻俗语说‘万两黄金容易得，知心一个也难求’”。（第 57 回）这番披肝沥胆的话语，说明紫鹃是一个明白人，对黛玉真是一片赤诚之心。紫鹃一次竟不顾自己的身份，“督促”薛姨妈到贾母那里去谈宝、黛的婚事，其焦虑之情，跃然纸上。宝玉挨了贾政的打，一拨又一拨的人前去探望，又一拨一拨散去，络绎不息，黛玉想起有父母的好处来，早又泪珠满面，只有紫鹃在身边劝慰。黛玉遇事有时会小性儿，就难免偏激，而紫鹃此时往往出来“纠偏”，使事情化险为夷。宝、黛一次跟着贾母去上香，碰上张道士给宝玉说亲，惹得宝、黛都不高兴。居然引发两人大吵，一个砸玉，一个大哭。过后两人心里都十分后悔，一个在潇湘馆临风洒泪，一个在怡红院对月长吁。紫鹃“批评”黛玉说：“若论前日之事，竟是姑娘太浮躁了些，别人不知宝玉那脾气，难道咱们也不知道的。为那玉也不是闹了一遭二遭了”，“宝玉只有三分不是，姑娘倒有七分不是”。正在此时，宝玉来叫门，黛玉又依性子不让开门，紫鹃又派了她一个不是：“姑娘又不是了，这么热天毒日头地下，晒坏了，人家怎么样呢!”不等黛玉应答就把门开了。宝、黛原本就没有多少隔阂，不过是语言上的磕磕碰碰，宝玉这么一主动，倒使黛玉百感交集，真的泪水涟涟了。他们很快就和好如初。（第 29 回）正是千古难觅一闺密啊，直至黛玉病夭时，只有紫鹃一人在黛玉身边，黛玉向她交代后事说：“妹妹，我这里并没有亲人，我的身子是干净的，你好歹叫他们送我回去。”（第 98 回）原想着嫁给宝玉，带过去紫鹃，亲亲爱爱做夫妻，亲亲热热两姊妹，没想到落了这样的一个下场。读到这里，除非是铁石心肠，怎不叫人百感交集，怎不叫人下泪！

有人在网上作了一个问卷调查，“你愿意娶《红楼梦》中何人为妻?”共6000人投票。第一个是薛宝钗，得4000多票，第二个是花袭人，得1000多票，第三个是鲍二家的，得100多票（鲍二家的又展样，又温柔，真有人有慧眼啊），那林黛玉呢？只有5票。以致有一个女孩发了狠，宣布“谁愿意娶林黛玉我就嫁给谁”。这个调查情况说明了什么呢？第一，说明不少年轻人并没有真正读懂《红楼梦》，特别是没有读懂林黛玉。也就是只看个大概，见宝、黛之间发生一些吵闹，就受不了了。岂不知世上有哪一对夫妻没有发生过争吵？争吵就是“磨合”，争吵过后的和合，才是真正的和合。像宝钗这样精于计算的人，你都弄不清她心里的真实意图，如何能相处得好？不过是表面上的“相敬如宾”，内里的“同床异梦”。第二，说明真正优秀的拔尖人才总是少数，甚至是数一、数二的，这也符合社会发展的一般规律，如果人人都是领军人物，那么我们这个世界岂不永远处于你死我活的争斗状态？第三，说明世界上绝大多数是普通人，愿意过普通人的生活，要养家糊口，并在事业上有所发展，讲世故。有了这几点共识，就不难理解这样的调查结果了。

另一个丫环雪雁，本是黛玉从姑苏带过来的，但因为年龄小，不很懂事，续作者高鹗安排雪雁参加了宝玉与宝钗的“换包”婚礼，林黛玉在这种“婚礼”的礼乐声中死去。随着林黛玉的永远离去，雪雁被配了小厮，紫鹃果敢地随惜春出家而去。

（三）跟屁虫式的丫环。

最有代表性的是宝钗的丫环和探春的丫环。

宝钗的丫环名叫莺儿，原名黄金莺。凭想象一定是一个风流婉转、讨人喜欢的女孩儿。然而，以薛宝钗的品行，能调教出品格端正的人来吗？宝钗在书中是一个人人称颂的人物，史湘云对林黛玉说，“指出一个人来，你敢挑他，我就服你”（第20回）。连史湘云这么爱挑剔的人，宝钗在她眼里也成了圣人。然而，大观园本身就是藏污纳垢之地，在某些人眼里的好人，也不见得就是真好。但薛宝钗也并不是坏人，也就是鉴貌变色、处事圆滑罢了。这倒很符合她商人出身的家传。最让人讨厌的是这个人说话罔顾事实，金钏儿明明是给王夫人盛怒之下劈头盖脸一顿辱骂逼得跳井的，连王夫人都深感自己的罪孽，薛宝钗却信口雌黄，污蔑金钏儿是自己失足掉到井里的，不过是个“糊涂人”，多赏几两银子就完事了。这倒让人想起了她的亲哥哥薛蟠打死了冯渊，像没事人一样，自以为“花几个钱没有不了的事”的做派，这原来是这个皇商家族的家风啊。贾母爱看热闹戏，让她点戏她就点热闹戏，众人在一块猜贾妃制作的谜语，她明明一猜就着，嘴上却连说难猜。这种曲意奉迎、假情假意的虚伪做作，发生在一个十四五岁的少女身上，倒也十分罕见，难怪宝玉要烦她。宝钗对贾母、王夫人是如此，对下人也是“小惠全大体”，处处与人为善。比起那些对上奉迎，对下耍威风的人来，薛宝钗的确要好得多。即使对林黛玉，也不是有的评论说的是什么“情敌”，薛宝钗抱定女孩儿的婚姻是父母做主。她虽然对宝玉有好感，表面上仍维持着正常的姨表姐弟关系，但青春的萌动还是掩饰不住，时不时表现出来。正像晴雯抱怨宝钗的，有事没事跑来坐着，叫别人三更半夜都不能睡觉。应该说封建社会“淑女”的特征，小薛“修炼”得很到家。加上异常美丽，知书达理，与四大家族之间的姻亲关系，恰恰成就了她登上“宝二奶奶”宝座的万里东风，“好风凭借力，送我上青云”（第70回），正是她内心世界的独白。但要命的是宝玉不喜欢她，倒不是林黛玉先入为主，而是她的这种人生态度、人生轨迹与宝玉这样天性烂漫、真情无瑕的人格格不入。薛宝钗还常劝说宝玉要立身扬名走仕途经济的路，更引来宝玉的反感。莺儿作为她的贴身丫环，自然给予灌输，自觉自愿地做了宝钗的跟屁虫。莺儿娇滴滴地对宝玉说："你还不知道我们家的姑娘有几样世人都没有的好处呢?"（第35回）她心里盘算的是什么呢？如果宝钗嫁过去了，她自己就是随嫁丫环，弄好了能争个平儿一样的身份，而"二宝"都是好脾气，自己肯定比平儿的命运要好上千百倍。曹雪芹花大笔墨把莺儿写得如闻其声，如见其人，最后的交待是什么？"松影一庭唯见鹤，梨花满地不闻莺。"（第23回）梨花即雪花，就是薛宝钗也。随着宝玉的出走，薛宝钗寡守一世，这只莺儿飞向何处，很可能嫁了个小厮。

荣国府三小姐贾探春是贾府中最出色的一个女性。她没有王熙凤的奸诈凶狠，却多出了王熙凤的精明计算，加上读书识字，连凤姐都自叹不如，似乎贾府的复兴可以寄托在她身上。可是，"才自精明志自高，生于末世运偏消"。这位庶出的小姐终究要嫁出去，贾府的覆灭她无法挽救，不可能成为挽狂澜于既倒式的人物。人们赞美探春，大都是从维护贾府的立场出发。为了支撑住这座倾斜的大厦，迫切需要一个出色的人物出现。从这个角度思考，贾探春不妨是一个合适的人物。但从贾探春的思想观念上说，她并不是一个让人心服口服的人。她本庶出，是贾政的小老婆赵姨娘所亲生，这件事却像阿Q头上的疮疤一样，她不许人提起。阿Q是鲁迅笔下的近代人物，而探春这种表现出现在曹雪芹笔下要早几百年，他们身上表现出来的劣根性却是共有的。当然，阿Q是农民，探春生长在贵族豪门，对这种劣根性的表现方式不同。谁要提到阿Q头上的疮疤，阿Q就要动手与人打架。贾探春当然不会与人动手，她只是愤愤不平地抱怨："谁不知道我是姨娘生的，必要二三个月寻出由头来，彻底翻腾一回，生怕别人不知道。”（第55回）她根本否认赵姨娘是她的亲生母亲，赵姨娘的亲兄弟死了，来向贾探春多讨几两丧葬银子，说你舅舅死了，期望多照顾一点。贾探春却不认这个舅舅，说什么“谁是我舅舅？我舅舅年下才升了九省检点，哪里又跑出一个舅舅来？”（第55回）她把王夫人的兄弟，那个与她毫无血缘关系的人当作舅舅，却把这个文质彬彬的亲舅舅看作路人，也太精明得过了头。有的评论说，封建社会的庶出子女只认正室为母。这当然是一种说法，但不管是什么社会，能找到一个不认自己的亲生母亲、十月怀胎、一朝分娩，把自己的生命带到世界上来的人吗？况且赵姨娘在贾府上下所作的一切抗争，不过就是想维护和坐正她那正室之下、丫环之上的半主半奴的“偏房”身份。人们常用再生父母来形容知恩图报，赵姨娘找贾探春多讨几两银子，探春却冷冰冰一口回绝，许多人都赞美她秉公执法，但她执的是什么法？探春如此绝情，绝不是执法如山，而是另有所求，就是做给王夫人看看，趁机拍拍王夫人的马屁罢了。如果探春是一个真有感情、亲情的人，娘舅死了，依法不能多拿银子，自己掏钱也该拿出一些银子来接济，为何如此绝情，六亲不认？探春远嫁后从海疆回娘家，此时赵姨娘已死，探春连问一句自己生母去向的话都没有，却与王夫人等众人相谈甚欢，可见此人的内心是多么阴暗！探春的丫环名叫待书，这个名字典出李贺的诗“仙人待素书”。后来有的本子把它改成“侍书”，是因为改动者不知其出处。又比如第37回，探春给宝玉送来一副花笺，建议创办诗社。信中写到“如蒙棹云而来，娣则埽花以待”。“棹云”亦典出李贺的“不知船上月，谁棹满溪云”（李贺：《忆昌谷山居》）。后来有人把这句中的“棹云”改为“棹雪”、“踏雪”、“造雪”，都是不知道曹雪芹引李贺诗之故。其实，探春给宝玉写信是农历八月天气，何“雪”之有？妄改时也不动一下脑子。待书在书中出现过三次，在王夫人下令抄检大观园时出了一次大彩。凤姐带了王善保家等人抄检探春房间时，行为粗鲁，被探春打了王善保家一记耳光，王善保家气愤羞愧难当，说了一段“明儿回了太太，回老娘家去”的话，这时待书出来说：“你果然回老娘家去，倒是我们的造化了——只怕你舍不得去。”（第74回）连王熙凤都说“好丫头，真是有其主必有其仆”，恰恰与贾探春相得益彰，说出来的话竟比刀子还厉害。待书的结局呢？当然是随探春远嫁而去。

（四）与主子难与相共的丫环。

王夫人身边的丫环有金钏儿、玉钏儿、彩云、彩霞等，金钏儿、玉钏儿是姐妹俩，在金钏儿死后由玉钏儿接替服侍王夫人，而彩云、彩霞在书中往往混写。王夫人平时吃斋念经，好像是一个慈悲为怀的人，可她做出的事与她的外表恰恰相反，菩萨心肠的她身上却沾上了不少血污。金钏儿小心翼翼服侍她十几年，因为与宝玉说了一句玩笑话，十几年辛苦全付东流，竟被撵逼得跳了井。金钏儿之死在大观园激起了轩然大波，是《红楼梦》前半部激烈冲突的导火索。以宝玉在大观园内的地位、容貌和性格，成为众多女孩子的宠儿，这并不奇怪。金钏儿平日里与宝玉说几句笑话也并不过分。如她有一次对宝玉笑说：“我这嘴上是才擦的香浸胭脂，你这会子可吃不吃了？”（第23回）而这一次却是宝玉上前主动与金钏儿调笑，被王夫人瞧见，照金钏儿脸上打了个嘴巴子，骂作“下作小娼妇，好好的爷们都叫你教坏了”（第30回）。宝玉一溜烟跑了，剩下金钏儿跪地求饶：“我再不敢了。太太要打骂，只管发落，别叫我出去就是天恩了。我跟了太太十来年，这会子撵出去，我还见人不见人呢!”（第30回）金钏儿已经明白地表示了如果被逐就“不见人”的念头，但王夫人是铁了心要撵她出去的，金钏儿到底被逐了出去，于是就跳井死了。对主子来说，随便冤枉一个奴仆，原本司空见惯，不足为奇，因为主子就有这种绝对的权力。

王夫人为了一个“独苗”宝玉，采取了极为愚蠢且霸道的手段，竟虐杀了金钏儿、晴雯以及芳官等诸多丫环的性命！围绕金钏儿之死，贾环向贾政状告“宝玉在太太屋里拉着太太的丫头金钏儿强奸不遂，打了一顿，金钏儿便赌气投井死了”（第 33 回），激起了贾政无名火高三丈，加上忠顺王府来向贾府要琪官，说是宝玉勾引了琪官，而宝玉也不得不承认。这对父子之间的矛盾激化到了你死我活的程度，几乎把宝玉活活打死。薛宝钗在王夫人面前胡言乱语，说金钏儿是自己失足掉到井里的，表现出她是一个何等冷漠无情的人。林黛玉在宝玉挨打后送给她的旧手帕上，亲手书写了三首激情迸发的情诗，使他们之间的爱情急速升华。这一连串事件，都是由金钏儿投井引发而来。

当然，也有不受宝玉这个锦绣皮囊诱惑的女孩，彩霞就是其中之一。彩霞自认为高攀不上宝玉，为了拓展自己的生存空间，她想在贾环身上谋一个正经出路。贾环虽然人品猥琐，但好歹也是个主子，因此在实际生活中，彩霞处处向着贾环。一次宝玉到王夫人那里，王夫人正叫贾环抄“金钢咒”，宝玉就和彩霞说笑，只见彩霞“淡淡的不大答理，两眼睛只向贾环处看”（第 25 回）。曹雪芹用这样的传神之笔，写出了彩霞与贾环的不寻常关系。彩霞的结局出现在第 72 回“来旺妇倚势霸成亲”中，由凤姐出面把彩霞嫁给了那个“酗酒赌钱，容颜丑陋”的旺儿之子，连管家林之孝也认为，彩霞这样的女孩“听得越发出挑的好了，何苦来白糟蹋一个人”，但只有赵姨娘一个人从中斡旋奔走，还向贾政诉求，认为彩霞不能嫁给这样的人毁了前程。而其他人包括贾政在内，却大都抱无所谓的态度，彩霞终归被“霸成亲”。彩霞的故事让人阴暗压抑至极。

贾府的四位小姐，元春、迎春、探春、惜春，有“原应叹息”之寓意，四个人的丫环分别为抱琴、司棋、待书、入画，而寓“琴、棋、书、画”之意。除探春的丫环待书外，四个丫环中戏份最多的是迎春的丫环司棋。

贾迎春号称“二木头”，是小姐中最懦弱、没性格的人，她的丫环却是四个丫环中最有性格、最敢作敢为的人。为了一碗鸡蛋羹，她带了一帮子人去砸厨房，上演了一场厨房夺权闹剧。这场闹剧的领头人物就是司棋。别小看一个厨房的头儿，却承担着几百口人的吃饭，贾府实行的是公共食堂制，平时吃饭都由厨房准备，“按房头分派菜馔”（第61回），每逢宴席厨房更是忙碌，日常开销非常大，因此油水也大。因为玫瑰露和茯苓霜事件牵连到厨房的头儿柳嫂及其女儿，由司棋牵头，联络柳嫂平时的对立面的人集中攻击柳嫂，推举司棋的婶娘秦显家的代替柳嫂做厨房的头儿。秦显家的才上任，就给管家林之孝家送上“一篓炭，五百斤木柴，一担粳米”，由此可见是林之孝家这个“中层管理人员”批准了秦显家的升任厨房头儿。接着又打点送账房的礼，又预备几样菜馔请同事。当然这些礼品无疑都将打到公家的账上。谁知礼才送出去，在平儿的干预下，澄清了玫瑰露和茯苓霜事件中的真实情况，柳嫂又回来继续执政。秦显家只好让位，既白送了礼，还得自己折变了赔补亏空。把司棋气了个倒仰，无计挽回，只得作罢。从砸厨房闹夺权这件事看，司棋确是一个敢作敢为的人物。果然，后来在贾府的后花园里，司棋又与表哥潘又安私下相会，尽管她与表哥的爱无可挑剔，那么直接而极富激情，然而因为带进来一个做工粗陋的“绣春囊”，在大观园内掀起了一场轩然大波，由此引出一场抄检大观园的大举动。在这场大抄检中，枉送了晴雯的性命，芳官等几个人也被逐出大观园去尼姑庵做尼姑，却又落入两个人拐子之手。这实在是司棋一生的败笔。高鹗最后设计，写她做了烈女，这一个轰轰烈烈地死去，那一个呢？就是她的主人迎春，嫁了个中山狼孙绍祖，“可怜花柳质，一载赴黄粱”，不到一年就被活活折磨而死，双双演绎了一场人间悲剧。

四小姐贾惜春是个性格异常的人，人们称她“冷面冷心”。其丫环也很与众不同。入画也出现三次，最后一次也是在抄检大观园时，从她的箱子里抄出“一大包金银锞子，约共三四十个，又有一副玉带板子并一包男人的靴袜等物”。入画为此说了一大堆辩解的话，说是贾珍赏赐给她哥哥的。其实她的辩解漏洞很多，因为那些东西绝不是普通赏赐，贾珍也绝不会慷慨到赏赐给自己的妹妹的丫环的哥哥这样一个并不熟识的乡下人。然而入画竟掩饰了过去，众人都相信了她的话，大多数读者和评者也相信了她的话。其实王熙凤是不会相信她的这些鬼话的，无非是碍于贾珍的面子，谁不知道贾珍、贾琏之流是无花不沾的流氓，只能说明入画与珍、琏不干不净罢了。惜春对入画的事，心里又何尝不明白，她对她的嫂子尤氏说“近日我每每风闻得有人背地里议论什么不堪的闲话”（第 74 回），自己一心想做尼姑，还带上这样一个“问题”丫环干什么呢？她说出的那段对入画绝情的“或打，或杀，或卖，我一概不管”的话，被许多评者指为“冷面冷心”，连自己的丫环都不保护。然而，谁又能真正理解惜春的内心深处呢？

（五）主导型丫环。

贾母身边有众多的女孩，如鸳鸯、琥珀、翡翠、玻璃等，真正与史太君贴身的就只一个鸳鸯。鸳鸯这个人在《红楼梦》中与贾母如影相随。论出身，鸳鸯的父亲在南京看房子，哥嫂在贾母跟前充任买办浆洗等活计，可见鸳鸯是一个“家生奴”。论模样，鸳鸯“蜂腰削背，鸭蛋脸面，乌油头发，高鼻子，两边腮上微微的几点雀斑”（第 46 回），看上去不过是一个平常女孩儿。然而，鸳鸯在偌大一个荣国府，其地位、作用、影响绝非其他丫环可比。贾母称赞鸳鸯有两大好处：一是我凡的性格脾气她都知道，二是她不指着我和这位太太要衣裳去，又和那位奶奶要银子去。所谓“无欲则刚”，身处老太太身边，尽心服侍老太太，以至老太太一天也离不开她，却绝没有飞扬跋扈的气势，相反，还乐于帮助人，处处给人以方便，从而获得众多太太、奶奶、小姐们的称颂。平时鸳鸯总是那么高高地立于贾母身旁，人们在下面行礼问候，似乎也有她的份儿。即使是八面威风的凤姐，也得让她三分，其他人等就可想而知了。一次凤姐过生日，鸳鸯等丫环前来敬酒，凤姐喝得差不多了，央告道：“好姐姐们，饶了我罢。”鸳鸯却毫不容情，说：“真个的，我们是没脸的了？就是我们在太太跟前，太太还赏个脸呢。往常倒有些体面，今儿当着这些人，倒拿起主子的款来了。我原不该来，不喝，我们就走。”凤姐反倒赔笑道：“好姐姐，我喝就是了。”（第44回）为什么连王熙凤这样在府里说一不二的人，鸳鸯也敢“不敬”？正应了那句“一物降一物”的俗语。对贾母身边的这位站着的人，人们虽然不会向她烧高香，然而谁也不愿平白无故得罪她。她向老太太的耳内灌几句，就会吃不了兜着走呢。

但就是这么个人物，偏偏被老色鬼贾赦看上了。如果没有贾赦来向贾母讨鸳鸯做小老婆，那么罩在鸳鸯头上的光环就永远也不会消退。然而，贾赦的举动立即就把鸳鸯身上的神奇粉碎了。其实鸳鸯长得并不美艳，不过是平头正脸罢了，贾赦如果要找一个漂亮的女孩，又何必打老太太的主意呢？贾赦打鸳鸯的主意，自然有他深邃之考虑，既有他的政治目的，又包含着经济目的。贾赦、贾政虽然是亲兄弟，并由长兄贾赦世袭了官职，但贾母明显偏向小儿子贾政及其儿子宝玉，还以贾政老婆的侄女王熙凤治家理政。贾赦夫妇作为长房却大权旁落，心中岂不积聚怨恨，他屡屡挑拨贾政庶出的儿子贾环挑战宝玉，以玩笑的口吻讥讽贾母“偏心”。而贾赦倘若把鸳鸯收作自己身边的人，无疑就是挖贾母的墙脚，实际上是对贾母偏心贾政作出的报复。此外，鸳鸯过来后，小老婆总会向着自己，这样还可以利用鸳鸯来改善与贾母的关系，说不定有一天贾母会抛弃前嫌，回心转意偏向长房。鸳鸯还掌握着老太太的私房钱，等到有一天贾母去世，这笔数目可观的私房积蓄，就理所当然地由他这个长房来处置（到贾府被抄，宁、荣两府一败涂地，"散余资贾母明大义"，老太君果真拿出上万两银子）。贾母当然深知这个大儿子的险恶用心，为了保住鸳鸯不被贾赦挖走，她怒火中烧，当着众人的面，说得堂堂正正，句句是理，内心深处十分怨恨这个儿子竟然算计到自己头上来了，但她与贾赦争夺鸳鸯，绝不是抬高或提升鸳鸯的身份，实际也是把鸳鸯当作了个人的私产，替她自己活得舒服打算。

可怜的鸳鸯是一只孤独的鸳鸯，处于贾府这个凶险四伏的夹缝中，贾赦这个恶棍已发下了狠话，"凭她嫁到谁家，也难逃出我的手心"（第46回）。鸳鸯如此卓绝的抗争，实际上是不留后路。面对大老爷的威逼，在偌大的贾府，除了老太太，还有谁敢站起来庇护她？所有的太太、奶奶、小姐只能敛声不问。太太、奶奶们是慑于大老爷的淫威，小姐们则根本就不能涉足这件事。平时要好的丫环们的私下里表达的同情，在大老爷的淫威面前，显得毫无意义。而自这件事情发生之后，虽然鸳鸯仍旧站在贾母身旁，但原先罩在鸳鸯头上的光环也就悄然褪去，人们对鸳鸯再也没有了以前那么大的热烈，因为谁也犯不着为了一个丫环，公开表达出与大老爷作对的情绪。这种尴尬局面一直撑到老太太死后，鸳鸯也就只有给老太太殉葬这一条路可走了，其结局异常悲惨。

（六）处境最艰难的丫环。

平儿是凤姐的陪房丫环，后做了贾琏的小老婆，也就是个通房丫环。平儿性格温柔，心地善良，她夹在凤姐、贾琏这雌雄两只老虎之间（这只雌虎比雄虎还厉害），在整个贾府，只有平儿的日子最难打发，比丫环还难熬，时时都在钢丝上行走。《尔雅》说："妾者，夫为男君，其妻为女君。"一次凤姐在兴头上，对平儿说：横竖没人来，咱们一处吃饭。然而不但吃的菜有主奴之分，平儿还只屈一膝于炕沿上，半身犹立于炕下，陪着凤姐吃饭，服侍漱口（56 回）；有一次尤氏来找凤姐，见房里只有平儿在，对她说："好丫头，你这样好心人儿，难为你在这里熬"，平儿眼圈一红，拿别的话岔开。贾琏与一个叫鲍二家的妇人搞不正当性关系，被凤姐撞见，夫妇俩打架，都拿平儿出气，凤姐动手打了平儿，又叫平儿打鲍二家的，贾琏见平儿动了手，又上来打平儿，不让平儿打鲍二家的。凤姐偏又要平儿打鲍二家的，平儿只好寻刀子来割脖子自杀（未遂）。连宝玉都叹息："平儿无兄弟姊妹，独自一人供应贾琏夫妇二人，贾琏之俗，凤姐之威，她竟能周全妥帖，还遭荼毒，可见此人之命薄。"（第 44 回）平儿之难，从两件事可以看出，一次平儿找凤姐讲收利钱之事，正好贾琏在座，她就借故把贾琏支走了，再与凤姐说事；再一次是在整理贾琏在外的衣服铺盖，"不承望枕套中抖出一绺青丝来"（第 21 回），她狠狠地"教训"了一顿贾琏，却又瞒过了凤姐。似乎平儿是在两边讨好，其实不然，她起的是"灭火器"功能，处处都在维护贾琏、凤姐，避免这对夫妻挑起"战端"，实际上这是最聪明也是她唯一的生存方式。她在凤姐和贾琏之间转圈儿，无非是在寻找一个双方都能接受的平衡点（她的名字就叫平儿），而如果她倒向两人中的任何一方，她很快就会被其中一方清除，另一方也难以保护她。凤姐原有四个陪房丫环，平儿是大浪淘沙才唯一幸存下来的。又被贾琏收在房里当侍妾。给了贾琏该是贾琏的人了，可是原来的主子是什么人，会使出什么手段，她早已了如指掌，要是得罪了凤姐，自己肯定是死无葬身之地。可见平儿是多么艰难地生存在夹缝中。处在这么艰难的生存环境中，正如贾母点出的：“可怜见的，白受他们的气。”（第44回）但她终于磕磕碰碰地熬过来了。她爱贾琏吗？宝玉说“贾琏唯知以淫乐悦己，并不知作养脂粉”（第44回），贾琏这个人，从来就是把女人当作他发泄的工具，没有半点承担责任的念头，一个地地道道的纨绔子弟。然而当贾琏被他老子贾赦揍了一顿，平儿大骂“都是那贾雨村什么风村，半路途中哪里来的饿不死的野杂种！认了不到半年，生了多少事出来!”（第48回）平儿生平唯一的一次如此咬牙切齿地骂人，却是为了贾琏挨了打。贾赦勾结贾雨村诬陷石呆子拖欠官银，抄没了石呆子的二十把古扇，把古扇搞到了手。因为贾琏说了一句“为这点子小事，弄得人坑家败业，也不算什么能为”，因此被他老子打了，脸上都打破了两处。贾琏是为伸张“正义”而被打，被打的又是她的男人，这个温顺、善良、聪颖的女子，心里总藏着的那份感情，不呈给自己的“合法”男人，她又能给谁呢？高鹗安排她在凤姐死后被扶了正。正所谓“无心插柳柳成荫”，袭人千方百计想谋个宝玉的姨娘却没有得到，平儿整日提心吊胆周旋于贾琏、凤姐之间，却成了“正果”。这是丫环中结局最好的一个了。

最后我们把笔触伸向大观园内唯一的一块亮丽土地。就是为了贾妃省亲，特地从姑苏买来的十二个天真烂漫的女伶。尽管在主人眼里，她们不过是摆设，但她们漂亮、无瑕、光彩照人，无不可怜可爱。她们是龄官、藕官、芳官、豆官、药官、蕊官、葵官、茄官等。省亲过后，根据各人的意愿，她们有的遣散回家，大部分人分到各房做了丫环。她们的名字都是从植物名称而来。“龄”是什么呢？第30回目“椿龄画蔷痴及局外”，椿是千年奇树，龄自然由此而来。药是花，不是药物，已作古的俞平伯先生已作过考证，是莲子，与“藕”配对。这十二个女孩子，没有奴性而有平等、自由等观念，这是因为她们与大观园里家生女奴具有不同生长环境、不同教养的缘故。十二个女孩子中，娇美的龄官是多么痴情，这个眉眼长得像林黛玉的女孩，在蔷薇花丛中一笔一笔、反反复复画“蔷”字，连淋雨都觉察不出。那样的孤傲、敏感、倔强、多情，构成了大观园中晶莹剔透的一道风景。但她爱的是贾蔷，就是那个奉命把她从姑苏买来的小人贩子。在那样的污浊环境里，她又能认识谁呢？也许贾蔷真爱这个眉眼长得像林妹妹的女孩儿，第 36 回里，写到两人那么痴痴的情，连宝玉见了这般景况也不觉“痴了”，并由此感悟到“怪道老爷说我是‘管窥蠡测’，昨夜说你们的眼泪单葬我，这就错了。我竟不能全得了，从此后只是各人各得眼泪罢了”。龄官最后的结局没有作出交代，很可能早早就死了。贾蔷终归是那个终日里与贾珍之流混在一处的“斗鸡走狗，赏花玩柳”（第 9 回）之徒，岂能与她终身厮守，枉把一份美好的青春白白糟蹋。那样的浊世岂能容得了她的存在？最可爱的非芳官莫属。芳官娇痴如同宝玉，以致众人笑他俩“倒像是双生的弟兄两个”。芳官在怡红院得到宝玉的宠溺，众人也都喜欢她，容忍她，实在是芳官天真烂漫，全无心机。而看她在蔷薇硝、茉莉粉闹剧中敢于对抗赵姨娘、贾环母子的那种架势，再瞧她半夜里叫厨房给她送夜宵的做派，还不是倚仗着宝玉的宠爱和保护？群芳开夜宴那一回，她和宝玉憨憨地醉卧在一起，众人也就一笑了之，并不追究。这样的女孩，青春之乐如烟云般消散的极快。贾母已修炼到家，对聪明、烂漫女孩子爱护有加，而王夫人正处更年期，实在难以掩饰对青春女孩的妒忌和仇视，特别是像芳官这样娇痴而又说话随便，没有任何奴性的女孩儿，简直就是她的眼中钉、肉中刺。在抄检大观园中，王夫人驱逐了晴雯，又骂出了“唱戏的女孩子，自然是狐狸精”这样刻毒的狠话，当即就把芳官等人逐出了大观园。

在“杏子荫假凤泣虚凰”这一回里，藕官为死去的药官烧纸、哭泣。

藕官与药官假戏真做，情投意合，好像真的做了"夫妻"。药官得病去世后，藕官哭得死去活来，但戏还得演下去，又与接替的蕊官继续演"夫妻"，同样慢慢地也情投意合。她怎么有了新欢就把旧情忘了呢？藕官有一段议论。这段议论是："这又有个大道理，比如男子丧了妻，或者必当续弦者，也必要续弦为是，便只是不把死的丢过不提，便是情深意重了。若一味因死的不续，孤守一世，妨了大节，也不是道理，死者反不安了。"（第58回）宝玉听了芳官转达的藕官的这段议论，"独合了他的呆性"。人世间最难得的是真情，不管是同性还是异性之间，她们爱得坦坦荡荡。在经过抄检、暗无天日的大观园丫环群里，这些柔弱的植物，互相温暖着，这样的畸人畸情，只有让人深深地同情（当然我不鼓励同性恋）。王夫人愤怒地要把这些天地钟灵毓秀的女孩儿统统赶出大观园，以维护她的那根独苗。但由此能换来贾宝玉按她要求的那样成长吗？结果必然是适得其反。一个连字都不识的女人，她根本不懂得如何教育好子女，却又粗暴蛮横，唯我独尊。在她的淫威下，芳官、藕官、蕊官等都去尼姑庵作尼姑，却又落入两个人拐子的手中。守候她们的，更是无尽的苦难。

《红楼梦》里有名有姓的丫环到底有多少？贾母的丫环除鸳鸯外，还有琥珀、鹦鹉、珍珠；宝玉的丫环还有四儿（蕙香）、檀云、茜雪等小丫环，还有男奴李贵、茗烟，以及极少出现的扫红、墨雨、锄药、香怜、玉爱、引泉、挑云、伴鹤等；王夫人的丫环有金钏儿、玉钏儿、彩霞、彩云；林黛玉的丫环还有春纤；宝钗的丫环还有文杏；凤姐的丫环有丰儿、小红；薛姨妈的丫环有同喜、同贵、香菱，再加香菱的丫环臻儿；尤氏的丫环有银蝶、佩凤；李纨的丫环有素云、碧月；迎春的丫环还有绣橘；探春的丫环还有翠墨；惜春的丫环还有彩屏。此外，还有小丫环春燕、五儿、莲花、绮霰、紫绡、佳蕙、小螺、小燕、小鹊、小鸠、绣鸾、绣凤等，还有什么小吉祥儿、小蝉儿、小幺儿等等，上上下下不下数百人之多。据有人统计，《红楼梦》中共写了男 495 人，女 480 人，合计 975 人。（《上海师院学报》1983 年第 2 期）又据统计，除去没有名字或绰号的，共计 774 人。其中大部分是丫环和下人。

《红楼梦》中女奴及金陵十二钗的命运，正如书作者所叹息的“千红一哭（窟）、万艳同悲（杯）”。这些有情有义的人间精灵，“看破的，遁入空门，痴迷的，枉送了性命”，竟没有一个有好结果。

第二辑　人物群像

四、贾宝玉的人生道路

贾宝玉是《红楼梦》中最主要的人物，有人甚至把《红楼梦》称作“贾宝玉传”。事实就是曹雪芹在贾宝玉这个人物身上，倾注了最大的创作热情，反映出作者对人生的理想寄托，同时包含了作者对“人”的深入思考。

那么，贾宝玉走的是一条怎样的人生道路呢？

以往不少评者曾给予贾宝玉很多概念化的评价，什么“封建社会的叛逆者”、“地主阶级的叛逆者”等等，依据就是贾宝玉虽然出身于封建贵族家庭，而其行为言谈却总是与封建伦理道德和封建价值观念背道而驰。贾宝玉反对封建社会的科举制度，反对封建礼教、封建等级，主张男女平等、婚姻自由等，似乎凡是封建社会现存的一切他都持反对的态度，封建家长对他所要求做到的，他都一律抱对抗的态度。

然而，凡是现存制度的反抗者，并不都是革命派，那还要看他为什么要反抗，用什么去替代旧的。是为了建立一个崭新的社会制度、社会秩序而反对旧制度、旧传统、旧伦理，还是为反对而反对，既是行为又是目的？历史上就有一种叫作无政府主义的东西，它反对一切现存的，其激烈程度甚至超过任何别的革命行为，但无政府主义并不代表进步。现在可以肯定地说，贾宝玉的行为，既不是什么革命行为，也绝不是什么无政府主义，而是具有“贾宝玉式”特点的反叛，甚至可以称之为“贾宝玉主义”。

《红楼梦》中的许多人物对“贾宝玉式”的反叛给予了充分的表述。警幻仙子说贾宝玉是“天下第一淫人”（这里说的是“意淫”）；宝钗说他是“无事忙”，是一个“富贵闲人”；王夫人则封他一个“混世魔王”、“孽根祸胎”；贾政断喝一声“逆子”，动不动就要拿绳子来勒死他，以免将来败家毁业，“弑君弑父”。而最贴身的丫环袭人说他是“放荡驰纵，任性恣情，最不喜务正”（第 19 回）。

相比较而言，袭人的评价倒更客观周到一些。因为与宝玉朝夕相处，宝玉的一言一行都逃不脱袭人的眼睛。再说袭人也不会上升到理性的高度去认识。所谓“放荡驰纵，任性恣情”这八个字，很符合客观实际，很符合贾宝玉的为人。

至于在周围的人眼里，贾宝玉已超离了常人。奴才兴儿说他“成天价疯疯癫癫，说话人也不懂，干的事人也不知”。宝玉见了下人“喜欢时没上没下，大家乱玩一阵；不喜欢，各自走了，他也不理人”。因此“没人怕他，只管随便”（第 66 回）。第 35 回，写宝玉自己的手被烫了，却只管问旁边的玉钏“烫了哪里，疼不疼?”更有傅家的婆子对贾宝玉有一番概括：“他家里许多人说，千真万真的有些呆气。大雨淋的水鸡似的，他反告诉别人‘下雨了，快避雨去罢。’你说可笑不可笑？时常没人在眼前，就自哭自笑的；看见燕子就和燕子说话，河里看见了鱼就和鱼说话儿。见了星星月亮，他不是长吁短叹的，就是咕咕哝哝的。”因为金钏儿被逐和蒋玉菡出走，宝玉几乎被其父打死，他对黛玉说：“我便为这些人死了，也是情愿的。”（第 34 回）

以上这些，渐渐勾勒出一个面目含春，整日忙忙碌碌的贵族青年形象。他确实是一个真情毕露，待人真诚，蔑视功名利禄，不虚伪、不矫饰、不恃势、不矜贵的极好相处的人。

在看《山门》这出戏时，宝钗念了一段“寄生草”。这段唱词是：“漫揾英雄泪，相离处士家。谢慈悲剃度在莲下，没缘法转眼分离乍。赤条条来去无牵挂。哪里讨烟蓑雨笠卷单行，一任俺芒鞋破钵随缘化!”（第22回）宝玉本来对这样的热闹戏烦得很，但听了这几句，竟喜得“拍膝画圈，称赞不已”。是什么触动了他呢？就是“赤条条来去无牵挂”的恣情任性生活，勾起了他的想往和羡慕。

难道贾宝玉真的没有一点理想追求？宝玉在书中多次讲了一段有点哲理的话，这段话是：“趁你们在，我就死了，再能够你们哭我的眼泪流成大河，把我的尸首漂起来，送到那鸦雀不到的幽僻之处，随风化了，自此再不要托生为人，就是我死的得时了。”（第36回）这段话听起来异常悲观，难道这就是贾宝玉所追求的“理想”？应该说是。只是后来碰到了龄官“画蔷”的事，给了他一个小小的刺激，做了一些“修正”，领悟到“各人各得眼泪罢了”，“我竟不能全得”（第36回）。如此一个反叛者，不说他的敌对方不怕他，所有的人都不怕他，倒是嘲笑他的人大有人在。尤氏就说他“饿了吃，困了睡，再过几年不过是这样，一点后事也不考虑”。宝玉回答说：“我能够和姊妹们过一日，是一日，死了就完了，什么后事不后事。”（第71回）所谓“随心一辈子”（宝玉语），这就是对贾宝玉的人生观的“一语中的”。

贾宝玉的人生观就是如此单纯明了。因为单纯，那些封建伦理说教，都被他一笔批倒！什么仕途经济，立身扬名，什么“文死谏”、“武死战”等等，都成了他兴头上的“靶子”。你说他反封建也罢，反叛也罢，那都是很概念化的，他既不是反封建的战士，更不是反封建的英雄。从骨子里说，他是一个软骨头。因为支撑他行为的那一些东西，本身就很消极，没有一点硬气。晴雯被逐、金钏儿之死，关键时刻他就溜得远远的。甚至还是一个祸根，如金钏儿之死，如要追究起责任，他是罪责难逃的。

贾宝玉为什么会与林黛玉走到一起呢？实在是两个人在崇尚真性，不虚伪、不矫饰、不恃势、不矜贵方面有许多相通之处。“金玉”婚姻是家族政治和经济利益的结合，是压抑个人真情、违背个人意愿的婚姻，导致了贾宝玉的出走。而“木石”姻缘以个人情投意合、两相欢愉为感情基础，直致难分难离，誓同生死。一次紫鹃试探宝玉与黛玉和她自己的关系，宝玉斩钉截铁地说：“我只告诉你一句趸话：活着，咱们一处活着；不活着，咱们一处化灰化烟。”（第57回）

有人怀疑林黛玉这样的心高、睿智的人，能不能与贾宝玉携手到老。应该说林黛玉从性格上说，绝不是贾宝玉式的人物。一次黛玉对宝玉说：“咱们也太费了，我虽不管事，心里每常闲了，替他们一算，出的多，进的少，如今若不省俭，必致后手不接。”宝玉却说：“凭他怎么后手不接，也不短咱们两个的。”（第62回）黛玉听了，转身就走了，很有点“道不同，不与相谋”的感觉。别看探春平时很有主意，论心机，探春不敌黛玉；论品行，把一个连亲生母亲都不认的人与黛玉并论，简直就是对黛玉人品的玷污。第70回，大观园众姐妹起桃花社，以一支香的功夫各作一首词。林黛玉一挥而就，而到一支香完，探春才作了半首《南柯子》，论才思之敏，探春差一大截呢。如果让林黛玉管家，设想林黛玉真的当上了“宝二奶奶”，有宝玉的相爱相伴，年轻而充满活力，病自然就会痊愈，以林黛玉之才智和品格，让她管家绝对是一把好手。也许贾府就能起死回生。这是贾府复兴之唯一通道。宝钗与宝玉水火不相容，让宝钗当“宝二奶奶”，实际是把贾府逼上了绝路。而贾探春纵有治国平天下的大志，也终究要嫁出去。只有林黛玉一人能承担贾府复兴之重任，把王熙凤之流搞得乱七八糟的破残局面收拾一番，真正挽狂澜于既倒。

其实，早在第29回，书中就借张道士之口，对贾母说了一段话：“看见哥儿的这个形容身段，言谈举动，怎么就同当日国公爷一个稿子。”贾母听了，由不得满脸泪痕。说：“我养这些儿子孙子，也没一个像他爷爷的，就只这玉儿像他爷爷。”毕竟只有他俩是贾府最辉煌时代的见证人，经历过祖先创业之艰辛。可是眼前这个玩世不恭的青年公子，身上哪有一点祖先创业者的雄风？读者看到的眼前的贾府子孙，一个个纨绔习气，把贾府弄得乌烟瘴气，到了岌岌可危的地步。执掌贾府实际权力的王熙凤，弄权而贪婪近乎疯狂，所谓的当家人贾政纵能洁身自好，充其量只是一个摆设而已。而贾府要真正复兴，既要有一个绝顶才智、品格高尚的当家人，还要有一个好的摆设，而不是像贾珍、贾蓉之流的腐败人物。贾宝玉就是一个最理想的摆设。他不贪、不赌、不嫖，性格随和温顺，平等以待下人，有这些好品质就足够了，他就是一个最好的摆设。如果林黛玉真的坐上了“宝二奶奶”的交椅，临危受命，接过了王熙凤手中的权柄，那么，荣国府在这一强一弱“二玉”配对治理下，实现振兴可以说指日可待。当贾府众人皆昏昏然的时候，林黛玉就对宝玉说“出的多，进的少，如今若不省俭，必致后手不接”的话，点出了贾府衰败的症结所在，林黛玉确实不同凡响。可见贾母与张道士两人所说，绝不是空穴来风。然而，贾府上下竟没有一个人能认真思考并找到这一挽救贾府败亡的唯一通道，而把目光都聚焦到宝钗身上。薛宝钗纵有“送我上青云”之志向，与林黛玉相比也不缺才华，然而最为关键的一条她却没有，宝玉与宝钗没有爱，不可能结成夫妻。硬要把这两个人强扭在一块，贾宝玉只好选择“悬崖撒手”，践行他对林黛玉的承诺，做和尚去了。失去了宝玉这个“摆设”，也就不可能存在什么“宝二奶奶”，而没有这个摆设，宝钗将以何身份来治家？贾元春纵有过人的智商和宫廷争斗的经验，与贾母相比，还是差了一截。她最后选择宝钗，只能是功败垂成，功亏一篑。或曰，“聪慧反被聪慧误”。选择宝钗充当“宝二奶奶”，等于是自掘坟墓，贾府之败亡又岂不是天意？

五、诗神林黛玉

林黛玉在《红楼梦》前 80 回所作诗词多达 25 篇，总计 1500 字之多，大大超过了众姊妹所作。黛玉自幼丧母，又丧父，居外祖母家，常怀寄人篱下之感，特别是婚姻归宿无父母做主，心情压抑。常说忧愤出诗人，诗词就成了林黛玉宣泄情感的渠道，有时还会以突发的形式冲决而出，文思如涌，一气写下多篇作品。贾母带着刘姥姥等一干人到潇湘馆“参观”，刘姥姥进门就说：“这必定是那位哥儿的书房了。”贾母笑指黛玉说：“这是我这外甥女儿的屋子。”刘姥姥说：“这哪像小姐的绣房，竟比那上等书房还好。”（第 40 回）可以说，诗就是林黛玉的化身，就是她的生命之火。

贾妃省亲时，黛玉本想一展才华，力压群芳，偏贾妃只“命妹辈各题一匾一诗”。黛玉只好自己先作了一首五言，又代宝玉捉刀，作了二首。贾妃阅后众姊妹的诗道：“终是薛林二妹之作与众不同。”而宝玉所作四首，又是黛玉捉刀的两首被贾妃称赞。平心而论，黛玉所作《杏帘在望》等二首也是歌功颂德的应景作品，什么“盛世无饥馁，何须耕织忙”，简直是在瞎说，歌功颂德也过了头了。但其中“菱荇鹅儿水，桑榆燕子梁”这两句，十个字连用八个名词，分别从水陆、高下、动静，三组六个角度、八种动植物写景物，是极为罕见的佳句。而宝钗所作的那首显得很是平淡，贾妃说“终是薛林二妹之作与众不同”，不过是做林黛玉的陪衬而已。

无论是“秋爽斋偶结海棠社”，还是菊花诗会，林黛玉都是全身心地投入。以海棠为题写诗，她以“偷来梨蕊三分白，借得梅花一缕魂”的神来之笔，赢得众人叫好。在菊花诗会上，更以“咏菊”“问菊”“菊梦”独夺前三名。与众人的菊花诗相比较，别人固然也有佳品，但仅限于赏菊、赞菊，唯黛玉是呕心沥血，把菊花完全人格化，转化成诗人之自我。再有《葬花词》《秋窗风雨夕》《桃花行》等，无不是诗人的直抒胸臆，甚至直接写泪，写死亡，竟是笔墨中和着血泪的诉说。《葬花词》写道：“一年三百六十日，风刀霜剑严相逼。”“侬今葬花人笑痴，他年葬侬知是谁？试看春残花渐落，便是红颜老死时。一朝春尽红颜老，花落人亡两不知！”本来是写落花，不知不觉中竟把人的命运与落花紧紧联系了起来，原来人的命运同花的命运竟是一样。坡上坡下，自己恸倒了，还恸倒了另一个人贾宝玉。

林黛玉作为《红楼梦》中的一个人物，其作品实际上是曹雪芹的作品，赞美林黛玉的诗写得好，就是肯定曹雪芹的创作水平。曹雪芹无疑把自己的最大创作热情放到了林黛玉的身上。特别是七言古诗，在《红楼梦》中占了很大比重。考察中国诗歌史，这种七言古体诗在盛唐李白、杜甫时代，可以说达到了极致。因为至今也没有人破李、杜之藩篱，包括李商隐、欧阳修、陆游等，同李、杜相比终为逊色。同样，《红楼梦》中的诗作，不及李、杜也是事实。但客观地说，在清代诗坛上亦应有它的一席之地。其内容与诗体相称，当行本色，亦叙亦咏，既蕴含风流，又腾挪自然，转换灵便，极尽飘逸洒脱。其中《葬花词》最具代表性。虽然有人指责其套用了初唐诗人刘希夷的《代白头吟》（刘诗里有“今年花落颜色改，明年花开复为谁”等句子），甚至还有人说《葬花词》套用了唐伯虎的

《花下酌酒歌》。但尽管如此，也绝不能抹杀林黛玉的独创性。《葬花词》哀婉凄恻，如诉如泣，以花自喻，词无不达，意无不举的艺术风格，岂是邯郸学步所能为之？还有人索性把林黛玉的《秋窗风雨夕》称作抄袭《春江花月夜》，更显得毫无道理。林黛玉秋夜病卧潇湘馆，灯下翻阅《乐府杂稿》中《秋闺怨》《别离怨》等，耳听窗外雨声淅沥，心有所感，发于章句，把自身之孤独与悲凉之情表达得淋漓尽致，而又不失乐府古题之原有韵味，怎么能扣以“抄袭”的帽子呢？第76回，贾府败亡已近在眼前，林、史两人在凹晶馆联诗，林黛玉最后一句“冷月葬诗魂”，从诗的意境上压倒了史湘云的“寒塘渡鹤影”，同时也透视出了林黛玉最后的悲剧结局。“诗魂”随着凄清的月色“葬”下，一代才女林黛玉也香魂消散，回归到西方灵河岸三生石畔。一般说，排律诗体难就难在铺排对仗，过于精工则易于板滞，缺乏生气，如不工又导致杂乱松散，缺少章法。这就要做到既属对工稳，又开合自如；既铺排整齐，又转换自然。精工与浑成结合，整赡与灵动并存。所谓“寓古雅于精工，发神奇于典则，熔天然于百炼，操独得于千钧。古今名家，罕有兼备此者”（见唐元稹的《杜甫墓铭志》），应该说这是最高境界了。就总体上说，黛、湘两人之联句，自然浑成，脉络分明；章法自如，开合有致；深婉含蓄，韵味悠长。特别是最后以“冷月葬诗魂”这一句作结束，不由得不使人叹服。

与林黛玉相对照的薛宝钗，完全是不同的另外一个人。宝钗反复宣扬“作诗写字等事，原不是女人分内的事”（第42回）。“一个女孩儿家，只管拿着诗作正经事讲起来，叫有学问的人听了，反笑话说不守本分的”（第49回）。所以尽管她不缺才华，除随大家写一些外，所作诗词比林黛玉少得多，绝不借诗词抒情。曹雪芹也不可能在一个不爱诗的薛宝钗身上倾注他更多的诗情。她写的最好的那一首海棠诗，博得了浑厚含蓄的美名。《螃蟹咏》中“眼前道路无经纬，皮里春秋空黑黄”，堪称佳句，被众人认为“讽刺世人太毒”。但从整个诗来看，既未把自己放进去，文字上也显的拖沓。在填柳絮词时，“好风凭借力，送我上青云”这两句，不但词意翻得好，而且抒发了她蕴藏得很深的内心冲动，露了一下“峥嵘”面目。倒是史湘云这位英豪阔大、胸无城府的爽快人，与黛玉几次“交锋”，成了惺惺相惜的诗友。

六、难解的“白首双星”

第 31 回回目“因麒麟伏白首双星”是什么意思呢？准确的解释应是虽然有麒麟之说，但麒麟并没有搭鹊桥，犹如牛郎织女双星，白首永隔天河。

比起“金玉姻缘”“木石前盟”，两个“麒麟”要松散得多。史湘云固然自身佩有金麒麟，另一个麒麟却是张道士几经周折转到宝玉手中，并没有传递准确无误的姻缘信息，仅是一种“好玩”的心态。更重要的是，史湘云虽然与贾宝玉也是两小无猜，从小厮混在一起，却始终是兄妹相称，手足之情。这在第 21 回写得有声有色。一大清早，宝玉就来到黛玉、湘云房中，用湘云的洗面水自己就洗了两把脸，接着又让湘云给他梳头。因镜台两边俱是妆奁等物，宝玉顺手拈了胭脂就往嘴里送，湘云早在身后看见，“便伸手来啪的一下，从手中将胭脂打落，说道：‘这不长进的毛病儿，多早才改过’”。 史湘云不愧是英豪阔大，做起事来日月可鉴，光明磊落，不萦私情。宝玉在她面前早已失掉了“大哥哥”的尊严，完全是被动挨打的模样。然而在另一场合，宝玉一改被动，针锋相对，毫不相让。第 32 回，史湘云有一段著名论述：“如今大了，你就不愿读书去考举人进士的，也该常常的会会这些为官做宰的人们，谈讲谈讲些仕途经济的学问，也好将来应酬世务，日后也有个朋友。没见你成年家只在我们队里搅些什么!”好一个“成年家只在我们队里搅些什么”，竟是掏自肺腑的忠告。但宝玉这次大动肝火，他说：“姑娘请别的姊妹屋里坐坐，我这里仔细污了你知经济学问的。”袭人在一旁横搅，又是称赞宝钗，又是贬损黛玉，宝玉则理直气壮地声明：“林姑娘从来说过这些混账话不曾？若他也说过这些混账话，我早和他生分了。”这是两种世界观、人生观的抗争，表明贾宝玉与史、薛两人只能是姊妹，绝不可能是以身相许的有情人。

同样是对待宝玉“吃胭脂”的恶习，林黛玉是如何处置的呢？第19回，黛玉看见宝玉左边腮上有纽扣大小的一块血渍，便欠身凑近前来，以手抚之细看，又道：“这又是谁的指甲刮破了?”宝玉说：“不是刮的，只怕是才刚替他们淘漉胭脂膏子，上了一点儿。”黛玉便用自己的帕子替他揩拭了，口内说道：“你又干这些事了。干也罢了，必定还要带出幌子来。便是舅舅看不见，别人看见了，又当奇事新鲜话儿去学舌讨好儿，吹到舅舅耳朵里，又该大家不干净惹气。”好一个柔情万种！同样是忠告，黛玉绝不会像湘云那样“啪”的一巴掌。不少人认为宝、黛整日争吵不休，怎么会走到一起？这实在是很肤浅的看法。要知道，只有爱之深，才恨之深啊。宝、黛的爱情基础是任何其他人无法超越的。贾宝玉曾反复说过一段话，这段话是：“趁你们在，我就死了，再能够你们哭我的眼泪流成大河，把我的尸首漂起来，送到那鸦雀不到的幽僻之处，随风化了，自此再不要托生为人，就是我死的得时了。”(第36回）而林黛玉呢？第23回是极重要的一回，林黛玉谛听《牡丹亭》艳曲，“原来姹紫嫣红开遍，似这般都付与断井颓垣”，“则为你如花美眷，似水流年”，“你在幽闺自怜”等，引发了她对人生的感悟，充满了悲剧情怀。到后来的《葬花词》就更深化了这种感悟：“侬今葬花人笑痴，他年葬侬知是谁？试看春残花渐落，便是红颜老死时。一朝春尽红颜老，花落人亡两不知!”(第27回）这一番诉说，竟恸倒了两个人，宝、黛走到了一起，简直就是鬼使神差啊！

湘云与黛玉不同，虽两人都是父母双亡，但即使姑婆史太君不在了，湘云的婚姻自有她叔叔婶娘做主，所以湘云平时总是一副英豪阔大的气质，或嫁卫若兰，或因种种原因不能与若兰成婚。卫若兰其人，在《红楼梦》前八十回仅在秦可卿送殡的队伍里提到一次：“卫若兰等诸王孙公子”（第14回）。但在甲戌本第26回有脂批：“惜卫若兰射圃文字迷失无稿，叹叹！”第31回又有脂批：“金玉姻缘已定，又写一金麒麟，是间色法也”，“后数十回若兰在射圃所佩之麒麟，正此麒麟也。提纲伏于此回中，所谓草蛇灰线在千里之外”。

所谓“间色法”，就是作陪衬的意思。“射圃”是武荫辈们演习骑射的专设场所，足见若兰也是武荫之属。想象中的若兰“射圃文字”也是一篇“侠文”，一派英气跃然纸上。前八十回中写宝玉得到金麒麟只是一个过渡，按情节发展，这个金麒麟终究要以某种方式转到卫若兰手中。湘云是宝玉最亲近的表妹，既然宝玉、湘云没有姻缘，宝玉岂能不关心手中这个金麒麟的命运呢？最大的可能是在众人的操作下，湘云与若兰有所接触，甚至有了婚约。

那么又为何成“白首双星”呢？第22回，有脂批“湘云是自爱所误”，“皆不能跳出庄叟言外”。《红楼梦》第21回写到宝玉读庄子《外篇·胠箧》时那种洋洋自得的情景。《胠箧》以否定世间之差别来达到无差别境界，主张特立独行。湘云正是过分独行自爱，以至误了终身大事。虽然“厮配得才貌仙郎，博得个地久天长，准折得幼时坎坷形状。终究是云散高唐，水涸湘江”（第5回）。湘云最后的结局是“湘江水逝楚云飞”。虽然因有金麒麟，到头来这对婚姻终究是“白首双星”。

众多对“白首双星”的其他理解，都解释不通。已故俞平伯先生认为湘云之不幸在于若兰之早卒，致使湘云守寡，这固然也反映了湘云之命薄，逃不出警幻所设下的“薄命司”。但漏掉了“湘云是自爱所误”这一句的真实含义。他甚至认为“白首双星”“暗示贾母与张道士之隐事”，(俞平伯著《红楼梦研究》)所谓“白首双星”即是指此二老。这着实也太过分了。仔细阅读《红楼梦》就会发现，曹雪芹绝没有这种考虑。张道士当年是贾母丈夫贾代善的替身，与贾母谈话自然像老友一样，谈得很深，张道士也是书中唯一能与贾母谈及当年荣国公本人的一些事的人，他说宝玉“怎么就同当日国公爷一个稿子”的一番话，竟使两位沧桑老人落下泪来。据此就怀疑两个人有过什么浪漫故事，这是完全脱离历史背景的。以贾母的地位、思想，价值观念和行为规范，绝不可能做出这种叛逆不伦之事。古人说：“发乎情，止乎礼。”两位老人能见上面，回忆一下往事，甚至一起洒泪，就很不容易了。另一位红学大家周汝昌先生独偏爱湘云，乃至用贬低黛、钗的方式，把湘云拔高到书中“第一等人物”，他认为“因麒麟伏白首双星”指的是宝玉与湘云重逢聚合，这很带有主观的意向，也是缺少佐证的，与第31回脂批“金玉姻缘已定，又写一金麒麟，是间色法（作陪衬)”相矛盾。还有一种说法“白首双星”是指宝钗、湘云，一个“守活寡”，另一个“守死寡”。这一太富想象力的假说，可真有些匪夷所思。

七、前后两个妙玉

一样的书香门第，极通文墨，父母双亡，极标致的模样儿，林黛玉视爱情比生命还重要，妙玉却走进佛门，成了一位周身散发出不食人间烟火的圣女。书中的妙玉清高得令人生畏。在梅花开放的季节里，一次贾母带着刘姥姥等一帮子人到栊翠庵，妙玉招待贾母等人吃茶，拿出的是海棠花式雕漆填金云龙小茶盘和成窑五彩小盖钟。而在另一间密室里，妙玉拿出来招待宝、钗、黛的更令人惊奇，递给宝钗的是杯上镌有"𤓰瓟斝"三个隶字，后有一行小真字"晋王恺珍玩"，又有"宋元丰五年四月眉山苏轼见于秘府"一行小字的古怪茶具。递给黛玉的是一只形似钵而小，也镌着"点犀盉"三个垂珠篆字。这些都是货真价实的宝物，可见妙玉绝不是一般仕宦之家出身，其身份十分高贵。然而，有人考证出宋元丰二年，苏轼因"乌台诗案"（苏轼等作诗讽刺新法）被捕入狱，出狱后发配到黄州（海南岛）做"团练副使"，期间过得非常窘迫，到元丰四年，积蓄都花光了，苏轼只好带着家人开荒种田，以维持生计。在这种情形下，苏轼有何兴致去玩那个晋王恺玩过的古怪茶具，莫非隐含了曹雪芹对妙玉的讽刺？妙玉对黛、钗是如此，对宝玉更是另一番款待。她先是把前番自己常吃茶的那只绿玉斗斟与宝玉吃茶。这个高洁怪癖的槛外人，竟把自己吃的茶杯给宝玉用，而不是给另外两位女性，可见其对宝玉的情意非同一般。

当宝玉提出也要古玩奇珍时，遂又寻出一只九曲十环一百二十节蟠虬整雕竹根的一个大盒来，宣称就剩这一个了，为宝玉她连“镇山之宝”都拿出来了。

这一系列不同凡响的举措，让这三人佩服得五体投地，妙玉之清高，到了怪癖孤僻之程度。这样的一个世界上最洁净的圣女，曹雪芹给她安排了一个什么样的结局呢？“欲洁何曾洁，云空未必空。可怜金玉质，终陷淖泥中。”（第5回）所谓“风尘肮脏违心愿”，其结局极为悲惨，流落到了世间十分污浊的地方。曹雪芹最后如何写的妙玉已无人知晓。已佚失的靖藏本留下的第41回在写妙玉不收用过的成窑杯这段文字旁有一段批语，透露了一些信息。这条批语是：“妙玉偏僻处，此所谓过洁世同嫌也。他日瓜州渡口劝惩不哀哉屈从红颜固能不枯骨＋＋＋”（所缺三字，前二字磨损不清，似“各示”二字，末一字蛀去）。这条批语含义不清，只能理解出一个大概：“劝惩”是《左传》中“惩恶而劝善”之意。惩恶劝善不成，只得屈从，红颜终成枯骨矣。

妙玉之悲，悲在太执着于外物，终于流落到世间最龌龊的角落（烟花巷）。这就是曹雪芹给她安排的最后结局。其实妙玉所自认为的清高行为，无论从科学的角度，还是她所信奉的庄子学说看，都很难解释得通。她用作茶水的陈年雨水和从梅花上收来的五年前的雪水，埋在地下，也许早就长满了寄生菌，能不能吃都成问题。就水质来说，早在古代就有说法，第一是泉水，最好的是山泉。其次是江水，就是江里流动的活水。再次是井水，也就是地下水，深井水更好一些。而所谓的雨水、雪水，掺杂了空气中的尘埃，实际是严重污染的水。再说庄子学说，尽管妙玉口口声声说“文章是庄子的好”，但她对庄子的理解恰恰错了。老庄曾用水来比喻人的品格：众人处上，水独处下；众人处易，水独处险；众人处洁，水独处秽。水处下而不卑，处险而无忧，处秽能自洁，恰如人之品行。而妙玉自以为清高圣洁，实际是孤芳自许，自我封闭。佛法也曾强调“但行直心，于一切法勿有执著”（《坛经·定慧品》第四）。所谓“酒肉穿肠过，佛祖心中留”。妙玉过于执着于外物，只图表面之高洁，还不如史湘云的“割腥啖膻”理解得透彻。史湘云既能大嚼鹿肉，却是“锦心绣口”，文思如泉涌，“是真名士自风流”。曹雪芹岂能不知道这些道理？也许他把妙玉写成这样，正是为了否定她，不然为什么不给她安排一个好结局呢？凡事过了头，则会走到反面。所谓铮铮者易缺，皎皎者易污，从妙玉身上，曹雪芹正是做了这样的诠释。

再看高鹗的续书。原先那个几乎不食人间烟火的圣女，却“坐禅寂走火入魔”，见了宝玉脸就起了红晕，一阵心跳耳热，神不守舍，连忙收慑心神，怎奈“有许多王孙公子要求娶他，又有些媒婆扯扯拽拽扶他上车”，“又有盗贼劫他，持刀执棍的逼勒，只好哭喊求救”（第 87 回）。街谈巷议都知道妙玉对宝玉情牵梦绕。的确，宝玉与妙玉不是一般朋友关系，那次栊翠庵宝、黛、钗加上妙玉四人在一起品茶，妙玉就把自己用的茶具给宝玉使用。在办诗社过程中，李纨、黛玉等特别安排，罚宝玉去栊翠庵折取一株梅花，使得这两位少男少女有单独交流的机会。而在怡红院做生日派对时，妙玉竟神不知鬼不觉地送来了一张生日贺卡。然而，他们之间充其量也就是这样的“异性朋友”而已，连最敏感的林黛玉也没有表现出一丝醋意。然而，书到了高鹗手中，妙玉就成了一个思下凡嫁人的“七仙女”。以高鹗之俗，当然无法理解曹雪芹的苦心，以至把妙玉还原成一个俗之又俗的人。当然，妙玉可以选择还俗嫁人。但这样一来，与前八十回的妙玉则完全变成了风马牛不相及的两个人了。倒是结尾与曹雪芹的设想还较为吻合，生拉硬扯地把妙玉写成了一个烈女，稍差强人意。

八、林黛玉是不是最美

初读《红楼梦》，给人留下的印象是林黛玉虽然长得风流婀娜，但还不是最美的女孩。因为书中第 5 回写到薛宝钗“品格端方，容貌丰美，人多谓黛玉所不及”。更有第 49 回薛宝琴出现后惊艳四座，成了公认的美人儿。但宝琴在书中没有占多少份额，又早许配给了梅翰林的儿子，只是个过路人物。所以剩下就是林黛玉与薛宝钗争“第一美人”了。

既然薛宝钗“品格端方，容貌丰美，人多谓黛玉所不及”，为什么还要论高下呢？因为众人只是就品格和丰美这两方面说，黛玉不及宝钗，并不是单纯从美与不美作比较。从品格上说，薛宝钗行为豁达，随分从时，而黛玉孤高自许，目无下尘，有时甚至有点尖酸刻薄，这自然为黛玉所不及。再从容貌丰美上说，林黛玉也比不过薛宝钗，因为一个“丰”字就把林黛玉比下去了。曹雪芹是怎么说的呢？翻遍《红楼梦》全书，他可没有说黛玉之美比不上宝钗之美，而总是把黛玉与宝钗相提并论，一个是“鲜艳妩媚”（宝钗），一个是“风流袅娜”（黛玉）。

曹雪芹以他如椽之笔，在更广阔的天地里展开了一场“选美”之争。《红楼梦》里至少还有另外三个人物，参与了这场“选美”。这三个人是：晴雯、龄官、尤三姐。而这三个人的参照物都是林黛玉。也就是说，都以林黛玉为比拼对象。

晴雯在大观园众多丫环中是一个美人儿。王夫人说她“好个美人，真像个病西施"，"眉眼有些像林妹妹"（第 74 回）。晴雯之美得到众人的认可，原因竟是眉眼长的"有些"像林妹妹。光这"有些"二字，就足以说明晴雯之美绝对比不上林黛玉，林黛玉无疑更美。

龄官是贾府从姑苏买来的 12 个唱戏女孩之一。早在元妃省亲时众人就说她像林黛玉，结果还引来一场风波。在宝玉眼中，龄官"眉蹙春山，眼颦秋水，面薄腰纤，袅袅婷婷，大有黛玉之态"（第 30 回）。这"大有黛玉之态"，也是以林黛玉作为参照，应该说与黛玉相比，也还差那么一点点。

尤三姐是公认的"绝色"。这是柳湘莲娶妻开出的唯一条件，而贾府众人都一致认为尤三姐就是这样的"绝色"。所谓"绝"，就是仅有，唯此一家。然而，在曹雪芹笔下，借跟随贾琏的小子兴儿的口说，林黛玉"面庞身段和三姨不差什么"（第 65 回）。兴儿这样说很有一些意思，他不再以林黛玉为参照，而是反过来把尤三姐作为林黛玉之参照。为什么要这么说呢？原因可能就是前面已经说了，尤三姐是公认的"绝色"，所以也就无需再参照别人。而加上一句林黛玉与尤三姐"不差什么"，也就是说，林黛玉绝不输于尤三姐。既然尤三姐已经是"会当凌绝顶"，怎么还会再出现一个"绝顶"呢？所以只好用并列来作结论，两人都是"绝色"，分不出高下。

晴雯"眉眼有些像林妹妹"，龄官"大有黛玉之态"，显然她俩都以林妹妹作参照，与黛玉相比，都有些许差距。而尤三姐反倒成了黛玉的参照，结论是黛玉与"三姨不差什么"，并且，对尤三姐，又加上了一段"据珍、琏评去，所见过的上下贵贱若干女子，皆未有此绰约风流者"，当然也包括薛宝钗在内，都比下去了。由此可以得出结论，《红楼梦》中最美者，独林黛玉、尤三姐二人耳。二人并列第一。

薛宝钗书中写她"容貌丰美"，"唇不点而红，眉不画而翠，脸若银盆，眼如水杏"（第 8 回）。众人把她比作杨贵妃，倒也恰如其分。尽管她本人听后大怒，发泄“只是没有一个好哥哥杨国忠”，胖美人的美称却非她莫属。

林黛玉之美，不仅仅是外表。平时一颦一笑，一叹息一着恼，都出自本性，蕴涵着诗之灵魂。第19回，黛玉看见宝玉左边腮上有纽扣大小的一块血渍，便欠身凑近前来，以手抚之细看，又道：“这又是谁的指甲刮破了？”宝玉说：“不是刮的，只怕是才刚替他们淘澥胭脂膏子，上了一点儿。”黛玉便用自己的帕子替他揩拭了，口内说道：“你又干这些事了。干也罢了，必定还要带出幌子来。便是舅舅看不见，别人看见了，又当奇事新鲜话儿去学舌讨好儿，吹到舅舅耳朵里，又该大家不干净惹气。”好一个柔情万种！有人曾怀疑林黛玉的生存能力，这实在是杞人忧天。大观园中的种种惊险，哪一件能瞒得过林黛玉的眼睛？尤二姐被凤姐骗进大观园，众人察颜观色，都以为凤姐洗心革面，会善待尤二姐，只有林黛玉体察到凤姐的险恶之心，深为尤二姐忧虑。林黛玉懂世故而不弄世故，她可以给赵姨娘含笑让坐，但不会给这个不讨人喜欢的女人示好，分寸掌握得恰到好处。薛宝钗能以德服人乃至以德治人，能做到“小惠全大体”，但活脱脱就是一个穿裙装的贾政。她可以顺从贾母“爱”看热闹戏，可以信口雌黄污蔑金钏儿是自己失足掉到井里的。从她嘴里说出来的话，究竟哪些是真实的，哪些又是虚假的，还有多少可信度？一个十四五岁的女孩儿，本应天真无瑕，却做人做到了这种程度，活的累不累啊？难怪宝玉压根就是瞧不上她。其他如史湘云、妙玉就不一一对照了。至于那些嫁出去的女子，或如王熙凤，虽天秉异采，却弄权揽利，坏事做绝；秦可卿与公公私通，以致丧命天香楼。更有普通媳妇婆子，钩心斗角，即使是制造茶杯里的风波，也乐此不疲，就更不在话下了。

九、贾母无为而治

贾母是保龄侯尚书令史公之后，荣国府第二代贾代善之妻。从做贾府媳妇开始，一直做到太祖母，成为贾氏家族中辈分最高的人。她总是在儿孙簇拥陪侍中出现，俨然是一个受尊敬、被逢迎、听奉承、会享受的人，实际上她是荣府的最高统治者。在荣府几十年的风风雨雨，早已把贾母炼成了无事不晓、无所不通的“老祖宗”。她对贾府采取的是“无为而治”的策略。所谓无为而治，并不是不管事，而是表面上不管事，或者说整日价玩乐吃喝，实际上什么都掌握在她手心里。而要做到这一点，必须具备两个基本条件，一是要有权威，让别人心服口服。二是执掌实际用人权。这两条，贾母都做到了。

先说第一条。在荣国府里，贾母的权威是无人能够替代的。尽管荣府里每天都发生着千百件事，但每有大事必须向贾母请示报告，由她作出决策。而贾母的决策往往比别人高出一筹，让人心服口服。第 73 回，贾母抓赌就是一例。事情是由宝玉“被吓”引起，原来院内坐夜的人三四人聚在一处开赌局，输赢越做越大，竟成风气。贾母命即刻严查，出首者赏，隐而不报者重罚。查出聚赌者二十多人，其中三个大头家均有来头，一个是管家林之孝的两姨亲家，一个是园内厨房柳家媳妇之妹，一个是迎春的乳母。贾母命为首者每人四十大板，撵出，永不再用。从者每人二十大板，革去三个月月钱，拨入园厕行内。又将林之孝家申饬一番。众人纷纷说情，贾母不但不为所动，还对他们“教导”了一番大道理。贾母抓赌，堪称雷厉风行。包括抄检大观园这样的事，哪一件不是由贾母批准后才实行的呢?

第二，贾母对荣府之治理，是通过管家王熙凤来行使的。“凡鸟偏从末世来，都知爱慕此生才。”王熙凤之所以能得到贾母的重用，一方面是王熙凤渴望权力，主动与贾母拉近关系。另一方面，贾母也确实要找一个得力的人来管家。于是二者一拍即合。以凤姐的能力和娘家“金陵王”的背景，也确实能够担负治家的重任。贾母的选择没有错。但这位“从小儿就有杀伐决断”的凤姐，心太狠毒，为了填满她永远也填不满的权欲、财欲，发泄其妒忌心理，她为所欲为，把荣国府弄成了一个火药罐，让贾府众人都坐在火药罐上，贾母竟充当了她的保护神。仗着贾母的宠爱，王熙凤底气十足，不把别人放在眼里。一次王夫人向凤姐问了一下丫环们发放月钱的事，凤姐当面一一解释，转身就破口大骂，声称“从今以后我倒要干几件刻毒的事了”(第 36 回)。贾母宠溺凤姐，实际是柄双刃剑，一方面助长了凤姐的权势，另一方面也给凤姐招来更多的嫉恨，周围都是虎视眈眈的目光。贾母已经七十多岁，这座靠山说到底也是一座冰山。一旦贾母离世，凤姐就面临众叛亲离。荣府最后被抄，王熙凤是第一大罪人，单是从王熙凤房里就抄出两箱房地契又一箱借票，都是重利盘剥，身上更有数条人命官司。其实，早在秦可卿死时，就托梦王熙凤，叫她在祖先坟上多买置一些房产土地，到将来败落下来时带着众人去耕读，因为毕竟祖先是对先皇的有功之臣，将来犯了罪，被抄家，但祭祀产业不入官，不会把祖坟都挖掉的。王熙凤却是不见棺材不掉泪，死不回头，对这个意见“不传达，不报告，不理睬”，只图眼前，哪顾长远。说到底王熙凤这个“脂粉队里的英雄”，也不过是一个凶狠的赌徒罢了。从这点上说，贾母应承担选错人的责任。

贾母真正直接插手的只有一件事，就是宝玉的婚事。贾母对宝玉婚姻的关心，始于第29回“清虚观打醮”。她托张道士“打听着”，“不管他根基富贵，只要模样配的上就好”，“模样性格儿难得好的”，来告诉她。可当时贾母身边明明有两个“亲上作亲”的钗、黛，为何还要让人到外边去找呢？可见贾母的视野极广。其实，宝钗始终没有进入贾母的视线。第49回，薛宝琴进贾府，贾母第一眼就看中了，立刻就想“要与宝玉求配”，直得知宝琴已许下了梅翰林家才作罢。尽管贾母不时称赞宝钗“稳重和平”，在宝钗十五岁时，还自己掏二十两银子给宝钗做生日。宝钗在贾母面前也尽量乖巧，以博取贾母的欢心。然而贾母内心并不认可“二宝”的婚姻。第40回，贾母带着众人到宝钗的房中，看到宝钗的房间“素净”得如同“雪洞一般”，立即说“使不得”，“年轻的姑娘们，房里这样素净也忌讳”。这隐含着“不吉利”的忠告，体现出的仅仅是亲戚的情分，哪里会考虑更高层次上的“娶亲”呢？再说宝钗比宝玉大两岁，这年龄上的差距贾母也是断不肯的。

对林黛玉就不同了。许多评者都认为贾母不喜欢林黛玉，其实这是一种误解。平时在贾母眼里，“只有薛姨妈、史湘云、宝钗是客，余者皆是自己人”（第22回）。这“自己人”里面当然包括黛玉。第18回，当贾母听说宝玉在黛玉的房里玩时，连声说“好好好，让他姊妹一处顽顽”，她把黛玉接来贾府，就是打算把黛玉许配给宝玉的。正月半一家子围坐吃酒放爆竹，黛玉不禁毕驳之声，贾母“搂他在怀中”，王夫人“将宝玉搂怀中”（第54回）。贾母对黛玉的慈爱尽在其中。贾母在席间“掰谎”，把那些想到自己的终身大事而忘了书礼的“佳人”，归入“鬼不成鬼”“贼不成贼”一类，有的评者说这是对黛玉的警告。对连放爆竹都害怕到要大人搂在怀里的孩子，提出这样的“警告”联想，难道不觉得太过分了吗？真有点匪夷所思。因朝中一位老太妃薨亡，贾母等诰命都入朝随班按爵守制一个月，临行贾母“千叮咛万嘱咐托他（薛姨妈）照管林黛玉”（第58回），其情日月可鉴。由于贾母疼爱黛玉，贾府上下都认为宝、黛是很好的一对。第28回，贾妃端午节赐物，独宝玉与宝钗的一样，又碰上张道士与宝玉说亲，引起宝、黛误解而大吵，惊动了贾母等一干人。急得贾母连哭带抱怨：“这么两个不省事的小冤家，没有一天不叫我操心，真是俗语说的，‘不是冤家不聚头’。”（第29回）脂砚斋在此处批道：“二玉心事，此回大书，是难了割，却用太君一言以定，是道悉通部书之大旨。”宝、黛二人因听到贾母“不是冤家不聚头”这句话，尤如参禅一般，细嚼这句话的滋味，一个在潇湘馆临风洒泪，一个在怡红院对月长吁。因大吵而互相倾诉肺腑，宝、黛终于度过了磨合期，共结生死。平时贾母嘴上说“只有两个玉儿可恶”（第40回），这“可恶”里面，深藏着这位老祖宗的慈爱。到第57回，因紫鹃说了一句黛玉“要回苏州去”的玩笑话，引的宝玉呆病发作，口吐白沫，死了过去。贾母弄清了原委，流泪道：“我当有什么要紧的大事，原来是这句顽话。”贾母为什么要为一句玩笑话而流泪，这位饱经沧桑的老人，确实是被她的这对“玉儿”打动了。宝玉说：“除了林妹妹，都不许姓林。”贾母说：“以后别叫林之孝家的进园来，你们也别说‘林’字。好孩子们，你们听我这句话吧。”众人忙答应，又不敢笑。为了这对玉儿，她什么都愿意付出，哪怕丧失尊严。

俗语：老健春寒秋后热。一个八十多岁的老人，就像春寒和秋后热一样，说完就完了。但贾母绝不会丢下宝玉的婚事未了而撒手人世，她咽不下这口气。她一定留下娶黛玉的遗言。然而，随着贾府“忽喇喇似大厦倾”，宝、黛的婚姻被耽搁，王夫人、薛姨妈乘势策划“金玉姻缘”，黛玉泪尽而亡。“木石姻缘”最终破裂，应了紫鹃说的那句“有老太太一日还好一日，若没了老太太，也只是凭人去欺负了”（第 57 回）。

贾母为贾府操心了一辈子，同时也享受了大半辈子，其功过是非是明摆着的。

十、论贾妃

贾妃，贾政夫妇的大女儿贾元春，因贤孝德才，选入宫中作女史，不久晋封凤藻宫尚书，加封贤德妃。在整部《红楼梦》中除第18回省亲归来外，贾妃从未正式登场。然而荣、宁二府的荣华富贵，抛开早已去世的祖宗不说，确系贾妃于一身。

贾妃关注宝玉的婚事，本无可非议。贾妃乃长姊，宝玉是弱弟，“宝玉未入学堂之先，三四岁时已得贾妃手引口传，教授了几本书，数千字在腹内了。其名分虽系姊弟，情状犹如母子”（第18回）。所以大观园内所有亭台轩馆，贾政皆采纳宝玉的题字，贾妃深为欣慰。贾妃省亲时特地把宝玉招来，行过国礼后，“元妃命他进前，携手揽于怀内，又抚其头颈说‘比先竟长了好些……’一语未终，泪如雨下”（第18回）。如此骨肉深情，贾妃焉能不关心宝玉的婚事呢？

然而，贾妃为什么选择宝钗，难道她不知宝、黛相爱？贾妃虽然深居宫中，信息传递却是极为灵敏的。贾妃对王夫人说：“如今天恩浩荡，一月许进内省一次，见面是尽有的。”（第18回）贾母钟爱这一对姑表小兄妹，贾府上上下下无不知晓，凤姐几次表明态度，恨不得早一点把黛玉娶过来，贾妃不可能不知道。然而，她为什么视而不见，要拆散宝、黛这对鸳鸯？她既然如此深爱宝玉，为什么又不按他的意愿行事，不计后果，一意孤行？

这里自然有贾妃自己的考虑。一是，贾妃自己的婚姻，也不是自己做主。虽然贵为皇妃，也不过是皇帝的小老婆，“三宫六院”也不过是“见不得人的去处”（第18回，元春语），贾妃内心之苦闷，除她自己外，别人无法感受。如果贾妃自身的婚姻美满，爱情甜美，她岂不考虑宝玉的个人诉求？贾妃无视宝玉的个人感情，乃是以自身际遇对外界存在之报复。二是，以贾妃深居皇宫之身份，显然婚姻对她来说就是政治。宝玉不喜读书，喜欢在女孩儿队里胡闹，多次受到宝钗、湘云的批评，贾妃是知道的。她之所以选择宝钗，就是要让宝钗督促宝玉认真读书，谈讲谈讲些仕途经济学问，学会应酬世务，考个举人进士，为官作宦。而林黛玉从来不在宝玉面前说这些“混账话”（第32回，宝玉语），虽然宝、黛情深意蜜，但爱情当不得饭吃，要生存发展，还得像祖辈那样为官作宦。宝钗自然是最理想的了。她期望薛宝钗嫁过来持家立业。在这位贵妃看来，这也许是最好也是唯一的选择。所以贾妃选择宝钗的意向是坚定的，早早地就表明了态度。早在由贾妃主持的大观园分配房子时，宝玉、宝钗分得的房子最好，怡红院和蘅芜苑“这两处大地方”（第57回，探春语）分别由宝玉、宝钗占用。端午节从宫中送出来的节礼，宝玉与宝钗的一样，都是上等宫扇两柄，红麝香珠二串，凤尾罗二端，芙蓉簟一领。而林黛玉与迎、探、惜的一样，只单有扇子和数珠儿，以致宝玉诧异“怎么林姑娘的倒不同我的一样，倒是宝姐姐的同我一样，别是传错了罢？”（第28回）然而回目上列得极为分明：“薛宝钗羞笼红麝串”，哪里有一星半点错！

贾妃是绝顶聪明之人，焉能不体察到宝、黛之感受，贾妃如此狠心地拆散宝、黛，内心必然波澜起伏，极不平静，然而她久居深宫，皇宫内的一次次凶险已把她塑造成一具政治动物。宝玉是荣府嫡孙，应该承家立业，可他偏只在女孩儿队里混日子，贾妃只好选择薛宝钗，寄希望于薛宝钗。而就感情方面而言，贾妃早已麻木不仁。别看省亲时说了那么多儿女情长的话，那也是在宫中长期压抑下累积的勃发。一旦再回到皇宫内，就完全是另一番景象了。

倒是袭人还算是一个明白人。从自身考虑，宝玉娶宝钗，袭人"水落归漕，倒也欢喜"，然而，良心上受到的震撼，使袭人顾不得许多，按续书说，她跑到王夫人面前哭诉，"如今和他（宝玉）说要娶宝姑娘，竟把林姑娘撂开，除非是他人事不知还可，若稍明白些，只怕不但不能冲喜，竟是催命了！""那不是一害三个人了么？"（第96回）可是，一个丫环的哭诉又能起多大作用呢？从前八十回的迹象和后四十回的推测，拆散宝、黛之始作俑者，贾妃是也。

据考证，抛开高鹗的续作不说，宝玉最后是贾妃"赐婚"娶了宝钗。因为贾妃是知道贾母支持宝、黛的婚姻的，所以她的"赐婚"必定是在黛玉离世之后，很大的可能也是在贾母去世后。若贾母尚在，她也不敢轻易表态。因为在正式娶宝钗之前，黛玉病死，结果是"空对着，山中高士晶莹雪；终不忘，世外仙姝寂寞林"，走的走，死的死，寡居的寡居，可不就是"一害三个人"！是贾妃逼死了林黛玉，逼宝玉与宝钗"成婚"，从而又逼走了宝玉。贾府也就走上了自绝之路。现在出版的《红楼梦》后四十回由高鹗整理续写，高鹗设计了一个"掉包"的情节，虽然极不近情理，还算基本上维持了曹雪芹设计的结局。

贾妃这一生，除了干涉宝玉的婚事外，几乎没有做其他的事，更多的只是一种权力和地位的象征，维持了贾府这个"功名奕世"的门第，更因为有了贾妃的存在，使贾府进入了皇亲国戚的行列。但其本身的命运并不好，贾妃在宫中虽然富贵已极，但并不幸福，后宫七十二妃，三千佳丽，皇上是否“宠幸”过她不得而知，事实是在宫中多年，却没有生男育女，其内心之苦闷不言而喻。“二十年来辨是非，榴花开处照宫闱。三春争及初春景，虎兕相逢大梦归。”（第5回）在现存的各脂本中，己卯本、梦稿本作“虎兕”，甲戌、庚辰、甲辰等本作“虎兔”。“兕”是古时传说中的犀牛一类的独角凶兽。《说文》云：“兕如野牛而青。”“虎兔相逢”与“虎兕相逢”各有不同的含义。据考证，贾妃的原型是曹雪芹的大姑曹佳氏，嫁给讷尔苏平郡王为王妃。书中说贾妃生于甲申年正月（第86回），死于甲寅年十二月（第95回），按干支推算只活31岁，而书中却写43岁，似暗示讷尔苏平郡王妃的生存年龄。而“虎兕相逢”指的是实力相当的残酷的宫闱斗争。“虎兕争兮于朝廷”，这一典故出自东汉王逸所著《楚辞章句》中的《九思》，为伤愍屈原而作，直斥朝政之险恶。曹雪芹的原稿究竟是“虎兔”还是“虎兕”，现在无从考证。相比较而言，“兕”毕竟是生僻字，把“虎兕”抄成“虎兔”的可能性大大高于把“虎兔”抄成“虎兕”的可能性。在残酷的宫廷斗争中，贾妃“大梦归”去，不复返矣。贾妃制作的灯谜：“能使妖魔胆尽摧，身如束帛气如雷。一声震得人方恐，回首相看已成灰。”谜底是爆仗，乃一响而散之物。连贾政都叹息“非福寿之辈”（第22回）。

十一、探春不认生母是否有理

探春与其生母赵姨娘的关系特别僵。探春打心眼儿里就瞧不起赵姨娘。俗语说母以子为贵，既然有了儿子和女儿，即使是姨娘，也要被别人瞧得起，可偏偏在大观园内谁都瞧不起赵姨娘，凤姐、王夫人等人从来不拿正眼瞧她，探春本是她所亲生，却总是摆出一副主子模样教训她，或根本不理睬她。赵姨娘自诉“我何从还是个娘，比她的丫头还不济”，第100回写探春远嫁，赵姨娘前来告别，说了一段话：“姑娘，你是要高飞的人了，到了姑爷那边自然比家里还好，想来你也是愿意的，便是养了你一场，并没有借你的光儿，就是我有七分不好，也有三分的好，总不要一去把我搁在脑杓子后头。”这段话也还算得上真诚，也颇有感情色彩，女儿远嫁，从今往后能否再见面也难说，即使是旁观者读到这里也有些凄怆。但探春“听着毫无道理，只低头作活，一句也不言语”。到探春远嫁后再回娘家时，此时赵姨娘已死，探春与王夫人等人相谈甚欢，却连问一句赵姨娘下落的话都没有。探春的这种表现，如果赵姨娘在阴间有知，岂不气得再死一次。有人说，封建社会只认正室为母，即所谓“尊嫡卑庶”，所以探春只认王夫人为母，对赵姨娘视同路人。然而，一个连自己的生母都不认，不记得那个十月怀胎、一朝分娩、把自己的生命带到世界上来的人，这样的人还有什么人性可言呢？而探春就是这么一个人。

说封建社会里只认正室为母，其实也是一种妄说。《史记·吕太后本记》有一段记载："宣平侯女为孝惠皇后时，无子，详为有身，取美人子名之，杀其母，立所名子为太子。孝惠崩，太子立为帝。帝壮，或闻其母死，非真皇后子，廼出言曰：'后安能杀事母而名我，我未壮，壮即为变。'太后闻而患之，恐为其乱，廼幽之永巷中。"如果照探春的观念，把贫贱的生母隐秘不宣，岂不更好。可这个皇帝为了给生母报仇，连皇帝都不要做了。

如果说这个皇帝还只是口头上说说，未付诸行动的话，据《资治通鉴·唐纪六十四》记载，唐朝的唐宣宗李忱，其母亲郑氏原来是罪人的姬妾，入宫后当过郭太后的侍儿，因为被唐宪宗"临幸"，生下了李忱。照某些人的说法，李忱应该认郭太后为"娘"了（郭太后乃大名鼎鼎郭子仪的孙女，比《红楼梦》中的"金陵王"要尊贵的多）。但李忱当上皇帝后，奉亲娘郑氏为太后，郭太后因当年对郑氏甚无礼数，有"宿怨"，唐宣宗还她一个"礼甚薄"，不明不白就死了。而唐宣宗"事郑太后甚谨，不居别宫，朝夕奉养"。

就是在清代，孝圣宪皇后，钮祜禄氏，镶黄旗满族人，为四品典仪官凌柱的女儿，康熙四十三年（1704年）被指婚给当时还是雍贝勒的胤禛，由于其父的身份不高，所以钮祜禄氏取得的身份是格格，后升级为侧福晋。弘历时期的《实录》及《圣训》都记载，康熙五十年辛卯八月十三日，钮祜禄氏于雍和宫生下弘历。弘历25岁即帝位，即乾隆皇帝。乾隆并不以生母身份低而为耻辱，封生母为皇太后。他对生母的感情极深，太后80大寿，时已60岁的乾隆皇帝还为生母彩衣舞蹈，承欢膝下。乾隆以一颗博大之孝心治理天下，贾探春常感叹自己不是男儿身，不然定要出去做一番大事业，然而她至死也不认生母，完全有理由怀疑其能否做出一番事业。

这些皇帝的行为无可指责，倒是贾探春这种一心往高枝攀、不识生母、毫无人性的行为实在令人不齿。

十二、李纨绝不是“槁木死灰”

《红楼梦》中的李纨是什么人物，似乎早有定论。什么“槁木死灰式的李纨”，“禁欲的典型”，“一具活的三从四德的标本”，“道德的吸毒导致身如槁木，心如死灰”等等，早就给她判了“死刑”。

然而，按这些评论家的要求，李纨该怎么做才不被一棍子打死？难道要她带上一个儿子再嫁人，或者与贾琏之流去私通，才不算“槁木死灰”？在贾府这个贵族家庭，带上一个儿子去改嫁简直比登天还难，那么只有走私通一条路，才能摆脱现代一些评论家的指责了。然而李纨真的与贾琏之流私通，恐怕又会遭来更无休止的指责。总之，李纨只有死路一条可走。

然而，李纨以她自己的方式，在大观园里开辟了一条别人无法替代的人生蹊径。我想只要不带任何偏见，读者会认同她的。

在大观园开园时，贾府的大家长派给李纨的任务是带领一群未出阁的姑娘“学规矩，做针线，念念女儿经”之类，李纨却利用这个机会带了姑娘们开出一片新天地。才入大观园，李纨就萌发了开诗社的念头，经探春一提议，她便兴奋地说“雅的紧，要起诗社，我自荐掌坛”（第 37 回）。可以说大观园诗坛百花争妍，李纨这位社长功不可没，她是全身心地投入，达到了忘我的程度。

请看第一次海棠诗会，潇湘妃子一挥而就，众人都说“当以这首为上”，李社长却评论说，“若论风流别致，自是这首，若论含蓄浑厚，终让蘅稿”（第 37 回）。这评点确实不同凡响，显出了李纨是一个有相当文化和道德修养的成熟女性，是一个称职的诗社社长。倒不是李纨对林黛玉有什么成见，对李纨的评点，林黛玉心服口服。果然，在第二次菊花诗会时，林黛玉一展才华，“毫端蕴秀临霜泻，口齿噙香对月吟”，林黛玉的《吟菊》《问菊》《菊梦》分别获第一、二、三名，好一个“林潇湘魁夺菊花诗”！在这位社长的主持下，林黛玉、贾宝玉、薛家姐妹、史湘云、贾府众姐妹等都被极大地调动起积极性来，大观园内一派姹紫嫣红。

李纨内心绝非“古井无波”，而是涌动着一股少妇的心潮。她采取的是东方式的可以意会不可语达的诗一般的表达方式。她始终支持宝、黛相恋相爱，就是在高鹗的续书里，贾宝玉临出家，除了王夫人和宝钗这两个不得不告别的人之外，最后告别的也只是贾政和嫂嫂李纨两个人，宝玉对贾政实际是这对冤家父子之最后诀别，宝玉向嫂嫂告别却蕴含着无比深情。即使对妙玉她也寄于理解，她罚宝玉去栊翠庵折梅，分享少男少女们的欢乐。在抽签中，李纨掣出一枝老梅，写有“霜晓寒姿”四字，她以梅自况，她就是一枝老梅，始终处于霜雪之中。在这枝老梅身上，烙下了独特的人生记印，它甘愿报春，引来百花齐放的大好春色。

她没有像贾政、王夫人那样逼着儿子念书，贾兰晚上补习功课，她对儿子说：“看书自然是好的，今儿且歇歇。”（第 110 回）倾注着母爱和真情。比起贾政、王夫人，李纨更教子有方。这对孤儿寡母，在贾府这个恶劣环境里能够平静地生存下去，难得李纨的最后结局是“桃李春风结子完，到头谁似一盆兰?”即使在曹雪芹的笔下，也没有对贾府斩尽杀绝。第 5 回警幻仙子转述宁、荣二公所嘱说：“吾家自国朝定鼎以来，功名奕世，富贵流传，已历百年，奈运终数尽，不可挽回。我等之子孙虽多，竟无可继业者。"封建社会贵族被抄家，凡是牵涉宫廷政治斗争的，都是你死我活，满门抄斩，乃至"夷三族"、"夷九族"。另一种情况下是削去爵位，有的被撤职查办。一般情况下，世袭到第五代就不再世袭了。由于贾府的后辈子孙胡作非为，不但无可继业者，还被削去爵位，撤职查办，在曹雪芹的笔下，贾府众人死的死，散的散，发配的发配，出家的出家。但后来的子孙仍可走读书进仕之路，而只有贾兰一花独放，"到头谁似一盆兰"。对于贾府最后能延续香火，颓败之后依然能维持门第，不致最后泯灭，李纨功不可没。李纨对贾府作出的贡献，贾府中任何人都无法相比，也无人能替代。当然，从曹雪芹的视角看，这一切都不过是"虚名儿与后人钦敬"（第五回）。

那些泼向李纨身上的污水，原该冲洗干净才是。

十三、王熙凤是否是管理天才

不少评者都认为王熙凤是一个管理天才，之所以有这个说法，主要还是来自曹雪芹给王熙凤写的判词：“凡鸟偏从末世来，都知爱慕此生才。”可以举出的例子是，王熙凤协理宁国府，把秦可卿的丧事办得丝纹不乱，风风光光。而平时管理宁国府的尤氏正犯病不起，躺在床上。由此可以看出王熙凤比尤氏的管理能力强多了。

其实不然。以宁、荣两府相比较，这两府哪个更安稳些？曹雪芹早有言在先：“造衅开端实在宁。”（第5回）这话说的也是实话。书中有冷子兴说“宁国府竟翻了过来”。什么“贾二舍偷娶尤二姐”，接着又是尤三姐之死，宁国府真的如翻了天了。

然而，相比较而言，荣国府表面平静，内部却更是矛盾重重，几股势力此消彼长，长期较量，随时都有崩塌的危险。宁国府尤氏循宽仁之理念，为人忠厚，平等待人，对下人恩威并重，动之以情。所以府内虽然有不少矛盾，也不至于激化。同样是一个大家族几百口人的日常操作开销，宁府就能做到心中有数。如年底请吃年酒这样的事，贾珍命贾蓉到荣府去问凤姐“正月里请吃年酒的日子拟了没有，若拟定了，叫书房里明白开了单子来，咱们再请时就不能重犯了”。至于为什么这样做，是因为“旧年不留心重了几家，不说咱们不留神，倒像两宅商议定了送虚情怕费事一样”（第53回）。一时就拿过来了荣府请人吃年酒的单子，贾珍看后即交管家赖升去安排，由此再不会出现重叠的请吃年酒的日子。按说宁府为长，在请吃年酒的安排上应该荣府服从宁府，现在却反过来宁府迁就荣府。为什么荣府就想不到这件事情上的不妥之处呢？可见荣府管理上漏洞颇大，尽在人事上纠葛内耗，忙于收礼敛财。尽管贾珍、贾蓉多有胡作非为，其实他们玩的不过是偷鸡摸狗的勾当，只要“内当家”尤氏把得严，也起不了大浪。珍、琏合伙计算尤家姐妹，尤氏感觉不妥，曾劝说几次，无奈珍、琏不听，结果酿出祸来。可见尤氏不是无主意之人。即使像焦大这样的老奴，虽有时发牢骚骂人，也把他养起来，致使这个老奴“恨铁不成钢”，对主子绝对忠实，绝无把祖宗留下的家业往败家路上引的念头。有这样一个“反对派”存在，至少能起监督作用，比没有要好一些。而荣国府则大不相同，内部积怨极多，波澜不断。设想焦大如果落到王熙凤手里，恐怕早就被远远发配到庄子去了。荣府内平时就是为蔷薇硝、茯苓霜那么点小事，也要大闹特闹。砸厨房，大抄检，风浪一浪高过一浪。

宁、荣二府，一个波澜不惊，一个风浪不断，原因就是治理的理念不同。一个是以和促稳，一个是以斗争求稳。王熙凤治理荣国府，采取的是打压手段，以打压来维持表面的平静。但往往是越打压矛盾越积越多，越积越深。比如玫瑰露、茯苓霜事件，本与柳嫂及其女儿五儿无关，王熙凤不问青红皂白就吩咐将柳嫂“打四十板子，撵出去，永不许进二门。把五儿打四十板子，立刻交给庄子上，或买或配人”。幸亏平儿出面干预才没有形成错案。瞧她对底下人的德性：对小丫环“扬手一掌打在脸上，打的那小丫头一栽，这边脸上又一下，登时小丫头子两腮紫胀起来”，还要“把嘴撕烂了他的”，“烧了红烙铁来烙嘴”（第44回），连平儿也常挨她的打。凤姐与贾琏名为夫妻，却动不动就是一顿对打，这对门当户对的夫妻，还有什么感情可言？更深层次的是贾赦、邢夫人与王夫人、凤姐之间的矛盾，名义上凤姐是贾赦夫妇的儿媳妇，可是王熙凤一头扎进贾母、王夫人身边，以公公婆婆为敼，与丈夫争权夺利，以至上行下效，连茉莉粉、蔷薇硝这点子鸡毛蒜皮的事也要大打出手，闹个天翻地覆。更兼王熙凤爱钱如命，暗地里不知干了多少丧尽天良的事，直到最后“哭向金陵事更哀”，落了个死无葬身之处。贾府也就败亡了。

贾府的败落，也不能笼统地说就是“必然规律”，主要还是内部因素。探春就说是“自杀自灭”。即使到了封建社会晚期，新的生产关系逐渐形成，到了“改朝换代”的时候，新的生产关系的主要代表人物，也大都是从旧营垒中“杀”出来的。有的或做开明绅士也未尝不可。然而贾府里有这样的人物吗？一个都没有。用冷子兴的话说，就是“主仆上下，安富尊荣者尽多，运筹谋划者无一”（第2回）。实在也找不出一个头脑略为清醒的人来，贾宝玉自不必说，整日在脂粉堆里混日子，将来能够“化粉化灰”就满足了。贾探春倒想做一番事业，也只会小打小闹一番，况且还要嫁出去，倒是林黛玉头脑比较清醒，私下里与宝玉说过这样一段话：“咱们也太费了，我虽不管事，心里每常闲了，替他们一算，出的多，进的少，如今若不省俭，必致后手不接。”（第62回）林黛玉可算作是冷子兴说的“运筹谋划者”了，但她不是贾家的人，自己的婚姻尚无着落，无人替她做主，怎么可能有施展抱负的机会呢？如果真让林黛玉坐上“宝二奶奶”的交椅，临危受命，有宝玉作伴，荣国府在这一强一弱“二玉”的配对治理下，振兴是能够实现的。然而贾府上下竟没有一个人能想到这一挽救败亡的唯一通道。王熙凤又算个什么东西？不过是一个凶狠的赌徒罢了。

十四、评王熙凤害死尤二姐

王熙凤，这个被称作“脂粉队里的英雄”，旧社会对于一个女人的压迫和痛苦，在她身上荡然无痕。她走到哪里，就把笑声和喧闹带到哪里，贵族家庭的“老祖宗”没有她就一天过不好，荣国府更以她为最能干的媳妇和最有杀伐决断的当家人而引以为豪。然而，所有的美好容颜和笑脸都是用来讨好贾母、王夫人的，在美好的容颜和笑脸背后，隐藏着一颗蛇蝎胆、虎狼心。那个不争气的贾瑞偶尔在路上碰到凤姐，竟癞蛤蟆想吃天鹅肉打起了王熙凤的主意，被她活活整死。“王熙凤弄权铁槛寺”，她坐收三千两银子，还搭上了男女两条人命，促使其“以后有这样的事，便恣意的作为起来”（第 15 回）。尤二姐，本身温柔善良，因为先有贾琏的宠爱，只想服侍凤姐一辈子，以求得一口饭吃，却不得允许，原因是贾琏偷娶了二姐，尤二姐长得太美且又有了孕。仅这两条就是尤二姐必死的理由。

王熙凤发觉贾琏偷娶尤二姐的秘密后，先打听到尤二姐曾许了一个名叫张华的年轻人，因张华不务正业，尤老娘花十两银子退了婚。凤姐即调唆张华到都察院状告贾琏，把事情闹大。又调唆张华来贾府要人，迫使珍、琏送百两银子送他回原籍。王熙凤再向都察院行贿，只说张华是无赖，拖欠贾府银两，诬陷好人。这样做了以后，王熙凤就能够明火执仗向珍、琏之流要人了。声称要明媒正娶尤二姐为二房，还说是“亲上加亲”，从而把尤二姐搞到了手里。为杜绝张华把这件事泄露出去，王熙凤派人将其治死（未遂），以斩草除根。

尤二姐落进了凤姐给她安排的圈套。面对这个性格温柔、逆来顺受的尤二姐，如果王熙凤还有一丝天良的话，也该到此收手。据说真正的拳手是不打倒地的对手的，尤二姐根本就没有与凤姐对抗的念头，她只想“以礼相待”，心甘情愿服侍她一辈子。但王熙凤是一个从来不信阴曹地府报应的女人，她要置尤二姐于死地。这不是动物界的弱肉强食，因为尤二姐的死对王熙凤来说也是一无所获，落了个两手空空。她只是一个虐待狂、嫉妒狂，同时又要落一个贤良的好名声。可怕就可怕在这里。她借一个叫秋桐的丫环之手来折磨尤二姐，给尤二姐造成巨大精神压力，又让她吃粗茶剩饭，逼迫尤二姐自寻。当然，秋桐也逃不过王熙凤的魔掌，用她自己说的就是“借秋桐之手置死二姐，回头再收拾秋桐”（第 69 回）。

请看尤二姐死后，凤姐哭道：“狠心的妹妹，你怎么丢下我去了，辜负了我的心！”世上竟有如此狠毒而无耻之人吗？有的，这个人就是王熙凤。

王熙凤这个人怪就怪在百年来名声不错，就是王熙凤搞死尤二姐这件事，也有人对尤二姐落井下石，认为尤二姐嫁给贾琏做二房是想取王熙凤而代之，有野心，加之王熙凤生下女儿巧姐后已没有了生育能力，尤二姐很快就已怀上了孩子，王熙凤不逼其死就没有出路。因此尤二姐之死也是“该死”。照此种说法，王熙凤整死尤二姐属于“正当防卫”。怎么能如此漠视一个人的生命呢？事实上，以尤二姐的身份、地位和家庭背景，根本不可能造成对王熙凤的地位的威胁。以邢夫人为例，邢夫人一生无生育，无儿无女，其家庭背景比金陵王家差得很多，但她照样当她的“大太太”，并没有人对她的地位构成威胁。这位连账也不会写的少妇王熙凤，因为讨得了贾母的欢心，又有本家王夫人的支持，在荣国府建立了以她自己为中心的特权，贾政早就是一具偶像，她对珍、琏、蓉、芹之类荒唐子弟或者加以羁縻，或者收为鹰犬，宣称“从来不信什么阴司地狱报应的，凭是什么事，我说要行就行”（第15回）。她有一万个心眼，每个心眼都盛满了毒辣与杀机，一切都是为了填充她那永远也填不满的权欲、财欲和嫉妒心理，哪怕已经有无数的男人和女人倒在了她的脚下。封建社会讲究“三纲五常”，她采用的是实用主义，与贾琏名为夫妻，实际相互利用。贾琏送黛玉去扬州，回来的那天晚上夫妻久别重逢的一次对话，算是最有人情味了，此后一直钩心斗角，到贾琏与鲍二家的搞不正当关系，偷娶尤二姐等，直闹了个天翻地覆，王熙凤施展其凶狠、残虐的本性，贾琏根本不是她的对手，并由此对她恨之入骨。其实，凤姐对贾母、王夫人也不是出自内心的尊重，也是利用的关系。贾琏要请鸳鸯偷贾母的银器去典当，她不但不阻止，还必须先许下给她的好处。她克扣、挪用下属的月钱叫心腹奴才放高利贷。王夫人根据赵姨娘的私诉查问了一句发月钱的事，她一走出门就破口大骂，发话示威：“从今倒要干几件刻薄事了。”（第36回）明里是对着告密者，实际是发泄对王夫人的不满。王熙凤既是荣国府的大管家，同时又是这个家庭的贪污首脑。贾府的几乎全部子弟奴仆乃至婆子丫环各营其私，贪占横行无忌，上行下效，这个家族的灭亡也就只是时间问题了。王熙凤的所作所为，把她自身置于火山口，虽然贾母的宠爱、王夫人的信任加固了她的自信度，其表面上炙手可热，但当贾母去世，“四大家族”相继衰落，失去了强有力的靠山，王熙凤的权力和地位也就顷刻土崩瓦解，这只冰山上的雌凤立即沉入凛冽的冰水之中。在我们这个世界上，只要是能干，敢作敢为，即使拿它来贪污作恶，甚至杀人，都会有人赞美，更有人对王熙凤一步步精心设计搞死尤二姐津津称道。大概一万年之后也是这样，即使是上个世纪的希特勒，不也被一些人作为榜样吗？可是，众多的红学研究者，为什么也对王熙凤如此钟情，这倒使人百思不得其解。

十五、秦可卿是怎么死的

《红楼梦》第13回“秦可卿死封龙禁尉，王熙凤协理宁国府”，写的是秦可卿之死。据最早的《脂砚斋重评石头记》甲戌本写到秦可卿死得突然，宁府上下“无不纳罕，都有些疑心”。在处理秦可卿的丧事中，有几件事也很反常。一是，秦可卿的公公贾珍“哭的泪人一般”，别人问他如何处理丧事，贾珍说“如何处理，不过尽我所有罢了”。秦氏所用的棺木是薛蟠店里原来给义忠亲王老千岁准备的，贾政也说这样的棺木非常人可享，但贾珍“恨不得代秦氏去死，如何肯听”。二是，贾珍的老婆尤氏在秦可卿死后“正犯胃痛旧疾，睡在床上”，不能起来料理丧事，贾珍只好请荣府的王熙凤到宁府来协理诸事。三是，秦可卿的丫环瑞珠见秦氏死了，也触柱而死，“此事可罕”。

为什么会出现如此反常行为？请看脂砚斋的几处批语。在秦可卿突然死亡，“无不纳罕，都有些疑心”之处，脂砚斋批道：“九个字写尽天香楼事，是不写之写。”在“贾珍哭的泪人一般”处，又批道：“可笑，如丧考妣，此作者刺心笔也。”在丫环瑞珠见秦氏死了也触柱而死处，又旁批道：“补天香楼未删之文。”

在这一回的结尾，脂砚斋有一长段批语，可以解开以上之谜底。这段话是：“秦可卿淫丧天香楼，作者用史笔也。老朽因有魂托凤姐贾家后事二件，嫡是安富尊荣坐享人，能想得到处其事，虽未漏，其言其意则令人悲切叹服，姑赦之，因命芹溪删去。”又批道：“此回只十页，因删去天香楼一节，少却四、五页也。”这就解开了前面为什么出现一些反常之谜。贾珍这种恶霸禽兽不如之人，自然不会放过绝代娇艳的儿媳，与秦可卿长期私通，宁府的焦大开骂“爬灰的爬灰”即由此而来。但不幸被丫环瑞珠撞见了一次，秦可卿承受不了巨大的压力，在天香楼上吊死了，丫环瑞珠也被迫触柱而死，这可不使贾珍真的就“如丧考妣”，哭的泪人一般？

曹雪芹听从了好友脂砚斋的劝告，因为秦可卿死后即托梦王熙凤，告诫她在祖宗坟茔多置祭祀的房屋田舍，到贾府败落时可以带领子孙回去耕读。其言其意令人悲切感服，所以下笔时不忍心太狠，把她与公公私通的事删除掉了，以维护其正面形象。曹雪芹是杰出艺术大师，运用如椽之笔删掉了秦可卿与公公私通的段落，而秦可卿确实是生了病的，正如冯紫英介绍来给她看病的张大夫所诊断的，她“是个心性高强、聪明过人的人，聪明太过，则不如意之事常有，不如意事常有，则思虑太过。此病是忧虑伤脾，肝木太旺，经血所以不能按时而至”。大夫所诊断的与她婆婆尤氏说的“他可心细，心又重，不拘听见个什么话儿，都要度量个三日五夜才罢，这病就是打这个秉性上头思虑出来的”相符。张大夫给她开的药是“益气养荣补脾和肝汤”，并嘱“今年一冬是不相干的，总是过了春分，就可望全愈”。到年底凤姐再去看她时，“没见添病，也不见甚好”。如此按大夫所说，冬尽春来就该痊愈了。但书中又插进凤姐戏耍贾瑞的故事。“倏又腊尽春回”，就又过了一年。期间贾瑞药都吃了“几十斤”了。接着又是下一年冬底，林如海寄书信来，身染重病，要接林黛玉回去。在贾琏送林黛玉登舟往扬州去不久，秦可卿却死了。这样前后算起来，秦可卿是病了两年才死的呢，还是如大夫所言，病早就在一年半前就治好了，才又突然死的呢？曹雪芹确实没有作出交代。也许他是故意留下让读者联想的痕迹。而所谓联想，就是说，秦可卿虽然是病了，但确实被张大夫在一年半前就治好了，接着又与公公贾珍做起了那种事，被丫环撞见，以致上吊的上吊，撞墙的撞墙。但因为没有明确的证据，所谓与公公私通最终也只是推测。所以我们就不能肯定的说，秦可卿就是死于与公公通奸，从而模糊地维持了秦可卿这个令人同情的娇艳、脆弱的女性形象，这正是曹雪芹所期盼的。

十六、荣府的三位“太太”

荣国府除老太太贾母外，还有三位“太太”，即：太太王夫人、姨太太薛姨妈、大太太邢夫人。

王夫人与薛姨妈，是嫡亲姊妹，娘家就是赫赫有名的“金陵王”。从性格上说，王夫人与薛姨妈平时看上去是菩萨心肠，吃斋念经，慈悲为怀。这两位在娘家做小姐时，锦衣玉食，举止平和，真真的一对大家闺秀。她们没有经历贫困之家那样太多的艰辛。所以每临大事，往往拿不定主意，而为身边左右的人等支配。其实对“绣春囊”那样的事，王夫人大可不必下令兴师动众来一场抄检，抄检的结果极不理想。如果采取另一种方式，静候其变，慢慢体察，说不定能发现一些蛛丝马迹，再顺藤摸瓜，以至破案。王熙凤就给她出了个主意：“且平心静气暗暗访察，才得确实。纵然访不着，外人也不能知道。这叫‘胳膊折在袖内’。”（第 74 回）因为身处末世，这位菩萨心肠的太太乱了方寸，受那个王善保家的挑唆，下了抄检大观园的决心。王夫人所做的几件事，着实让人难以恭维。一是逼迫金钏儿跳了井，二是驱逐晴雯及芳官等人，枉送了几条青春性命。其实就王夫人的本意说，她肯定不是就要害死金钏儿、晴雯，只是一时之冲动，而后果却是真的杀了人。

金钏儿跳井的起因是她“勾引”了宝玉。那么，究竟是金钏儿勾引了宝玉，还是宝玉勾引了金钏儿？恐怕两种因素都有。一次贾政召见宝玉，宝玉从王夫人处出来，一步挪不了三寸，金钏儿一把拉住宝玉悄悄地笑道：“我这嘴上是才擦的香浸胭脂，你这会子可吃不吃了？”（第23回）可见平时宝玉与她们关系相处极随便。而直接导致金钏儿跳井的这一次，实录如下：

宝玉背着手，到一处，一处鸦雀无闻。从贾母这里出来，往西走了穿堂，便是凤姐的院落。到他们院门前，只见院门掩着。知道凤姐素日的规矩，每到天热，午间要歇一个时辰的，进去不便，遂进角门，来到王夫人上房内。只见几个丫头子手里拿着针线，却打盹儿呢。王夫人在里间凉榻上睡着，金钏儿坐在旁边捶腿，也乜斜着眼乱恍。宝玉轻轻的走到跟前，把她耳上戴的坠子一摘，金钏儿睁开眼，见是宝玉。宝玉悄悄的笑道：“就困的这么着？”金钏儿抿嘴一笑，摆手令他出去，仍合上眼，宝玉见了她，就有些恋恋不舍的，悄悄的探头瞧瞧王夫人合着眼，便自己向身边荷包里带的香雪润津丹掏了出来，便向金钏儿口里一送。金钏儿并不睁眼，只管噙了。宝玉上来便拉着手，悄悄的笑道：“我明日和太太讨你，咱们在一处罢。”金钏儿不答。宝玉又道：“不然，等太太醒了我就讨。”金钏儿睁开眼，将宝玉一推，笑道：“你忙什么！‘金簪子掉在井里头，有你的只是有你的’，连这句话语难道也不明白？我倒告诉你个巧宗儿，你往东小院子里拿环哥儿同彩云去。”宝玉笑道：“凭他怎么去罢，我只守着你。”只见王夫人翻身起来，照金钏儿脸上就打了个嘴巴子，指着骂道：“下作小娼妇，好好的爷们，都叫你教坏了。”宝玉见王夫人起来，早一溜烟去了。

这里金钏儿半边脸火热，一声不敢言语。登时众丫头听见王夫人醒了，都忙进来。王夫人便叫玉钏儿：“把你妈叫来，带出你姐姐去。”金钏儿听说，忙跪下哭道：“我再不敢了。太太要打骂，只管发落，别叫我出去就是天恩了。我跟了太太十来年，这会子撵出去，我还见人不见人呢！”王夫人固然是个宽仁慈厚的人，从来不曾打过丫头们一下，今忽见金钏儿行此无耻之事，此乃平生最恨者，故气忿不过，打了一下，骂了几句。虽金钏儿苦求，亦不肯收留，到底唤了金钏儿之母白老媳妇来领了下去。那金钏儿含羞忍辱的出去，不在话下。（第30回）

究竟是金钏儿勾引宝玉，还是宝玉勾引金钏儿，显然是宝玉在戏耍金钏儿。然而王夫人把勾引的罪名一股脑儿加到了金钏儿身上，一个女孩儿如何承受得起如此冤屈，于是含冤跳井，一死了之。主子总是“拒绝理由”的，对主子来说，随便冤枉一个奴仆，原本司空见惯，不足为奇，因为主子就有这种绝对的权力。王夫人从来就不喜欢天真妩媚的女孩，晴雯被逐出大观园，就是因为王夫人听信了一些流言蜚语下了死手，还说什么“唱戏的女孩子，自然是狐狸精”，赶走了芳官等一批天真烂漫的女孩，简直就是“宁可错杀一千，绝不放走一个”。按说一个大家闺秀，虽然年轻时不是特别漂亮，也不致于形成如此极端的性格。原因很可能就是赶上了末世，纷至沓来的变数使其手忙脚乱，力不从心，屡出昏招，使本是菩萨心肠的她却沾上了血污。其实王夫人的本意也只是驱逐她们，才知两个人都死了，这是出乎其所料的。听到金钏儿死讯，王夫人独自一人呆呆地在房间里流泪。然而她对前去探望的薛宝钗说：“原是前儿他把我的一件东西弄坏了，我一时生气，打了他几下，撵了他下去。我只说气他两天，还叫他上来，谁知他这么气性大，就投井死了。”（第33回）尽管她有赎罪心理，可还不敢说出事情真相，可见她的内心是多么脆弱，多么虚伪。薛宝钗则索性诬陷金钏儿是自己失足掉进井里的。

薛姨妈又何尝不是这样呢？娶了一个夏金桂进了家门，直闹得鸡犬不宁，她把气撒在香菱身上，即刻就要卖掉香菱。只是宝钗阻拦才没有卖成。如果香菱真被卖了，说不定又是一个金钏儿。当然，比起王夫人来，平时薛姨妈要仁慈得多，轻易不会失态。第47回，贾母因贾赦要娶鸳鸯为妾而生了大气，薛姨妈悄然退了出去。过了一会儿贾母情绪好转，叫小丫环请薛姨妈过去打牌。薛姨妈不愿去，小丫环说：“好亲亲的姨太太，姨祖宗！我们老太太生气呢，你老人家不去，没个开交了，只当疼我们罢。你老人家嫌乏，我背了你老人家去。”薛姨妈道：“小鬼头儿，你怕些什么？不过骂几句完了。”在等级森严的贵族豪门，能听见这样亲切而平等的一问一答，除了这位柔肠慈姨妈外，无论是谁也说不出来的。

在宝玉的婚事上，尽管两人都有一个共同的想法，就是把宝钗许配给宝玉。然而，一个装愚守拙，不表态；另一个则当着林黛玉的面声称把“林妹妹定于他（宝玉）”（第57回），却又对王夫人说“金锁是个和尚给的，等日后有玉的方可结为婚姻”（第28回）。因为有贾母在，这两个人表现得异常低调。薛姨妈本是带着女儿进京“待选”，或“聘选妃嫔”，或“备选为公主、郡主入学陪侍，充为才人赞善之职”（第3回），却长期住在荣府梨香园不走，毫无疑问就是改变了主意，等待把女儿宝钗送进贾府。如果薛家真的进京去了，或者回去或去了别的地方，薛宝钗在荣府的形象就会渐渐淡薄，想当“宝二奶奶”就不可能的了。她们长时间逗留荣府，与贾府众人来往不断，玩的就是以静制动，静观待变的策略。特别是利用进宫“省视”的机会，联络贾妃，到关键时刻由贾妃表态。林黛玉进贾府是破釜沉舟，不留退路。按贾母的意思，就是要给贾府作媳妇的。由于薛家一家人的出现，病弱的林黛玉被拖垮了，果真薛宝钗被送到了“宝二奶奶”的宝座。

荣国府的大太太邢夫人，因为其出身较低微，向来被评论家说得极其糟糕，什么尴尬人、愚拗、贪财等等，总之没有多少正面评价。然而从荣国府的权力构成看，贾赦夫妇虽然是长房，实际并不掌控权力，邢夫人身处侧翼，其身份确有点“尴尬”。但他们可以侧敲旁击，给掌权者出难题，给予制约。邢夫人作为婆婆，曾多次给王熙凤以难堪，封建家庭的礼数是立家之本，面对婆婆，凤姐这个铁腕人物唯有“滚下泪来”“回房哭泣”（第71回）而已。说邢夫人爱财不假，说她愚蠢却未必。四大家族“一损俱损，一荣俱荣”的帮规也体现在贾府，贾母支持贾政和王家姑侄是极为明显的。在中秋宴席上，贾赦讲的那个“天下父母心偏的多”的笑话，直逼得贾母不得不承认“我也得这个婆子针一针”（第76回）。贾赦更唆使贾环挑战宝玉，说贾环“将来这世袭的前程跑不了你袭”（第76回），公然就把宝玉等其他人撂在一边。贾赦夫妇通过儿子贾琏，又利用长辈身份制约儿媳王熙凤，部分掌控了荣国府内外事务，贾赦又何曾吃过亏？贾赦夫妇在荣府虽然不掌实权，但掌握着世袭三品神威将军的职位。在显赫的贾府，这是最高职位了。如果贾府不被抄家治罪，贾赦临死，这世袭的职位给谁还是由他说了算。贾政最高也只做到工部郎中，只是个四五品的官。邢夫人尽管出身不是很富裕的家庭，可名义上仍是世袭三品神威将军夫人。《红楼梦》多次写到夫人们按品大小妆束起来，由贾母带领邢夫人、王夫人、尤氏，一共四乘大轿入朝“谢恩”。按品位王夫人最多才是四品夫人，还比不上尤氏的三品夫人，当然也比不上邢夫人的三品夫人，而贾琏只是个“同知”（副知府），王熙凤作为他的夫人，连入朝的资格都没有。正因为如此，凤姐才时不时地抬出金陵王家来为自己壮胆。邢夫人背靠贾赦，有贾赦撑腰，而许多事情由她直接出面，这个人脾气执拗，可谁又能拗得过她这个三品夫人呢？在权力的角逐中，这对夫妇玩起贾政这样的书呆子和王夫人这样的菩萨心肠的人，他们可得心应手呢！

十七、贾宝玉的“意淫”怪癖

在“贾宝玉神游太虚境”这一回里，警幻仙姑堪称贾宝玉的性教育大师，其原因就是贾府宁、荣二公之灵曾嘱托她，以情欲声色等事警示宝玉之痴顽，或能使其跳出迷幻圈子，然后入于正道。且不说这种做法的效果究竟如何，倒像是当今社会对青少年的婚前“性”教育，以免这些涉世不深的人整日想入非非，贻误人生。其实，贾府之“运终数尽”，连宁、荣二公也承认是“不可挽回”，这种做法充其量也不过是病急乱投医而已。

现实中贾蓉的老婆秦氏与警幻仙姑之妹同名，都称作可卿。那么秦氏是不是与宝玉有性关系呢？秦可卿在自己的房间里安排宝玉睡觉。房间壁上有唐伯虎画的“海棠春睡图”，两边有宋学士秦太虚写的对联：嫩寒锁梦因春冷，芳气袭人是酒香。有人认为这是秦可卿在卧室勾引宝玉，然而这个房间并不是专门为宝玉的到来而布置，秦氏是贾蓉的老婆，这是他们夫妻的居室。但接下来书中的描述有点离谱，什么案中设着武则天当日镜室中设的宝镜，一边摆着飞燕立着舞过的金盘，盘内盛着安禄山掷过伤了太真乳的木瓜，上面设着寿昌公主于含章殿下卧的榻，悬的是同昌公主制的联珠帐。还有什么西子浣过的纱衾，红娘抱过的鸳枕。这些毫无疑问都是胡编出来的。把卧室写得如此虚虚实实，恍恍惚惚，不过是从一个侧面昭示幼小的宝玉内心世界里对秦氏的依恋。但他们毕竟是叔叔与侄媳之关系，仅限于“意淫”罢了。或者说首创了“贾宝玉式意淫”。在书中，贾宝玉首次与秦氏，后来又与妙玉、香菱等都有那种隔着一层窗纸的恋情。不少评者说这一段影射了秦氏与宝玉“有染”，其实当时宝玉睡着后，秦氏遵照贾母“好生哄着，息一会再来”的嘱咐，正在门外守候，看猫儿狗儿打架呢。再说秦氏与贾蓉正当年轻夫妻，又有贾珍纠缠着，哪里还有在小男孩身上用心思的杂念。而真正与宝玉发生性关系的却只有一个袭人，并且如一般人那样的粗俗，也就是“咱们来一次吧”那样的作业。

对妙玉亦然。妙玉出身于书香仕宦之家，带发修行。在梅花开放的季节里，一次贾母带着刘姥姥等一帮子人到栊翠庵，妙玉招待贾母等人吃茶，拿出的是海棠花式雕漆填金云龙小茶盘和成窑玉彩小盖钟。而在另一间密室里，妙玉拿出来招待宝、钗、黛的令人十分惊奇，递给宝钗的是杯上镌有“瓟斝”三个隶字，后有一行小真字“晋王恺珍玩”，又有“宋元丰五年四月眉山苏轼见于秘府”一行小字的古怪茶具。递给黛玉的是一只形似钵而小，也有镌着“点犀盉”三个垂珠篆字。这些都是货真价实的宝物，绝不是秦氏房中的虚拟之物。可见妙玉绝不是一般仕宦之家出身，其身份十分高贵。妙玉对黛、钗是如此，对宝玉更是另一番款待。她先是把前番自己常吃茶的那只绿玉斗斟与宝玉吃茶。这个高洁怪癖的槛外人，竟把自己吃的茶杯给宝玉用，而不是给另外两位女性，可见其对宝玉的情意非同一般。当宝玉提出也要古玩奇珍时，遂又寻出一只九曲十环一百二十节蟠虬整雕竹根的一个大盒来，宣称就剩这一个了，为宝玉她连“镇山之宝”都拿出来了。虽然她口头上仍说“你这遭吃的茶是托他俩个的福，独你来了我是不给你吃的”（第41回），然而其中的深意，怕是黛、钗也能觉察出来。对外面贾母、刘姥姥众人吃过的成窑玉彩小盖茶具，则因为是刘姥姥等人用过的，妙玉不再收回，还称“若我使过，就砸碎了也不能给他”（第41回），颇有一种“翻脸不认人”的霸道。

在办诗社过程中，李纨、黛玉等特别安排，罚宝玉去栊翠庵折取一株梅花，使得这两位少男少女有单独交流的机会。而在怡红院做生日派对时，也许怡红公子内心有邀请妙玉来的念头，只是不敢贸然行动，妙玉竟神不知鬼不觉地送来了一张生日贺卡，两个人之互动如此默契，简直是天衣无缝。在后四十回，高鹗把妙玉写成“坐禅寂走火入邪魔”，“忽想起日间宝玉之言，不觉一阵心跳耳热”，“怎奈神不守舍，一时如万马奔驰，觉得禅床便恍荡起来，身子已不在庵中。便有许多王孙公子要求娶他，又有些媒婆扯扯拽拽扶他上车，自己不肯去。一回儿又有盗贼劫他，持刀执棍的逼勒”（第87回）。这位妙龄女子对怡红公子魂牵梦萦，如影相随，虽自称是“槛外人”，却一只脚在槛外，另一只脚在槛内，竟是尘缘难绝。

香菱这个“竟有些像东府里蓉大奶奶的品格”的少女，少小年岁就没有了父母，连自己姓什么都不知道，被人贩子拐出来卖与了薛蟠做小老婆。宝玉一直对香菱寄予同情。香菱进入大观园后，一次因为与豆官等人吵嘴动起手来，把香菱的半扇石榴裙弄污湿了。宝玉忙忙的帮她解难题，出主意用袭人的那条与香菱一模一样的裙子来换上，还唠唠叨叨了半天，从精神到物质关心备至，不由得不使香菱感动。在袭人在场的情况下，香菱命宝玉背过脸去，自己叉手向内解下污湿的裙子，又把新裙子穿上。临分手时，走了几步又叫住宝玉，嘻嘻呆笑：“裙子的事可别向你哥哥说。”（第63回）此番柔情像涓涓细流，渗入宝玉内心深处。薛蟠娶妻，宝玉预感到有所不测，而呆香菱天真单纯，满怀憧憬，期待夏家小姐快点过来，又可以添一个作诗的人了。宝玉却看着她一步步走进深渊，他真的发呆了，流着泪目送香菱远去。对这个已作了薛蟠之妾的人，宝玉还能为她再做些什么呢？他与王一贴胡诌“妒妇方”，以治疗夏金桂的“妒妇”病。

不要以为这是闹着玩儿的，宝玉确实到了病急乱投医的地步。后四十回高鹗安排夏金桂死于香菱之前，香菱被扶了正，又因难产而死，与曹雪芹预设的“自从两地生孤木，致使香魂返故乡”并不完全吻合。

宝玉的意淫癖好绝不仅仅表现在这三个人身上，凡漂亮、清丽的女孩儿，不管是主子小姐，还是丫环下人，他都绵绵有情。宝玉在贾母处看见鸳鸯穿着水红绫子袄儿，青缎子背心，束着白绉绸汗巾，他就把脸凑在她脖颈上，闻香油气，不住用手摩挲，扭股糖似的粘在她身上，还要吃她嘴上的胭脂。到王夫人那儿见了金钏儿，把她耳上戴的坠子一摘，才说几句话就有些恋恋不舍。宝玉与晴雯的亲密关系甚至比袭人还要靠近，但晴雯临死才说“今日既已担了虚名，不是我说一句后悔的话，早知如此，我当日也另有个道理，不料痴心傻意，只说横竖在一处”（第 77 回）。晴雯死后，宝玉撰《芙蓉女儿诔》，中有“自为红绡帐里，公子深情；始信黄土垄中，女儿薄命”之叹，宝玉对晴雯之深情，绝不是肉体的占有欲（宝玉占有了袭人，却并没有对晴雯的那种深挚情感），而是一种如警幻仙子所说的超越皮肤淫滥之上的“天分中生成的一段痴情”，即“意淫”。而“意淫”二字，“唯心会而不可口传，可神通而不可语达”（第 5 回）。实际上，宝玉对所有女孩子的美丽聪慧，都倾注着爱和依恋，并愿意为此“一生事业纵然尽付东流，亦无足叹惜”（第 34 回）。

即使在秦可卿送葬的半路上停留时，宝玉等人进入农家院子，碰到一个村姑叫二丫头的，上车离开时见二丫头抱着小兄弟同几个小女孩说笑而来，宝玉“恨不得下车跟了他去”（第 15 回）。在这一段有脂砚斋的批语：“处处点情，又伏下一段后文。”后文究竟怎样，因八十回之后曹雪芹的原稿已找不见，所以也无从知晓。但他对中年妇女并无好感，奇怪女人一旦嫁了汉子，染了男人的气味，也就混账起来，甚至比男人更可杀。所以宝玉只亲近年轻靓丽的女孩，但亲近归亲近，他不会像贾琏、茗烟那样按倒女孩干坏事，而只是贾宝玉式的“意淫”。宝玉常说的一段话就是这种“意淫”的最好注释：“趁你们在，我就死了，你们哭我的眼泪流成大河，把我的尸首漂起来，送到那鸦雀不到的幽僻之处，随风化了，自此再不托生为人。”（第36回）后来他与龄官亲近被冷落，“从来未经过这番被人弃厌”，又亲见到贾蔷与龄官之间的深情，才有所领悟到“你们的眼泪单葬我，这就错了，我竟不能全得”（第36回）。

全得根本是不可能的。贾宝玉纵然想全得，只是他的一厢情愿，他只能得到他所能得到的。贾宝玉真不愧是天下第一“意淫”男子！

十八、林黛玉与刘姥姥“共舞”

《红楼梦》中的刘姥姥绝不是一般的农妇。虽然她只是一个老寡妇，但凭她久经沧桑的经历，绝不是糊涂人。她发现自己祖上曾与当今的名门望族贾府有过瓜葛，就充分利用起来。她的“攻关”技巧也充分得体，先是利用与贾府的仆人周瑞家相识的关系，由其引见。进入贾府，一见平儿，二见凤姐。刘姥姥一进荣国府，原本是来“打秋风”。到刘姥姥第二次进荣国府，就含有走亲戚的成份了。正赶上收获季节，她把刚摘下的新鲜瓜果蔬菜满满一车送来孝敬荣府，博得众人一致好感。她十分懂得迎合贾府上下众人，包括大大小小的主子、小姐、丫环，一律以礼相待，言谈中给这个死气沉沉的深宅大院带进了一股山野的清新空气。果然博取了上至贾母、下至众丫环的一致好评。贾母身居荣国府高位，使的却是无为而治，并不要去管理荣府的具体事务，都交由王熙凤这个大管家去办理，她自己就是带领一大帮太太、奶奶、小姐及众奴才如何打发一天又一天的日子。当然，“无为”并不是无所作为，而是以“有为”为目的。贾府哪一件事能瞒过贾母？哪一件事不在贾母的掌控之下？贾母和刘姥姥这两位历尽人间沧桑的老人，尽管生活境遇是两重天，凭各自的人生阅历，却都悟出了人生之真谛，因而自有说不完的话题，贾母待刘姥姥以上宾。在大观园开宴时，刘姥姥配合凤姐、鸳鸯，故意出丑逗乐大伙。又跟随贾母逛大观园。在金鸳鸯三宣牙牌令的游戏中，更使潜藏在刘姥姥身上的才智发掘了出来，刘姥姥几成了山村诗人。在贾府的整个活动中，尽管刘姥姥是一个被众人取乐的对象，付出了自身的尊严，但她得到的却是攀上了贾府这棵大树，单从经济利益上说，是一次又一次的满载而归。可见刘姥姥绝不是一个只会阿谀奉承的浅薄之人，她颇知眼眉高低，性格坚韧，善于机变，大智若愚，从性格上说是贾母的陪衬倒很确切。

单就逗笑刘姥姥来说，林黛玉可谓独辟蹊径。以林黛玉之才华，对付一个村姥姥，显得绰绰有余。她不似凤姐、鸳鸯那样直接捉弄村姥姥，而是如宝钗所言：“世上的话，到了凤丫头嘴里也就尽了。幸而凤丫头不认得字，不大通，不过一概是市井取笑。更有颦儿这促狭嘴，他用‘春秋’的法子，将世俗的粗话，撮其要，删其繁，再加润色比方出来，一句是一句。”（第42回）刘姥姥在宴席上既吃酒，又听音乐，喜得手舞足蹈。宝玉对黛玉说：“瞧刘姥姥的样子。”黛玉道：“当日圣乐一奏，百兽率舞，如今才一牛耳。”（第41回）《列子·黄帝》中说：“尧使夔典乐，击石拊石，百兽率舞，《箫韶》九成，凤凰来仪，此以声致禽兽者也。”《书·益稷》：“予击石拊石，百兽率舞。蔡沉集注：‘重击曰击，轻击曰拊。石，磬也’。”相传虞舜敲打石磬，一下重，一下轻，时快时慢，节奏铿锵，使得各种兽禽一齐翩翩起舞。以此比喻政治清明，民众安乐，连兽禽都被感化。林黛玉与刘姥姥这一雅一俗，可谓相得益彰。可在另一场合，林黛玉又独出心裁，别人都称“刘姥姥”，她却说“他是哪门子姥姥，直叫他个‘母蝗虫’就是了。”众人又是一笑。到惜春作画，林黛玉更有奇特构想，连题跋都有，叫作《携蝗大嚼图》！这又雅又俗的表达，竟被她一个人全占了，笑得众人前仰后合，湘云连人带椅都歪到了一边。

林黛玉为何越众对刘姥姥“发难”，很可能是黛玉当时的心情特别好，贾母率众漫游大观园，黛玉在贾母身边，又有宝玉作伴，亲情弥漫，心情自然是好的，因为心情好，说话就多，以黛玉之性格，不说也罢，一旦说起来，必然是“语不惊人死不休”，这样自然而然就与刘姥姥“共舞”成一段佳话。把刘姥姥比作“母蝗虫”，从她本意上说，倒也不是贬义老刘，只是一种戏谑而已。当然，在一些场合，林黛玉可是惹不得的。第 7 回周瑞家的送宫花给林黛玉，她劈头劈脑就是“我就知道别人不挑剩下不会送到我这里”。这话说得毫无道理。你怎么知道别人都是挑好的先拿走，一二枝纸花就值得这么挑挑拣拣？周瑞家的也不是好惹的，她是王夫人的陪房，当面不与你争论，背地里还不知怎么说你，不然咋冒出一个“孤高自许，目无尘下”的评价。宝钗因被她哥哥抢白，“哭了一夜”，次日到怡红院被黛玉瞧见，以为是因宝玉挨了贾政的打而起，劈面就是一句：“姐姐也自保重些儿，就是哭出两缸眼泪来，也医不好棒疮！”（第 34 回）尽管林黛玉平时待人接物也挑不出大毛病，即使碰到赵姨娘也是以礼相待，对贾母、贾政等长辈更是言必恭敬，亲情融融。但有时突然间为何会失态呢？很可能是大小姐脾气未得彻底改掉，毕竟是盐科林老爷的掌上明珠，碰上不顺心的事就使性子。当然，在贾府这样的险恶环境里，林黛玉身上的这种大小姐脾气，随着年龄增大也慢慢消磨掉了。第 40 回之后，林黛玉定情于贾宝玉，其待人接物，显得何等得体，又何等柔情万种！

十九、好一个“爱语慰痴颦”

第 57 回，“慈姨妈爱语慰痴颦”，读起来很给人以压抑感。先摘录一段如下：

薛姨妈道：“也怨不得他伤心，可怜没父母，到底没个亲人。”又摩娑黛玉笑道：“好孩子别哭。你见我疼你姐姐你伤心了，你不知我心里更疼你呢。你姐姐虽没了父亲，到底有我，有亲哥哥，这就比你强了。我每每和你姐姐说，心里很疼你，只是外头不好带出来的。你这里人多口杂，说好话的人少，说歹话的人多，不说你无依无靠，为人作人配人疼，只说我们看老太太疼你了，我们也洑上水去了。”黛玉笑道：“姨妈既这么说，我明日就认姨妈做娘，姨妈若是弃嫌不认，便是假意疼我了。”薛姨妈道：“你不厌我，就认了才好。”宝钗忙道：“认不得的。”黛玉道：“怎么认不得？”宝钗笑问道：“我且问你，我哥哥还没定亲事，为什么反将邢妹妹先说与我兄弟了，是什么道理？”黛玉道：“他不在家，或是属相生日不对，所以先说与兄弟了。”宝钗笑道：“非也。我哥哥已经相准了，只等来家就下定了，也不必提出人来，我方才说你认不得娘，你细想去。”说着，便和他母亲挤眼儿发笑。黛玉听了，便也一头伏在薛姨妈身上，说道：“姨妈不打他我不依。”薛姨妈忙也搂他笑道：“你别信你姐姐的话，他是顽你呢。”宝钗笑道：“真个的，妈明儿和老太太求了他作媳妇，岂不比外头寻的好？”黛玉便够上来要抓他，口内笑说：“你越发疯了。”薛姨妈忙也笑劝，用手分开方罢。因又向宝钗道：“连邢女儿我还怕你哥哥遭踏了他，所以给你兄弟说了。别说这孩子，我也断不肯给他。前儿老太太因要把你妹妹说给宝玉，偏生又有了人家，不然倒是一门好亲。前儿我说定了邢女儿，老太太还取笑说：‘我原要说他的人，谁知他的人没到手，倒被他说了我们的一个去了。’虽是顽话，细想来倒有些意思。我想宝琴虽有了人家，我虽没人可给，难道一句话也不说。我想着，你宝兄弟老太太那样疼他，他又生的那样，若要外头说去，断不中意。不如竟把你林妹妹定与他，岂不四角俱全？”林黛玉先还怔怔的，听后来见说到自己身上，便啐了宝钗一口，红了脸，拉着宝钗笑道：“我只打你！你为什么招出姨妈这些老没正经的话来？”宝钗笑道：“这可奇了！妈说你，为什么打我？”紫鹃忙也跑来笑道：“姨太太既有这主意，为什么不和老太太说去？”薛姨妈哈哈笑道：“你这孩子，急什么，想必催着你姑娘出了阁，你也要早些寻一个小女婿去了。”紫鹃听了，也红了脸，笑道：“姨太太真个倚老卖老的起来。”说着，便转身去了。黛玉先骂：“又与你这蹄子什么相干？”后来见了这样，也笑起来说：“阿弥陀佛！该，该，该！也臊了一鼻子灰去了！”薛姨妈母女及屋内婆子丫鬟都笑起来。婆子们因也笑道：“姨太太虽是顽话，却倒也不差呢。到闲了时和老太太一商议，姨太太竟做媒保成这门亲事是千妥万妥的。”薛姨妈道：“我一出这主意，老太太必喜欢的。”

这几个人物写得活灵活现。薛姨妈是真疼黛玉还是假疼黛玉？她自己说“你不知我心里更疼你呢”。她怎么可能疼黛玉比疼宝钗更甚，显然掺杂了虚情假意。黛玉听到薛姨妈这么说，当真就动了情，要认薛姨妈做娘。这一下可就要弄假成真，薛宝钗在一旁着了急，横里打岔说认不得，胡诌把林黛玉说给薛蟠，从而把认娘这件事搅黄。但既然说到了黛玉的亲事，薛姨妈顺口说“你宝兄弟老太太那样疼他，他又生的那样，若要外头说去，断不中意，不如竟把你林妹妹定与他，岂不四角俱全”。这才点到了正题。于是，紫鹃、众婆子都来附和，都说“姨太太竟做媒保成这门亲事是千妥万妥的”。特别是紫鹃，不顾一个丫环的身份，竟“催促”薛姨妈快点去说。紫鹃与黛玉名为仆主，实胜姊妹，紫鹃此举很让人动容。把薛姨妈逼到这个份上，只得说“我一出这主意，老太太必喜欢的”。实际上是到此为止，又有谁知道她心中深藏的秘密呢？而如果薛姨妈真的去对贾母说了，林黛玉的命运也许就改变了。

这一大段人物对话，充满了人性的大交锋。薛宝钗含而不露，看上去简直有点奸诈，她难道急到林黛玉真会认自己的生母为娘而把她撇开？如果薛宝钗的智商停留在这个水平上，就不成其为薛宝钗了。她实际上是在戏弄林黛玉。而薛姨妈的“慈姨妈”形象也表现得很充分，但这是有底线的。她绝不可能去当面对贾母说把林黛玉许配给宝玉的话。其实她早就给王夫人说宝钗的“金锁是个和尚给的，等日后有玉的方可结为婚姻”（第28回）。这一对商人母女，着实把林黛玉主仆两个玩了一番。

好个痴情纯真的林黛玉！对生活中的一切都动真情，当真就信了这对母女的表白。开始时她是“怔怔的”听着，因为她听到薛姨妈说自己的外祖母曾说“把你妹妹（薛宝琴）说给宝玉，偏生又有了人家”。也许黛玉这是第一次听到这样的话，她岂能不“怔怔”，不困惑不解？而既然宝琴的事告吹，她心里期待的就是自己与宝玉的婚约了。及到薛姨妈真的说“不如把你林妹妹定与他（宝玉）”时，口中却又说这是“老没正经的话”，连紫鹃走上前来帮腔也被她“臊了一鼻子灰”。这一颗少女之心真难捉摸啊。有人说女孩的话往往要从反面去理解。林黛玉说的这些话正是应当从反面去理解。可是一个失去了父母的孤女，身处如此复杂的环境，又有谁能真正体察她内心深处之苦衷？不只是黛玉，连细心的读者也为之焦灼不安啊。

好一个可亲可爱的慧紫鹃！不是紫鹃不知道一个丫环不该在这种场合说这样的话，而是憋不住内心的冲动。她日夜焦虑的就是黛玉与宝玉的婚姻，哪怕牺牲了自己的一切，她也要促成这对婚姻，为的就是与黛玉这段舍不得、割不断的姊妹情！

二十、开到荼蘼花事了

荼蘼，一种攀缘类落叶小灌木，开白色小花，略有香气。荼蘼开在残春时节，此时百花已近凋零。宋代诗人王淇有诗称“开到荼蘼花事了”（《暮春游小园》），范成大也有诗云“荼蘼如雪照黄昏”（《观牡丹荼蘼》），说的就是这样的一种意境。曹雪芹在《红楼梦》中多次提及荼蘼。第17回“大观园试才题对额”，贾政率众多清客相公加上宝玉，为刚落成的省亲别墅各景点题写门联匾额，来到那牵藤引蔓、蘼芜满院的一个去处，当时清客相公中有人提议用古诗“蘼芜满手泣斜阳”，被众人斥之“颓丧，颓丧”。几经斟酌，最后被冠以“吟成豆蔻才犹艳，睡足荼蘼梦也香”的对联，反其意而用之。

至第63回“寿怡红群芳开夜宴”，大观园的少女们聚众在一块猜拳行令。丫环麝月掣签时，掣出一支荼蘼花来，题的却是“韶华胜极”四字。把韶华胜极与荼蘼这两个正相反的意思摆在一起，似乎非常不合情理，然而恰恰应了那“月盈则亏，水满则溢”、“盛宴必散”的道理。而以百花之冠牡丹自喻的薛宝钗，在大观园分配房子的时候，被元妃娘娘钦点住在“两处大地方”（探春语）之一的蘅芜院。这个蘅芜院是个什么样的地方？贾政等人眼中的蘅芜院是“只见许多异草，或有牵藤的，或有引蔓的，或垂山巅，或穿石隙，甚至垂檐绕柱，萦砌盘阶，或如翠带飘飘，或如金丝盘屈，或实若丹砂，或花如金桂，味芬气馥，非花香之可比。”（第 17 回）好一个异草世界！其实，薛宝钗与花草有着不解之缘。且不说其本身就被喻作牡丹花王，单就名字来说，除了判词中“金钗雪里埋”的寓意外，“薛”本身就是一种草名。有人查到《昭明文选》郭璞注引张揖说曰：“薛，藾蒿也。”什么是藾蒿呢？李时珍《本草纲目》草部第十五卷草之四解释说：“苹，即陆生之皤蒿”，“曰藾，曰萧，曰荻，皆老蒿之通名，象秋气萧藾之气。”而“宝钗”也是一种草，叫作石草，全名叫“金钗石斛”。在《本草纲目》草部第二十卷草之九“石草类”中称：“其茎状如金钗之股，故古有金钗石斛之称”，“呼为金钗花”。曹雪芹博闻强记，岂能不懂这些，在他的笔下，难怪薛宝钗的住所是“牵藤引蔓，蘼芜满院”，本就是名副其实。

薛宝钗住在这“人”“草”合一的环境，应该说是十分开心的了。但面对这“牵藤引蔓，蘼芜满院”，却总也摆脱不了荼蘼的纠葛。豆蔻葳蕤，荼蘼事了，再怎么也赶不走“泣斜阳”的阴影。

据曹雪芹的最知心的脂砚斋在庚辰本《脂砚斋重评石头记》第 20 回批语中透露，《红楼梦》写到袭人出嫁后，昔日的丫环皆散去，只有麝月是留在宝玉身边唯一的丫环。麝月掣签时掣了一枝荼蘼花，当是自身的写照，背面写的“韶华胜极”，却并不是指其自身，因为一个丫环是担当不起的，而是点明了这个丫环与牡丹花王宝钗的特殊关系。丫环自然无足轻重。“三春过后诸芳尽，各自须寻各自门。”薛宝钗纵能登上“宝二奶奶”的宝座，也只是表面上的韶华胜极，逃不过“开到荼蘼花事了”的命运。最后是花谢花飞，家亡人散。

二十一、迎春的人生哲学

贾迎春，乃贾赦之庶出，别号“二木头”。作为“诗礼望族”之贾府的二小姐，其人品、才智应该说不会出什么问题。因为她本性善良，脾气温顺，丫环、婆子们也没有把她当主子看待，但她都无所谓。唯一的爱好就是手捧一本《太上感应篇》研读。她的乳母因聚赌被发觉而受罚，邢夫人对她说“为何不说说奶妈，偏做出这等事来?”迎春低头弄衣带，半晌才回话：“我说他两次，他不听，也叫我没法儿。况且他是妈妈，只有他说我的，没有我说他的。”（第73回）她乳母又因聚赌而偷去了她的攒珠累丝金凤，连丫环们都为她着急，要告诉凤姐去，她却说：“罢罢，省事些好，宁可没有了，又何必多事。”（第73回）以至乳母一家反诬少给了三十两银子的月钱，猪八戒倒打了一耙。直到探春、平儿等前来，才平息了恶奴的嚣张气焰。

别以为迎春就是纯粹懦弱，她说：“他们的不是，自作自受，我也不能讨情，我也不去苛责就是了。至于私自拿去的东西，送来我收下，不送来我也不要了。太太们要来问我，可以隐瞒得过去的，是他的造化，要瞒不住，我也没法儿。”她引《太上感应篇》：“救人急难，最是阴骘事”（第73回），何苦来白白和人结怨结仇，作无益有害的事?

煞是有理有据。可见迎春有一套为人处世哲学。有些人总是批评迎春懦弱，逆来顺受，似乎尖酸刻薄、嘴不饶人才是美德。其实懦弱作为人的一种性格存在，常常与善良结伴而行，大可不必大动肝火。谁没有性格？谁又是十全十美？逆来顺受与刚烈无比，是人性中的两个极端，难道非要像探春、晴雯那样满身长刺才是好人？迎春能默默忍受别人难以忍受的“不平”，委曲求全，顾及他人，这本就是一种好品德。与这样的人交往、做朋友最安心。别看王夫人整日吃斋念佛，俨然是个大慈大悲救苦救难的佛门弟子，然而她对晴雯、芳官等下杀手时却毫不手软，说明她根本没领会或根本不懂佛家之精髓。只有迎春才真正理解到了佛道行善积德之真谛而身体力行之。而这样的好人往往被人轻视，甚至被泼污水，什么“懦弱”“木讷”，反正是个无能之辈，正应了那句“人善被人欺，马善被人骑”的老话。

迎春的结局极惨。要怪就应该怪其父给她选了一个横暴、荒淫、无耻的丈夫孙绍祖，“可怜花柳质，一载赴黄粱”，仅一年就被折磨而死。但有人说正是迎春太懦弱，才被孙绍祖害死的。似乎只要迎春敢于起来作斗争，就可以避免不幸的结局。如果换上贾探春、夏金桂什么的，就能制服孙绍祖这样的恶棍。这简直有点异想天开。孙绍祖之所以敢对迎春下狠招，很大的可能是他看到贾府快要衰败，像恶徒贾雨村那样对贾府落井下石。不然，“神威将军”贾赦岂制服不了孙绍祖这个小小的“现袭指挥”？这孙家祖上系军官出身，乃宁荣府中之门生，算来也是世交。倒是贾政察觉当年不过是彼祖希慕宁荣之势，有不能了结之事才投门下，并非诗礼名族之裔。也劝阻过两次，无奈贾赦不听。据《资治通鉴》记载，唐高宗的嫡亲妹妹新城公主，选了一个叫韦正矩的人做丈夫。此人开始时得意洋洋，以为从此官运亨通，后来知道朝中真正掌权的是皇后武则天，而武则天并不喜欢新城公主。韦正矩就立马变脸，折辱新城公主致死。当然，有了这样的见面礼，韦自然成功加入了“武党”。与韦正矩比，孙绍祖更是翻脸不认人。说什么“你老子使了我五千两银子，把你准折卖给我的”，“当日有你爷爷在时，希图上我们的富贵，赶着相与的”。孙绍祖正话反说，明明是孙家祖先有不能了结之事送厚礼投奔宁荣府上，反成了宁荣两府巴结孙家。碰上这样的中山狼，迎春真的只有死路一条了。

如果迎春嫁到一个性格善良，能体贴关心人的丈夫，她的一生肯定夫妻恩爱，家庭和睦，幸福美满。

二十二、尤氏三姐妹

尤氏三姐妹的共同处是都长得异常美丽。尤三姐是公认的“绝色”，这也是贾琏向柳湘莲介绍婚姻的绝对条件。尤二姐与尤三姐是“真真的一对尤物”（宝玉语），当然也是绝色。那么大姐尤氏这位年近四十，贾珍的老婆漂亮不漂亮呢？尤氏与尤二姐、尤三姐并不是嫡亲姐妹，既不同父也不同母，似乎尤二姐、尤三姐的漂亮基因传递不到她的身上。但贾珍是什么人？这位花花公子不可能要一个不漂亮的女子做老婆。当然这些还都是推测。有的红学研究者就断言，尤氏也极漂亮，其依据就是第 63 回的回目：“死金丹独艳理亲丧”。这个“独艳”说的还不够明白吗？

尤氏在书中的分量不小。她是宁府的主妇，心地善良，操持家务，服侍公婆。相对荣府内部矛盾重重，“恨不得你吃了我，我吃了你”的状态，东府上尤氏、贾珍夫妻之间，尤氏与贾蓉婆媳之间，乃至姬妾、丫环都能和谐相处。如果不带偏见的话，我们看到的尤氏极其聪明，与凤姐妯娌间语言上你来我往，凤姐也占不到多少便宜。贾琏与鲍二家的通奸被凤姐撞见，两人都拿平儿出气，贾母骂“平儿那小蹄子，素日里我倒看他好，怎么暗地里那么坏?”尤氏在一旁笑道：“平儿没有不是，是凤丫头拿着人家出气，两口子不好对打，都拿着平儿煞性子。平儿委屈的什么似的呢，老太太还骂人家”。（第 44 回）一番话解了平儿的围，又道出了事情的真相。

众顽童闹学堂这一节，金荣的母亲胡氏认为儿子受了气，找到小姑子璜大奶奶，托璜大奶奶到尤氏面前状告秦钟。璜大奶奶前去见到尤氏后，尚未提及告状之事，尤氏有意无意地对璜大奶奶说了几句无关痛痒的话，这个璜大奶奶“那一团要向秦氏理论的盛气，早吓的丢在爪哇国去了”（第10回）。尤氏很可能知道自己的小侄子闹学堂之事，就有意无意地几句打发了璜大奶奶，可见尤氏不只是一般之聪明，堪称绝顶聪明。许多的评家总是轻视尤氏，抬举王熙凤，原因无非是嫌贫爱富，因为尤氏娘家穷，没有“金陵王”那样的富贵气派。其实尤氏根本就没必要像王熙凤那样动不动拿娘家来说事，她本身就有一个“三品威烈将军夫人”的招牌。《红楼梦》多次写到夫人们按品大小妆束起来，由贾母带领邢夫人、王夫人、尤氏，一共四乘大轿入朝“谢恩”。按品位王夫人最多才是四品夫人，比不上尤氏的三品夫人，当然也比不上邢夫人的三品夫人，而王熙凤连入朝的资格都没有。正因为如此，凤姐才时不时地抬出金陵王家来为自己壮胆，而不少评家也被王熙凤的行为迷了眼。电视剧《红楼梦》写到凤姐因为贾琏偷娶尤二姐，到宁府找尤氏撒泼，凤姐把尤氏打得在地上滚来滚去。凤姐去找尤氏闹事，原是以受害者的身份，举“哀兵”讨公理去的，以博得贾母的同情，落个“贤良”的好名声。尤氏虽说软弱，且又理亏，以其身份，也不至于被打得躺倒在地，死去活来。凤姐虽然厉害，书中只是写“把个尤氏揉搓成一个面团，衣服上全是眼泪鼻涕”，“众姬妾丫环媳妇已是乌压压跪了一地”。电视剧的编导掌握不住吵架之分寸，对原著之理解极肤浅。但尤氏没有凤姐那样的魄力和决断也是事实。尤氏最大的毛病就是“一味顺从”。俗语说“表壮不如里壮，妻贤夫少祸”。王熙凤指责她是“锯了嘴子的葫芦，只会一味瞎小心，图贤良的名儿”。在贾敬办丧事期间，宁府无人照料，就把尤老娘和两个妹妹叫到宁府来看家，实际也是投奔来了。

结果两个妹子竟都死了，白白葬送了两条美好的青春生命。对贾琏偷娶尤二姐，她也觉得不妥，曾极力劝阻，但没有用。她能做的也就是这样，因为娘家穷，没靠山。但问题也就来了，封建社会的婚姻强调的是门当户对，尤家既然贫困，尤氏为什么能嫁到宁府当上“大奶奶”呢？这个问题书中没有交代。如果做进一步分析，有两种情况可解释。一种是尤氏本来是贾珍的“二房”，贾珍的大老婆（贾蓉的生母）死后，尤氏被扶成正室；另一种情况是贾珍的原配老婆死后，再娶尤家的大小姐为妻。因为当时的尤家也是个中等人家（与尤二姐指腹为婚的张家是皇粮庄头，尤家当然也是与之相配的人家）。尤家大小姐又是远近闻名的“绝色”。贾府的史太君在议论宝玉的婚配时曾提出“模样儿”“性格儿”两个基本条件，“不管他根基富贵，只要模样儿配的上就好”，“便是那家子穷，不过给他几两银子罢了”（第 29 回）。据此我们有理由认为宁府是明媒正娶了尤家的大小姐作了填房。

尤二姐、尤三姐以美丽称世，本可以嫁个好一点人家，组成不错的幸福家庭。尤二姐端庄贤惠，尤三姐泼辣聪慧，在人生的道路上本都可以走得很踏实，错就错在尤氏决定把她俩带进了贾府这个魔窟，被珍、琏、蓉这些“天雷劈脑子五鬼分尸的没良心的种子”（王熙凤言）死死缠住，进得了贾府，出去就由不得自己了。

对贾琏偷娶尤二姐这件事，只要稍明一点事理的人都会感到不妥。贾琏前科与鲍二家的做那种事被凤姐当场捉奸，枉送掉了鲍二家的一条性命。对贾琏这种惯于玩女性，把女人不当人看的凶徒，根本扯不上“保护女性”这样的崇高品行，脑子里压根就没这根弦。贾珍为什么怂恿贾琏这样做呢？自然有他自己的打算，把尤二姐给了贾琏，他自己就可以独吞尤三姐。可谁知尤三姐是一个把终身大事看作比自己性命还重要的人，性格刚烈异常，最终做了一次赔本的买卖。贾珍的老婆在这件事上也不糊涂，她曾规劝过贾珍，无奈不听她的。更有尤三姐绝顶聪明，她对尤二姐说："姐姐糊涂，咱们金玉一般的人，白叫这两个现世宝玷污了去，也算无能"，"他家有一个极厉害的女人，如今瞒着他不知，咱们方安，倘或一日他知道了，岂有甘休之理，势必有一场大闹，不知谁生谁死？"（第65回）可不就是这样的结局吗？

俗语说，旁观者清，当局者迷。尤二姐在与兴儿交谈时也知道了王熙凤的厉害，但她仍相信"以礼相待"能感化王熙凤，这是大错特错了。碰到这么个"别人是醋罐子她是醋缸醋瓮"的酸凤姐，不招惹她，她还要寻你的事，最终一步步走进王熙凤给她设下的圈套，一直走到生命的终点。

其实这件事并非不能挽回，尤氏虽然劝过丈夫贾珍，正如王熙凤指责她的："为什么你不告诉我去？你告诉了我，这会子平安不了？"能制服贾珍、贾琏的，非凤辣子不可。如果尤氏早告诉了凤辣子，绝对能挽回二姐的一条命来。但这样做尤氏就得罪了贾珍。

尤三姐的刚烈和自主，如果碰到好运气，会是另一番景象，设想如果宝玉不与柳湘莲说那一段极不负责的话的话。贾宝玉这个公子哥既是柳湘莲的好朋友，关系到朋友的终身大事，说话却对朋友极不负责任，什么"我在那里和他们混了一个月"，柳湘莲问三姐"品行如何"？他却说"你既深知，又来问我作甚么，连我也未必干净了"，竟然默认柳说的"连猫儿狗儿都不干净"。还说什么你原先是要个"绝色"，"如今既得了个绝色，何必再疑？"这话简直是屁话。照此说法，去妓院找一个绝色妓女好了。人家是找老婆过一辈子，不是随便找一个女人过夜，不问清楚柳湘莲能接受尤三姐吗？倘若柳湘莲真的娶了尤三姐为妻，他们完全可以得到爱情，过得幸福美满，但曹雪芹偏偏让三姐以死了断，与她的刚烈秉性相媲美。

几乎所有的《红楼梦》研究者都认为二尤在进宁府前就已失身，尤二姐本是“花为肠肚，雪为肌肤”之人，自己也承认“我虽标致，却无品行”，但刚烈的尤三姐为什么也被断定为品行不佳呢？曹雪芹开初确实是把尤三姐写成淫奔女的，后来他自己作了修改。有正书局石印戚本第56回的题目是“膏粱子惧内偷娶妾，淫奔女改行自择夫”，而庚辰本、己卯本的题目都改成了“贾二舍偷娶尤二姨，尤三姐思嫁柳二郎”。从内容上说，庚辰本已看不见所谓“淫奔女”的痕迹。庚辰本、己卯本是曹雪芹还活着时出现的抄本，系曹雪芹本人修改是毫无疑问的。但后来出现的戚本为什么还带有原始状态呢？这说明戚本只是较早抄本的一个过录本罢了。贾琏说尤三姐“是块肥肉，只是烫的慌，玫瑰花儿可爱，刺大扎手”。查遍《红楼梦》全书，确也查不出尤三姐乱性的地方，也没有写出尤三姐与珍、琏之流有过性关系，不过是一起吃酒、玩耍罢了，所有都是猜测。到程甲本、程乙本里，尤三姐的形象就更是白璧无瑕，把一个“淫”字洗刷得干干净净。

脂本是这么写柳湘莲退婚的：“尤三姐知道他在贾府里得到了消息，自然是嫌自己淫奔无耻之流，不屑为妻。今若容他出去和贾琏说退亲，料那贾琏必无法可处，自己岂不无趣。”程本把“嫌自己淫奔无耻之流”改为“把自己也当成淫奔无耻之流”，在“贾琏必无法可处”之后，又加上一句“就是争辩起来”。程高作这样的修改，足见程高二人思维之缜密。如果尤三姐真的就是“淫奔无耻之流”，又拿不出证据来，岂不是无端置人于死地？即使从今天的思维方式看，难道婚前有过性经历的女孩都是“淫奔无耻之流”，都该被打入十八层地狱，永世不得翻身？这种粗陋的文字程高二人能把它删掉，实在是一大功绩，一大进步。倒是现在有些红学家对尤三姐落井下石，非把她打成“淫奔无耻之流”才甘休的做法，实在令人不解。最被某些人引为证据的是第65回中的一段文字：“贾珍便和三姐挨肩擦脸，百般轻薄起来。小丫头子们看不过，也都躲了出去，凭他两个自在取乐，不知做些什么勾当。”但这也并不能证明尤三姐就与贾珍有什么“性关系”。这段粗俗不堪的文字早就在程高本里被删除。还有的评者指责尤三姐不爱劳动，只图享受，其依据是第65回的一段描述：“那尤三姐天天挑拣穿吃，打了银的，又要金的，有了珠子，又要宝石，吃了肥鹅，又要肥鸭，或不趁心，连桌一推，衣裳不如意，不论绫缎新整，便用剪刀剪碎，撕一条，骂一句。”尤三姐的这些表现确实有些反常，然而不如此出招，她就抵挡不住珍、琏惯匪般的攻击，这是地地道道的“尤三姐抗争方式”。果然，尽管贾珍总也舍不得这块快要到手的肥肉，却也认识到“咱们未必降的住，正经拣个人聘了吧”。尤三姐这才在贾府这个十分凶险的环境里，挣得自主选择婚姻的权利，这又岂是一般人所能为之？设想尤三姐像尤二姐那样表现出一丝柔弱，岂不早就成了贾珍的盘中之餐，那就完全是另一种命运了。

尤三姐死后其魂魄向柳湘莲泣诉“妾痴情待君五年”（第66回），说的是五年前尤家老娘在家里做生日，尤三姐看上了串客里面的柳湘莲。五年前尤三姐是多大呢？不过就是一个十三四岁的少女。少女青春如烟，这五年来痴情未改，这说得还不够明白吗？难道非要把一个十三四岁的少女打成淫奔无耻之流才甘心？这是一种什么心态？因此，所有的猜测绝对不能作为依据，所以我们必须要还尤三姐一个清白。

二十三、评赵姨娘

赵姨娘在《红楼梦》中出场的篇幅很多，凡是有丫环、小姐出现的场合，总少不了赵姨娘的身影，伴随着她的又总是惹是生非。

贾政有两个小老婆，一个是赵姨娘，另一个是周姨娘。每每赵姨娘惹是生非，总有人把她与周姨娘作比较，称赞周姨娘本分。一个本分，一个不本分，原因就是一个没有惹是生非的资本，一个有惹是生非的资本，自然就不再本分。贾政对赵姨娘宠得很。赵姨娘能够得宠，总该有原因。或者是长得漂亮，虽然年到半百，但曾经是一个美人儿；或者精明能干，以才智争得男人的尊重。然而，赵姨娘不是以上两种人。她的得宠，是因为她为贾府生育了一男一女。男的叫贾环，女的叫探春。同样，周姨娘之所以在书中若隐若现，其原因也就是没有生育，被众人早就遗弃了。

那么，赵姨娘到底漂亮不漂亮？或者说，年轻时靓不靓？这个问题在“红学”里面有两种截然不同的见解。一种意见认为赵姨娘也是个美人儿，因为以贾政的品貌，怎么会找一个不靓的女子做小老婆呢？大老婆是父母之命，媒妁之言，本人做不得主，小老婆完全可以自己挑选，贾政乃一介书生，岂不是多情种子？例如《〈红楼梦〉为什么这样红》的作者潘知常教授就认为赵姨娘曾经是一个美人儿，他甚至把晴雯的最后结局设计成赵姨娘，而如果晴雯不死的话。另一种意见恰恰相反，认为赵姨娘既丑又愚，指她长得丑的依据是儿子贾环长得丑。环儿长得粗俗，书中已有定论。按一般的规律，从长相上说，儿像母，女像父，贾环与探春虽是同胞姐弟，因为探春长得像父贾政，所以模样好，贾环长得像其母，所以模样猥琐。这样说倒也有些道理。因为如果赵姨娘也是一个美人，配上贾政的基因，怎么会长出一个丑小子来呢？

但接着又出来了问题，既然赵姨娘长得如此不堪，为什么贾政会娶她做小老婆呢？要解释这个问题，只能从贾政身上找答案。

贾政，是《红楼梦》中男人群中最为出色的一个，修身养性，人品学问，无人能出其右。比起赦、敬、珍、琏之类贾家子孙，不知要高出多少。书中也曾借冷子兴之口介绍贾政“最喜欢读书，礼贤下士，拯弱济危，大有祖风”。但是曹雪芹这位艺术大师，对贾政用的是春秋笔法，在正人君子的面目下不惜点墨露形。书中说贾政“起初天性也是个诗酒放诞之人”（第78回），小时候也是个顽皮捣蛋的；在成名之后，围绕贾政身边的清客相公，曹雪芹都给予讽刺，什么单聘仁（善骗人）、卜世仁（不是人）、詹光（沾光）等；此外，还让贾政露了一次底牌。为了招得贾母欢心，一家子围坐讲笑话。贾政讲了一个男人怕老婆的故事。现实录如下：

一个人最怕老婆，这个怕老婆的人从不敢多走一步，偏是那日是八月十五，到街上买东西，便遇见了几个朋友，死活拉到家里去吃酒，不想吃醉了，便在朋友家睡着了，第二日才醒，后悔不及，只得来家赔罪。他老婆正洗脚，说：“既是这样，你替我舔舔就饶你。”这男人只得给他舔，未免恶心要吐，他老婆便恼了，要打，说：“你这样轻狂！”唬得他男人忙跪下求说：“并不是奶奶的脚脏，只因昨晚吃多了黄酒，又吃了几块月饼馅子，所以今日有些作酸呢。”

这个故事笑是让人笑了，然而一个堂堂的贾府家长，当着众多晚辈的面，竟然讲了一个如此下作的笑话，难道说贾政真就是“假正经”？由此联想起来，其实赵姨娘年轻时也就是一个平常丫环，服侍贾政，照顾贾政的生活起居，可能与之产生了情感；也许只是主子一时兴起“搞”了她，就被她死纠缠住了，以致生儿育女，面对木已成舟的事实，书生贾政又能怎么样呢？

赵姨娘也并不是大奸大恶之人。因为是丫环出身，也没什么大抱负，她与马道婆勾结用针刺纸人（魇魔法）来暗害凤姐和宝玉，被不少人指责，似乎就是一个杀人凶犯。其实世上哪有靠这种办法就能杀人的事情。就像骂别人“去死吧”“早点死掉活该”那样，被骂的不见得就真的会死，骂人的也不见得就真弄死了人。如果她有野心，头一个要谋害的是王夫人，然而她从未有这个念头，在王夫人面前，唯有唯唯诺诺而已，她不过是要坐正姨娘的名分。俗语说母以子为贵，既然有了儿子，即使是姨娘，也要被别人瞧得起，可偏偏在大观园内谁都瞧不起她，凤姐、王夫人等人从来不拿正眼瞧她，探春本是她所亲生，却总是摆出一副主子模样教训她，或根本不理睬她。赵姨娘自诉“我何从还是个娘，比她的丫头还不济”。赵姨娘的兄弟死了，找探春多讨几两银子，“拉扯拉扯我们”，探春回答“哪一个主子不疼出力得用的人？哪一个好人用人拉扯？”（第55回）在她眼里，什么生母、亲舅，可不就是奴才、丫头！探春远嫁，赵姨娘前来告别，说了一段话：“姑娘，你是要高飞的人了，到了姑爷那边自然比家里还好，想来你也是愿意的，便是养了你一场，并没有借你的光儿，就是我有七分不好，也有三分的好，总不要一去把我搁在脑杓子后头。”这段话也还算的上真诚，也颇有感情色彩。但探春“听着毫无道理，只低头作活，一句也不言语”（第100回）。到探春远嫁回娘家时，此时赵姨娘已死，探春与王夫人等人相谈甚欢，却连问一句赵姨娘下落的话都没有。探春的这种表现，如果赵姨娘在阴间有知，岂不气得再死一次。大观园内连芳官这样的小丫环也瞧不起她，称她也不过是“梅香拜把子——都是奴儿”，她实在咽不下这口气。她以她自己的方式不停地抗争，但越抗争越被人瞧不起。而从“来旺妇倚势霸成亲”这一章节看，赵姨娘也并不是人们想象的那样“阴微鄙贱”（探春语，第 27 回）。旺儿是长期跟随凤姐的奴才，由凤姐出面要把彩霞嫁给那个“酗酒赌钱，容颜丑陋”的旺儿之子，连管家林之孝也认为，彩霞这样的女孩“我虽没见，听得越发出挑的好了，何苦来白糟蹋一个人”，只有赵姨娘从中斡旋奔走，认为彩霞不能嫁给这样的人毁了前程。而其他人却大都抱无所谓的态度。总之，赵姨娘在书中被弄成如此不堪的一个人，实在是一个悲剧。

二十四、呆香菱

《红楼梦》开篇就写姑苏城内有个仁清巷，巷内有一古庙，庙旁住着一位乡绅叫甄士隐。因为元宵观花灯，唯一的女儿英莲丢失了。接着失火把一条街烧得精光。甄士隐悲痛之极，跟着一个跛足道人飘然而去，真事隐去了。接着就出来一个经甄士隐接济的穷儒贾雨村升了官，好不威风，假语村言开了场。

甄士隐虽然离去，却留下了一个女儿。一般人的理解，这个女子该是书中的主角。然而曹雪芹只把她打入“金陵十二钗”中的副册，在众多的红楼女孩群里，只是一个极普通的女子，而其命运却又极其悲惨。英莲被人拐走，长到十二三岁，卖给了一个穷公子冯渊，拐子为了多挣钱，同时又把英莲卖给了呆霸王薛蟠，两家争抢英莲，打死了冯渊，薛家抢走英莲，做了薛蟠的小老婆，取名叫香菱。最后又被薛蟠之妻夏金桂折磨而死。“根并荷花一茎香，平生遭际实堪伤。自从两地生孤木，致使香魂返故乡。”英莲在陌生的人生路途上颠沛流离，其间隐含着多少欺凌与磨难，不身临其境，也许永远也很难想象得出来。

然而，香菱以一个“呆”字，诠释了她的人生。一个“呆”字，包含了这个女孩的善良、忠厚、驯从、克己的品格，一个“呆”字，使她忘却了那个浊世给她带来的一切苦难。王夫人的陪房周瑞家的问她父母今在何处，今年十几岁了，本处是哪里人，香菱都摇头说“不知道”（第 7 回），别人都为之叹息伤感一回，她自己倒不觉得什么，反而对生活充满欢乐与期待。好一个呆香菱！香菱与丫环们坐在花草堆中斗草。这一个说：“我有观音柳。”那一个说：“我有罗汉松。”那一个又说：“我有君子竹。”这一个又说：“我有美人焦。”这个又说：“我有星星翠。”那一个又说：“我有月月红。”这个又说：“我有《牡丹亭》上的牡丹花。”那一个又说：“我有《琵琶记》里的琵琶果。”豆官便说：“我有姐妹花。”众人没的说了，香菱说：“我有夫妻蕙。”她解释道：“一箭一花为兰，一箭数花为蕙。凡蕙有两枝，上下结花者为兄弟蕙，有并头结花者为夫妻蕙。”小丫环取笑她：“你汉子去了大半年，你想夫妻了，便扯上蕙也有夫妻，好不害臊。”（第 62 回）香菱听了，这才感到与这些小丫头们原不该说这些，但也只是红了脸，翻身笑骂：“我把你这个烂了舌头的小蹄子，满嘴里胡说，等我起来打不死你这小蹄子。”众人滚在了草地上，看上去真是一群天性烂漫混沌世界的快活女孩。薛蟠挨了柳湘莲的打，香菱把眼都哭肿了。难道薛蟠就是香菱命中注定的“爱人”吗？就是这个汉子，打死了曾真爱香菱的青年公子冯渊，把她抢过来做了妾，“过了没半月，也就看的马棚风一般了”（第 16 回），又像没事人一样继续胡作非为。对这个人值得用一生来付出吗？薛蟠娶亲，娶的是夏家小姐夏金桂，碰上这么个“窥他人秽如粪土，外具花柳之姿，内秉风雷之性”（第 79 回）的人，大观园里不少人为香菱的命运悬心，可是香菱“盼过门的日子比薛蟠还急十倍”，原因是因为“又添了一个作诗的人了”。连宝玉都说“不知怎么倒替你担心虑后”，香菱却对他毫不领情，指责他“这是什么话？”“是什么意思！怪不得人人都说你是个亲近不得的人！”（第 79 回）沉醉在自己构思的乌托邦中。

然而，事情与香菱所期待的完全相反，尽管香菱对夏金桂毕恭毕敬，忍辱含垢，小心翼翼地服侍，这位夏家小姐给她开出的出路只有一条，那就是要她从这个世界上消失。所谓“作诗”更是摸不着边的“天真”，香菱的生命又接近终点。

香菱长得美不美？书中说她长得“像东府里蓉大奶奶的品格儿”（第7回）。而蓉大奶奶秦可卿是兼有宝钗之鲜妍妩媚，又有黛玉之风流袅娜的一个人物，小名就叫“兼美”。那么这个香菱当是一个在平、袭之上的人物，可以与晴雯相媲美。

在薛蟠外出期间，香菱爱上了作诗，很快就成了一个诗魔。按说香菱自幼就被人贩子弄走，几经倒卖，岂能读书识字？要知道，曾经是大户人家的小姐贾母、王夫人、薛姨妈、王熙凤都不识字。很大的可能是人贩子为了卖出高价，把小孩拐骗来后，让其读书识字。所以妓院内的妓女不少也有识字的，甚至琴棋书画都懂一些。那么，香菱真的是要学作诗，做一个诗人吗？那倒未必。也许是汉子离家远行，闲来无事，以学诗来消磨时光。然而香菱呆性发作，做起诗来竟连命也顾不上了。况且大观园内就有一个现成的诗圣林黛玉。而林黛玉教香菱作诗是真诚的。师徒两人一唱一和。林黛玉讲诗“不过是起承转合，当中承转是两副对子，平声对仄声，虚的对实的，实的对虚的，若是果有了奇句子，连平仄虚实不对都使得的。”（第48回）这里讲的起承转合，平声对仄声，以及后面的有了奇句不讲平仄虚实都可以的说法，都是非常正确的，律诗规定八句，中间四句规定为两副对仗，虚实相对，虚词对虚词，实词对实词。林黛玉说虚的对实的，实的对虚的却是说错了（很可能是传抄过程中抄错了）。林黛玉以自身学诗的经历，教导香菱把王维五言律诗读一百首，细心揣摩透熟了，再读一二百首杜甫的七言律诗，再读李白的七言绝句一二百首，有了这三个人的诗作底子，然后再把陶渊明、应瑒、阮籍、庾信等人的诗拿来一读，就成一位“诗翁”了。这恐怕也是曹雪芹自己学诗的体会。可是结局呢？香菱向黛玉学诗，似乎没有结局。香菱是“侍妾”，薛蟠一回来，是断不肯再让香菱“作诗”的。但“无心插柳柳成荫”，一个呆香菱，加上一个诗魔林黛玉，竟构成了大观园内一条美丽的风景线。

贾府上下众人，一个个无不精明得过了头，哪里有真正的“呆人”？若说“呆”，香菱是唯一的“呆子”（或再加上一个夫君“呆霸王”）。因为命运对她太残酷，唯“呆”才使其暂时摆脱命运之捉弄，这使人想起羊圈内的一群羊，每天都有一只羊被送往屠宰场，但圈中的羊一个个都悠然自得，不到屠刀架到脖子上，它们是不会哀号的。

高鹗在续书中对香菱一掬同情。虽然屡被夏金桂摧残，然而因为有薛家母女护持，尚未造成致命的伤害，倒是夏金桂自己把自己毒死了。香菱后来被扶了正，又难产而死。“平生遭际实堪伤”。香菱生前受尽煎熬，身体之内伤想必极重，出现难产也是情理之中的事。但夏金桂死于香菱之前，这与曹雪芹的原来设想并不一致。原因可能是高鹗不忍心对香菱下手太狠。

二十五、鸳鸯的“爱情”

鸳鸯这个人在《红楼梦》中与贾母如影相随。贾母称赞鸳鸯有两大好处：一是我凡的性格脾气她都知道，二是她不指着我和这位太太要衣裳去，又和那位奶奶要银子去。所谓“无欲则刚”，身处老太太身边，尽心服侍老太太，把老太君服侍得舒舒服服，以至于老太太一天也离不开她，却绝没有飞扬跋扈的气势，相反，还乐于帮助人，处处给人以方便，从而获得众多太太、奶奶、小姐们的称颂。众人都敬服她几分。平时鸳鸯总是那么高高地立于贾母身旁，人们在下面行礼问候，似乎也有她的份儿。即使是八面威风的凤姐，也得让她三分，其他人等就可想而知了。对贾母身边的这位站着的人，人们虽然不会向她烧高香，然而谁也不愿平白无故得罪她。

如果没有贾赦来向贾母讨鸳鸯做小老婆，那么罩在鸳鸯头上的光环就永远也不会消退。然而，贾赦的举动立即就把鸳鸯身上的神奇粉碎了。贾母与贾赦争夺鸳鸯，绝不是抬举鸳鸯，而只是把她当作自己的私产，有鸳鸯在身边服侍活得最舒服。贾赦讨鸳鸯做屋里人，也并不是抬举她，而是把她当作猎物，或者还含有更深的目的。因为贾母平时总偏向贾政和宝玉，不把他这个长房放在眼里，所以试探着挖贾母的墙脚，就拿鸳鸯开涮。因为鸳鸯拒绝了他，贾赦这个恶棍发下狠话：“凭她嫁到谁家，也难逃出我的手心”（第46回）。老太太一死，可怜的鸳鸯只有殉葬一条路可走了。

一个丫环如此决绝地拒绝贾府大老爷的“求爱”，难道真的如她自己所说“横竖不嫁人”，一辈子守独身？果真是如此，那还不如做尼姑去，何必在贾府这种肮脏地方厮混，贾府也绝不会让一个“女光棍”存在下去，伤风败俗。尽管主子们隔一段时间会给丫环、小子们“配对”，但哪个丫环心里没有“小九九”呢？老色鬼贾赦说了一段话：“自古嫦娥爱少年，她必定嫌我老了，大约她恋着少爷们，多半看上了宝玉，只怕也有贾琏。”宝玉自不必说，鸳鸯已当众宣布，便是“宝金”“宝银”“宝天王”“宝皇帝”她也不稀罕。那么与贾琏呢？第38回，在螃蟹宴席间，凤姐对鸳鸯说：“你和我少作怪。你知道你琏二爷爱上了你，要和老太太讨了你作小老婆呢。”好一个“作怪”，就是装模作样的意思。王熙凤是贾琏的老婆，所谓知夫莫如妻，凤姐如此说，肯定不会空穴来风。可见贾赦的话也是无风不起浪。书中写鸳鸯与贾琏的交往，最突出的是第72回，贾琏请鸳鸯把贾母查不着的金银家伙偷着运出一箱子来，暂押千数银子支腾。经过一番言语往来，过后鸳鸯真的就把贾母的东西偷运了出来，抵押出千数银子交给了贾琏，凤姐还从中得了数百利钱。当然，如果说这就是鸳鸯爱贾琏的依据，未免诠释过度，但作为一个丫环，只要顺从，不反抗，也就算默认了。因为娶不娶的主动权完全在男主子这边。当然，鸳鸯看上贾琏也不是什么“红拂巨眼”，至少是不讨厌贾琏吧。

贾琏在书中尽管也是个让人不堪的人物，但比起他老子贾赦及珍、蓉之辈，贾琏的表现要好一些。冷子兴演说荣国府，对贾琏的评价是“不喜读书，于世路上好机变言谈得去”。贾府外面上下的许多事都是交给他去办理。瞧他整日忙忙碌碌的样子，有时也很让人同情。他在一些事情上头脑还比较清醒，如修建省亲别墅时，敬、赦、政几个老爷子议计从宁国府东边一带借着东府花园起，转至北边，丈量出三里半大的地方盖房屋，贾琏听到后就立即表态说，这样做省事省钱多了，赶快告诉老爷子，万万不可另寻别处。对贾雨村这个人，贾琏就说“他那官儿也未必保得长，将来有事，只怕未必不连累咱们，宁可疏远着他好”（第72回）。后来贾府被抄，多半就是贾雨村的拖累，还落井下石，狠踢了一脚。说明贾琏自有他的眼力，其警惕性远超过贾政。就是贾政接到妹夫的荐书后才向朝廷推荐了贾雨村，使其得以复出，种下了祸根。可是贾琏终究脱不了纨绔子弟的恶习，书中说他“只离了凤姐便要寻事”（第21回），什么多姑娘儿、鲍二家的，什么烂女人都往床上拉，以致枉送了几条人命。

因为贾赦的插手，鸳鸯与贾琏的“爱情”就立即破灭。如果在贾赦还没有表明要娶鸳鸯作妾之前，贾琏还真有一点娶鸳鸯过来的念头的话，那么在贾赦与贾母一场大闹之后，贾琏再大胆也绝不敢向他的老子“夺爱”，把鸳鸯娶过来做妾。如果再退一步，设想鸳鸯真的做了贾琏的姨娘，“醋瓮”凤姐会放鸳鸯一马吗？这就很难说了。前有尤二姐之鉴，但鸳鸯比不上尤二姐美艳，不过是平头整脸，压不到凤姐头里。以贾琏的往日作为，也就是三夜两宿，过把瘾也就完事。到底凤姐会把她怎么样，贾琏又会把她怎么样，都只是猜测而已。

二十六、不可小觑的村姥姥

俗语“富在深山有远亲”。那个刘姥姥绝不是等闲之人，虽说侯门深似海，凭着先祖曾经与贾府连过宗，拉上一个小外甥，又找到王夫人的陪房周瑞家的，当真就进了荣国府。第一次进荣国府，刘姥姥看上去有点呆头呆脑，说话也不甚得体。对着凤姐说什么“你侄儿”什么什么，周瑞家的说“他怎么又跑出这么一个侄儿来了?”刘姥姥还当着凤姐的面说什么“你老拔根寒毛比我们的腰还粗”，周瑞家的在旁见她说话粗鄙，只管使眼色止她。刘姥姥进荣国府攀亲，原是想改变一下贫困的状态，去打秋风的，这个目的她达到了。第一次进荣国府，她带回去二十两银子。第二次进荣国府，刘姥姥就成熟老练多了。她带去了丰收得来的倭瓜、枣子、野菜等，“远来的和尚会念经”，村姥姥给荣府带来了山村的无数新鲜事，贾府的奢靡也给这位村姥姥大长了见识，她的幽默、风趣、健谈和曲意迎合，给老太太、太太、奶奶、小姐和丫环们增添了无穷的乐趣。贾母和刘姥姥这两位历经人间沧桑的老人，尽管生活境遇是两重天，却都悟出了人生之真谛。贾母说“我正想找个积古的老人家说话儿”，所以她们能沟通而健谈。刘姥姥故意装拙，迎合众人，引人发笑。在凤姐、鸳鸯的安排下，刘姥姥宴前“老刘老刘，食量大如牛，吃一个老母猪不抬头”的表演，引发全场大笑。且看众人的笑相：“史湘云一口饭都喷了出来；林黛玉笑岔了气，伏着桌子嗳哟；宝玉早滚到贾母怀里，贾母笑得搂着叫‘心肝’；王夫人笑得用手指着凤姐儿，只说不出话来；薛姨妈也撑不住，口里茶喷了探春一裙子；探春手里的饭碗都合在迎春身上；惜春离了座位，拉着她奶母叫揉一揉肠子。”大观园内平时笑声不断，那大都是奉承的笑，趋炎附势的笑，可是面对刘姥姥爆出的笑，却是发自肺腑，笑到喷饭岔气。黛玉是多么忧郁的一个人，王夫人平时多么矜持，探春总是一脸严肃，惜春生来孤介，这回却全都缴了械。可以看出，尽管这场表演是凤姐、鸳鸯的安排，但刘姥姥是这场演出的主角。在金鸳鸯三宣牙牌令的游戏中，更使潜藏在刘姥姥身上的才智发掘了出来，鸳鸯说：“中间‘三四’绿配红。”刘姥姥答：“大火烧了毛毛虫。”鸳鸯说：“右边‘幺四’真好看。”刘姥姥答：“一个萝卜一头蒜。”鸳鸯又说：“凑成便是一枝花。”刘姥姥两手比划着，说道：“花儿落了结个大倭瓜。”（第40回）刘姥姥竟成了一个可爱的山村诗人。刘姥姥在荣国府的种种表现，说明她绝不是一个只会阿谀奉承的浅薄之辈，实际是一个大智若愚式的人物，性格坚强而又善于机变。纵观《红楼梦》全书，刘姥姥给贾府上下带来的欢乐和笑声，不但空前，更是绝后，直到贾府败亡，再也没有出现过这样自然的发自内心的欢笑来。刘姥姥第二次进荣国府，倒是真正意义上的走亲戚。回去时简直是满载而归。上至贾母、王夫人、凤姐，下到鸳鸯、平儿，都给了她厚礼，金的、银的，日常穿的衣服，绸子、真丝，应有尽有，满打满算就是五百两银子也还打不住。连宝玉也给她送了礼。

刘姥姥三进荣国府，已到曹雪芹所撰的八十回之后，按高鹗续书，贾府已被抄家、败落，凤姐请刘姥姥来，实际是安排凤姐的个人后事。凤姐对巧姐说：“你的名字还是他起的呢，就和干娘一样”，嘱托刘姥姥说：“姥姥，我的命交给你了，我的巧姐儿也是千灾百病的，也交给你了。”王熙凤最终认定，婆家、娘家均无可靠之人，还是这位乡下“姥姥”最可靠。刘姥姥确实是一位知恩必报的人。受贾府滴水之恩，她必以涌泉相报。金陵十二钗之一的巧姐之判词是：“势败休云贵，家亡莫论亲；偶因济刘氏，巧得遇恩人。”贾府败落，凤姐死后，刘姥姥四进荣国府，当时贾芸、贾蔷、王仁、贾环一帮小人趁贾琏不在家，企图把巧姐卖掉。在危急关头，刘姥姥从平儿那里得到消息，急中生智，将巧姐接了出来，冒极大的风险救出巧姐，避免了一场灾难。即使王熙凤在九泉之下也应该感激刘姥姥的。按照曹雪芹的设计，巧姐最终嫁给了板儿。所谓“金满箱，银满箱，转眼乞丐人皆谤”；“因嫌纱帽小，致使锁枷扛”。人生世道本就是无常。但高鹗在后四十回里，把巧姐嫁给了一个周姓财主，什么“家财巨万，良田千顷”，女婿也是个“文雅清秀”的秀才等等（第119回），显然与曹雪芹的原来设想背道而驰。

二十七、贾雨村与官场现形记

《红楼梦》以甄士隐和贾雨村登场，又以这两个作结束，隐含了“真事隐去”和“假语村言”这两种表达。既然是真事隐去，这个甄士隐开始出现了一下，直到最后又重新出来归结《红楼梦》，其意义已最明白不过。因为真事隐了去，就剩下了假语村言，所以这个贾化，表字时飞，别号雨村的人就贯串了全书。但《红楼梦》并不是写贾雨村这个人的书，而是写闺阁中的事。亦如书的开头序中所言，只是着意于闺中，故叙闺中之事切，略涉于外事者则简。贾雨村在书中若隐若现，绝大部分情况下是借书中别的人物口中提及他的一些事情。《红楼梦》毕竟不是官场现形记，但贾雨村这个人在书中的浮沉也恰是当时官场的极大浓缩，曹雪芹用寥寥几笔就勾勒出了一部书外的“官场现形记”。

冷子兴演说荣国府，谈到贾宝玉见了女儿就觉清爽，见了男子便觉浊臭逼人时，贾雨村“罕然厉色”地发表了一篇声讨道学，主张人性的长篇大论，他的出声不同凡响，表现出他是一个反传统观念的人物。贾雨村本是一个苏州阊门外葫芦庙里的穷儒生，因为与甄士隐交往，得到了甄的资助，上京赶考，大比之期十分得意，中了进士，选入外科，很快就升为知府。谁知贾雨村虽才干优长，且也贪酷，又恃才侮上，当官才一年，就被上司寻了个空隙，做上一本，参他“生情狡猾，擅篡礼仪，且沽清正之名，而暗结虎狼之属，致使地方多事，民命不堪”（第2回），即被革职。后来贾雨村又借盐科老爷林如海聘家庭教师的机会结识林如海，由林如海推荐到贾政那儿。贾政见到妹夫林如海的荐书，又见贾雨村相貌魁伟，言语不俗，贾政又最喜读书人，礼贤下士，济弱扶危，便竭力内中协助，轻松就谋了一个复职候缺，不出两个月，就上任金陵应天府的官职。贾雨村一上任就碰上了薛蟠打死冯渊这场官司。他好不容易攀上贾府才得以复职，虽然初闻薛蟠打死人的恶霸行为曾“大怒”，但当门子提供贾、史、王、薛四大家族“一损俱损，一荣俱荣”的情况后，就巴不得投桃报李，徇情枉法，胡乱判决，了结此案。还急急忙忙向贾政和京营节度使王子腾修书两封，说“令甥之事已完，不必过虑”（第4回）云云。这时的贾雨村对官场的潜规则已经心领神会，早已不是先前那个恃才侮上的贾雨村了，先还残存的那么一点良心也早已泯灭。等到贾赦为了得到石呆子的二十把古扇，贾琏怎么想办法也得不到手时，贾雨村却利用手中掌握的权力，讹石呆子拖欠官银，把他逮进了监牢，所欠官银变卖家产赔补，从而把扇子抄了来作了官价，交到贾赦手里。贾赦无疑是这件事的始作俑者，而贾雨村恶从胆边生，诛杀石呆子这样的人还不是雷公打豆腐，不费吹灰之力？就连贾琏这样的纨绔子弟也觉得太狠毒：“为这点子小事，弄的人坑家败业，也不算什么能为！”（第48回）然而贾雨村做起这样的事来，已是轻车熟路，如鱼得水。

贾雨村在京城做官，步步高升，一直做到吏部侍郎、兵部尚书，后来虽然降了职，仍为京兆尹。到贾府因事发被查抄时，贾雨村本沾过宁、荣两府的好处，却为了与贾府“划清界限”，落井下石，狠狠地踢了一脚。但贾雨村最终还是因为贪财，犯了“婪索属员”等几款，被审明定罪。只是碰上大赦，才改为削职为民。

贾雨村在宦海里浮沉起伏，从穷困潦倒到神气活现，从位极人臣到削职为民，虽不赌不嫖，但贪黩成性，表面上斯文儒雅，内心十分卑鄙无耻。其人混迹官场几十年，做的坏事、恶事不计其数，好事却几乎一件都没有看他做过。《红楼梦》中直接写的官场人物是宁、荣两府的当家人，宁府贾敬是白身，长期躲在道观里炼丹，贾珍世袭了三品神威将军，荣府贾赦袭了官，也是个三品侯爵。托祖宗的庇荫，这两个人整日在家寻欢作乐，贾珍早把宁国府闹翻个天，贾赦高卧家中却总是寻事作孽，一会儿想把贾母身边的丫环讨来做小老婆，一会儿又夺走石呆子手中的二十把古扇。只有贾政喜好读书，原本欲以科甲出身，其父贾代善临终上了一本，皇上赐了个工部主事，后又升任员外郎和郎中。他想做一个清官，但大部分时间也只是在家与清客相公下棋聊天，无所事事。真正为朝廷效力是放了两次外差。一次是学差，也是个应景的事；另一次是外放江西粮道。虽然以前听到一些外省州县折收粮米勒索乡民的事，未身亲其事，现在却要实际查办这些事件。于是与幕宾商议出示严禁，并谕一经查出严惩不贷。初到之时，那些地方官员百计营钻，无奈贾政固执不领情面。但那些跟随贾政多年的部属好不容易盼到贾政放了外任，都指着发财，不想这位老爷呆性发作，要认真查办，州县的馈送一概不受，那些部属眼看送上门的白花花的银子，只是不能到手。有个门子说：“花了若干银两才打进来做了个门子的差事，跟了来一个月连半个钱也没得到，明日大家齐告假往回返。”（第 99 回）第二天果然聚集都来告假。贾政不知就里，觉得奇怪。内中有个叫李十儿的对贾政道出了真情，并为贾政出了个主意：这些人都走了，你成了光杆儿，没人给你办事，到时如何向圣上交差？岂不有负圣恩。现在世风如此，无官不贪，你要逆风而行，那什么事也做不成。你可以继续当你的清官，但得允许下属捞钱，下属才肯帮你做事。你就睁一眼，闭一眼假装没看见。今后如果真出了问题，圣上追究下来，你自身清廉，最多落一个“失察”的处分，绝不会去坐牢，更不会有杀身之祸。贾政无奈，也只好同意这个歪主意，愤愤地说“我是要保性命的，你们闹出事来不与我相干”（第99回）。果然，后来贾府被抄，贾政被召回京，从都察院出来，吓得满头大汗，但皇上念其“勤俭谨慎”，仍给予勉励，并未深究。贾政在曹雪芹笔下是官场里唯一的一个正面人物。书中介绍他“再喜欢读书，礼贤下士，拯弱济危，大有祖风”。在官场腐败成风、积重难返的情况下，他绝不可能凭自身之力来扭转官场的恶习，能洁身自好，也属不易。比起贾赦、贾珍之流要好上许多倍。

《红楼梦》毕竟是写闺阁中发生的事，写到贾雨村只是寥寥数笔，其中大部分也是借闺阁中人之口把他的事作一些披露。如平儿对贾雨村评说的：“都是那贾雨村什么风村，半路途中哪里来的饿不死的野杂种，认了不到十年，生了多少事出来！”（第48回）这几句快人快语，就贾雨村的为人而言，可谓入木三分。

《红楼梦》中《好了歌》说：“昨怜破袄寒，今嫌紫袍长：乱哄哄你方唱罢我登场。”贾府在朝中的根基集中到了贾妃娘娘的身上。因为有一个女儿嫁给了皇上，虽然只是个皇妃，贾府也俨然是皇亲国戚。尽管贾赦、贾珍之流做尽了坏事，只要贾妃在宫中坐稳，谁都奈何不了他们的。那么，贾妃娘娘在宫中的地位稳不稳呢？从《红楼梦》前80回看，贾妃坐得很稳当。因为有贾妃在宫中坐镇，地位显赫的东、南、西、北郡王对贾府都格外照料。这从书中记述的平时往来中看得很清楚。但贾府在朝中并非就没有对立面，第33回，忠顺亲王府为了一个戏子琪官（蒋玉菡），竟然派人前来索要，态度十分傲慢，而忠顺王府与贾府素无往来，所以吓得贾政直担心“祸及于我”，因为此事几乎把宝玉活活打死。忠顺亲王府为什么敢对皇亲国戚的贾府如此不敬，很可能此王府与皇帝老儿的关系极深，或有人在皇帝的身边近侍，是贾妃在宫闱争斗中的敌手。贾妃的判词中有“虎兕相争大梦归”。从宫闱中的纠缠到朝中诸王间的争纷，再到贾府这个层次的卷入，勾出了一幅令人惊骇的官场厮杀场景。随着贾妃的薨逝，一切也就有了结果。而贾府的众人特别是贾赦、贾珍之流做出来的事也确实够恶贯满盈的了，最终是一败涂地，落了片白茫茫大地真干净！

书中对官场上的事虽然笔墨不多，其深邃程度却是其他作品所达不到的。《红楼梦》说到底也是活脱脱的一部官场现形记。

二十八、没落贵族的双重人格

贾赦、贾珍这两个人，一个世袭三品神威将军；一个世袭三品威烈将军，掌控宁国府。是贾府中官衔最高的两个人。

他们的官衔不是因功而得，也不是科甲仕途所得，这两个人对朝廷无半寸功劳，完全是托祖宗的庇荫。贾赦是荣国公二代贾代化的长子，贾代化死后袭了官。贾珍是宁国公第四代中唯一的男性，其父贾敬一心想炼丹成仙，就把世袭的官给了儿子贾珍。

封建世袭到第三代、第四代，也就到"西边的太阳快要落山"的时候了。贾赦、贾珍这两个人好像对做官之道并不热衷，整日呆在家中，也不用去上朝，对朝中的政治斗争也不参与，不像有的官员那样今天"弹劾"这个，明天上一本又参另一个，只是在家中一味寻欢作乐。这恐怕是世袭官僚的共同特点。世袭其实就是享受祖宗留下的待遇，不用真正为朝廷效力。像贾雨村这样靠科举爬上去的官员，都担负着实际职务，在任上忙碌着。

那么他们在家干什么呢？如果是一个清官，就会像贾政那样，在家读书、下棋，与清客相公聊天，弄弄字画等，有时也还出一次外差。而贾赦、贾珍是闲不住的人，他们在家里尽干坏事，好事却没做多少。

贾赦干的惊天动地的两件事，一件是要讨贾母也就是他母亲的丫环鸳鸯做他自己的小老婆，尽管胡子都已花白，身边的小老婆一大串。再一件是夺取石呆子的二十把古扇。总之是躲在家中策划寻事，以满足个人的私欲。按说贾赦是荣国府长子，应该是荣国府管事的大家长，但荣国府的家政内外都由贾赦的儿媳和儿子把持，儿媳王熙凤又是贾政的夫人的内侄女，出身显赫的金陵王家，早已把贾赦撂一边去了。要不贾赦为何硬要把鸳鸯搞到手，挖他母亲的墙脚？那是报复贾母“偏心”。对贾赦勾结贾雨村诬陷石呆子拖欠官银抄没石呆子的古扇这件事，贾琏都看不过去，说“为这点子小事，弄得人坑家败业，也不算什么能为”。可见贾赦比他的儿子贾琏更坏许多。对贾赦这个人，《石头记》抄本中没有对他的评价，只有甲辰本和后来的程甲本给了他一个“为人平静中和”的上上考语，这个评语实在是太抬举了这个恶棍，后来在程乙本里改成了“为人却也中平”，才勉强说的过去。

贾珍与贾赦稍有不同，他是宁国府的大家长。其妻尤氏性格温和，虽然是宁国府的内当家，但因为娘家穷，许多事不愿多作主，要请示贾珍以后才付诸实施。对贾珍在外面的胡作非为，尤氏也只是“劝说”，并不对贾珍构成压力。作为大户族长的贾珍，其严厉威风的一面随处可见。年底他把黑山庄头送来的年货一份份分好，自己披着猞猁裘，铺了狼皮褥子，坐在台上看着人们来领东西。见贾蔷也来了，贾珍迎面一顿骂：“你在家庙里干的事，打量我不知道。你到了那里，自然是爷了，没人敢违拗你。你手里又有了钱，离着我们又远，你就为王称霸起来，夜夜招聚匪类赌钱，养老婆小子，这会子花得这个形象，你还敢领东西来？领不成东西，领一顿驮水棍去才罢。”（第 53 回）当然更多的是其丑陋的一面。在宁府，贾珍伙同儿子贾蓉如“和尚打伞，无法无天”。如冷子兴说的那样，“把宁国府竟翻了过来”（第 2 回）。曹雪芹用如椽之笔，写下了“造衅开端实在宁”这样一句。贾珍与儿媳秦可卿长期通奸。这种关系，在宁国府无人不晓，老奴焦大酒后大骂“爬灰的爬灰，养小叔子的养小叔子”，并不是信口胡言，而是“酒后吐真言”。既然大家长都这样，下面的人也就“上行下效”。在贾敬办丧事期间，尤氏把两个妹子叫来宁府照看一下家，贾珍父子星夜驰回。就在居丧期间，这对父子的表现可谓淋漓尽致：

贾蓉当下也下了马，听见两个姨娘来了，便和贾珍一笑。贾珍忙说了几声“妥当”，加鞭便走，店也不投，连夜换马飞驰。一日到了都门，先奔入铁槛寺。那天已是四更天气，坐更的闻知，忙喝起众人来。贾珍下了马，和贾蓉放声大哭，从大门外便跪爬进来，至棺前稽颡泣血，直哭到天亮喉咙都哑了方住。尤氏等都一齐见过。贾珍父子忙按礼换了凶服，在棺前俯伏，无奈自要理事，竟不能目不视物，耳不闻声，少不得减些悲戚，好指挥众人。因将恩旨备述与众亲友听了。一面先打发贾蓉家中料理停灵之事。贾蓉得不得一声儿，先骑马飞来至家，忙命前厅收桌椅，下槅扇，挂孝幔子，门前起鼓手棚牌楼等事。又忙着进来看外祖母两个姨娘。原来尤老安人年高喜睡，常歪着，他二姨娘三姨娘都和丫头们作活计，他来了都道烦恼。贾蓉且嘻嘻的望他二姨娘笑说：“二姨娘，你又来了，我们父亲正想你呢。”尤二姐便红了脸，骂道：“蓉小子，我过两日不骂你几句，你就过不得了，越发连个体统都没了，还亏你是大家公子哥儿，每日念书学礼的，越发连那小家子瓢坎的也跟不上。”说着顺手拿起一个熨斗来，搂头就打，吓的贾蓉抱着头滚到怀里告饶。尤三姐便上来撕嘴，又说：“等姐姐来家，咱们告诉他。”贾蓉忙笑着跪在炕上求饶，他两个又笑了。贾蓉又和二姨抢砂仁吃，尤二姐嚼了一嘴渣子，吐了他一脸，贾蓉用舌头都舔着吃了。众丫头看不过，都笑说：“热孝在身上，老娘才睡了觉，他两个虽小，到底是姨娘家，你太眼里没有奶奶了。回来告诉爷，你吃不了兜着走。”贾蓉撇下他姨娘，便抱着丫头们亲嘴：“我的心肝，你说的是，咱们谗他两个。”丫头们忙推他，恨的骂：“短命鬼儿，你一般有老婆丫头，只和我们闹，知道的说是顽，不知道的人，再遇见那脏心烂肺的爱多管闲事嚼舌头的人，吵嚷的那府里谁不知道，谁不背地里嚼舌说咱们这边乱帐。”贾蓉笑道：“各门另户，谁管谁的事，都够使的了。从古至今，连汉朝和唐朝，人还说脏唐臭汉，何况咱们这宗人家，谁家没风流事，别讨我说出来。连那边大老爷这么利害，琏叔还和那小姨娘不干净呢。凤姑娘那样刚强，瑞叔还想他的帐。那一件瞒了我！”（第 63 回）

可谓既讲礼义廉耻，又丧尽道德，二者竟是巧妙结合。这就是没落贵族的真实写照！曹雪芹用了第 66 回、67 回、68 回的大篇幅，写贾二舍偷娶、王熙凤谋害尤二姐及尤三姐之死，致使这对如花似月的青春生命死于非命。最后宁、荣两府被抄家，这人命官司，包括贾赦逼死石呆子一案，都是最重要的罪证。

二十九、鸳鸯的得理让人与晴雯的得理不让人

贾母寿诞的那天晚上，鸳鸯在大观园一湖石山后桂树阴下看见两个人影，认出穿红裙的那位是迎春的丫环司棋，就故意虚张声势说：“司棋，你不快出来，吓着我，我就喊出来当贼拿了。”谁知司棋贼人胆虚，以为她看出了隐情，便从树后跑出来，一把拉住鸳鸯，双膝跪下，说：“好姐姐，看在我们平日相好一份上，千万别嚷。”鸳鸯看另外一个人影像个小厮，问是谁？司棋说是她的姑舅兄弟。回头说：“你不要藏了，姐姐已看见了，快出来磕头。”那小厮从树后出来，磕头如捣蒜。司棋拉住鸳鸯哭道：“我们的性命，都在姐姐身上，只求姐姐超生要紧！”鸳鸯道：“你放心，我横竖不告诉一个人就是了。”此后，鸳鸯果不食言，守口如瓶。既没有告密，又没有声张传话。

按说大观园里的丫环们个个刁钻，平时没有把柄还要寻些由头出来恶意中伤，碰到这样的事哪能保的住密不对别人说。但鸳鸯不是这样。

我们常说，得理要让人。人与人之间发生口角之争是常有的事，如果有理的一方得理不让人，穷追不舍，不仅于事无补，甚至有理也会变成无理。俗话说，打人别打脸，揭人别揭短。批评他人的过错，要恰到好处，适可而止，要给被批评的人留点面子。如果得理不让人，批得过火，反而会激起被批评者反感，引发敌意、愤恨，甚至爆出过激行为。生活中的许

多小矛盾激化，酿成大惨案，都是因为得理不饶人，把人逼急的结果。鸳鸯能对司棋和她表哥这样的事遵守诺言，说明鸳鸯是一个善于体察别人心思的好人，其品格极为高尚。

《红楼梦》中还有另一位人物叫晴雯，与鸳鸯恰相反，是个得理不让人的。大观园内充满危机，风险四伏，单是丢了年轻性命的有多少？晴雯却毫无顾忌地肆意作为。宝玉有一次在外面吃饭，看见桌上有豆腐皮包子，想着晴雯爱吃，就叫人送回来，宝玉的奶妈李嬷嬷自说自话就拿回去给她的孙子吃了。宝玉回来问及此事，晴雯立即就表达她的不满。不就是一点豆腐皮包子，值得如此告状吗？致使宝玉又是要撵丫环，又是要逐奶妈。李嬷嬷后来知道此事，必然要把账记在晴雯身上。再有一次晴雯在病中，性格暴躁，乱骂大夫“只会骗人的钱，一剂好药也不给人吃”，骂小丫环“等我好了，一个一个的才揭你们的皮”（第 73 回），连小丫环说梦话时都流露出对她的恐惧。晴雯把小丫环坠儿弄来残酷折磨，还自作主张地把她撵出大观园。其实坠儿偷拿平儿的虾须镯，应被看作是小孩子不懂事。如果坠儿知道这虾须镯如此贵重，吓都吓死了。所以应以教育为主，不能从肉体上折磨她。

晴雯自作主张地把坠儿撵了出去，她无非是靠上了宝玉这棵大树，别人才不得不服从她。当面不与你争论，那是给宝玉面子，不是给你晴雯面子。果然，过不多久在检抄大观园时，王夫人平白无故把晴雯狠批了一顿，说她是狐狸精，宝玉被她勾引坏了，于是把她逐出了大观园。晴雯带病回家，不几天就死在哥嫂家的土炕上。晴雯之死，如她的判词中说的“寿夭多因诽谤生”。不是晴雯不聪明、不能干，而是比别人太冒尖，加上模样长得好，言谈爽利，自以为高人一等，甚至拿出半个主子的款来。然而这一切并不能改变她作为丫环的命运。小丫环坠儿就算偷了东西，还属于教育范畴，就值得你晴雯对她又打又骂，扎得孩子惨叫不已，咋能下得这样的死手？总得讲一点人性。小丫环春燕的妈因为在怡红院内打了自己的女儿，被麝月等大丫环告到平儿那里，平儿说“打四十板子”，“撵他出去”。那婆子央告袭人等人：“好容易我进来了，况且我是寡妇，家里没人，正好一心无挂的在里头伏侍姑娘们”，“我这一去，又要去自己生火过活”。袭人听后早就心软了。平儿也重新说：“‘得饶人处且饶人’，得省的将就省些事也罢了。”只有晴雯说：“理他呢，打发去了是正经，谁和他去对嘴对舌的。”（第59回）晴雯怀有这种总想整治别人的阴暗心理，岂能得人心？晴雯被王夫人逐出大观园，园内的几个嬷嬷议论：“阿弥陀佛，今日天睁了眼，把这一个祸害妖精退送去，大家清净些。”（第77回）在抄检大观园时，王善保家有一段话是这么说的：“仗着他生的模样比别人标致些，又生一张巧嘴，天天打扮的像个西施的样子，在人跟前能说惯道，掐尖要强，一句话不投机，就立起两个骚眼睛骂人，妖妖调调，大不成个体统。”（第74回）晴雯之被逐，在很大程度上是自身行为不检所致。可她死也不明白为何会有这样的下场，还认为是“比别人生的略好些”惹的祸，实属可悲。

据说当今一位中国顾客在美国的一家超市购物，在推购物车时不慎将酒瓶碰倒在地。酒瓶碎了，酒流了一地。中国顾客主动找营业员道歉，并表示要赔偿损失。但营业员并没有责备他，一边安慰他，一边用电话向值班经理报告。经理来后也毫无责怪之意，而是向顾客赔礼道歉，还拿出手绢为顾客擦拭身上的酒渍，说：“是我们的职员没有把货架放稳，让你受惊了。”经理一直陪这位顾客购物完毕，并送他出商场。

出现这样的事情，责任也可能在顾客，但商家采取这样的处置办法，虽然受到了一些小损失，却赢得了顾客的信任和赞誉。令顾客感到商家的宽容和真诚，这位顾客从此购物必来此店。这样的真诚服务，必然吸引来越来越多的顾客。如果过失并非是主观意图，有时是未曾想犯错而犯错，理应对这种犯错给予宽容。得理饶人，已经被上升到管理层的理性思考。当然得理让人也不是宽大无边，容忍一切，如果一而再，再而三地有重大过失，还是应该采取必要措施的。

三十、晴雯麝月共有的姨娘梦

晴雯想不想做宝玉的姨娘？这个问题不难解答。第 31 回，晴雯使小性儿与宝玉闹别扭，袭人过来劝说，又惹晴雯添了醋意，宝玉要回王夫人打发晴雯离开怡红院，晴雯说："你只管去回，我一头碰死了也不出这门儿。"袭人等丫环都向宝玉下跪才得以阻止。晴雯为什么死也不离开宝玉，说到底不就是要当宝玉的姨娘吗？

晴雯只能是一个悲剧人物。平时只求快意于口，对周围的人和事冷嘲热讽，动不动就是一阵冷笑。上面的那场风波固然是始于晴雯没有媚骨，不肯像袭人那样在宝玉面前逆来顺受，但更直接的原因是袭人的"我们"中暗示了"我已是宝玉之妾"，引发了晴雯的醋意。第 27 回，晴雯闻知小红得到凤姐的信任，晴雯立即予以刻薄的嘲讽。第 37 回，晴雯见秋纹对主子的赏赐感恩不以为然，明着嘲讽秋纹，又带上了袭人。晴雯之冷笑与嘲讽固然是沿袭其对世俗的厌恶，然而在冷笑与嘲讽的背后，却发泄着她对周围的人的蔑视和忌恨。别人讨好主子，就是要亲近主子，甚至包含着做"姨娘"的最终目标。晴雯忍受不了这种奴颜媚骨行为，却又不愿看到自己被主子冷落，被晾在一边。正是这种嫉恶并包含着的嫉妒，加之直率但也狭隘的性格，导致了晴雯的人生必然上演一曲悲剧。其结果会使人同情，但绝不是某些人说的是什么浩然正气，也不是什么凛然傲骨。

晴雯伶牙俐齿、灵口慧心人所共知，结果反招致周围更多的忌恨，这是晴雯式的聪明反被聪明误，往往是卖弄聪明，反显浅薄。第52回，晴雯病中驱逐坠儿，坠儿母女前来论理。坠儿母亲说：“他（宝玉）哪一件事不是听姑娘们的调停？他纵依了，姑娘们不依，也未必中用。比如方才说话，虽是背地里，姑娘就直叫他的名字。在姑娘们就使得，在我们就成了野人了。”坠儿母亲以攻为守，使晴雯听了一发急红了脸，说道：“我叫了他的名字，你在太太跟前告我去，说我撒野，也撵出我去。”这种话简直是在撒泼，实在看不出有一点智慧。这时麝月出来说了一大段话解了围。这段话是：

便是叫名字，从小儿直到如今，都是老太太吩咐过的，你们也知道的，恐怕难养活，巴巴的写了他的小名儿，各处贴着叫万人叫去，为的是好养活。连挑水挑粪花子都叫得，何况我们！连昨儿林大娘叫了一声“爷”，老太太还说他呢，此是一件。二则，我们这些人常回老太太的话去，可不叫着名字回话，难道也称“爷”？那一日不把宝玉两个字念二百遍，偏嫂子又来挑这个了！过一日嫂子闲了，在老太太、太太跟前，听听我们当着面儿叫他就知道了。嫂子原也不得在老太太、太太跟前当些体统差事，成年家只在三门外头混，怪不得不知我们里头的规矩。这里不是嫂子久站的，再一会，不用我们说话，就有人来问你了。有什么分证话，且带了他去，你回了林大娘，叫他来找二爷说话。家里上千的人，你也跑来，我也跑来，我们认人问姓，还认不清呢！

麝月说的这一段话，晴雯是绝对说不出来的。有比较才有鉴别。到底是谁更伶牙俐齿，是晴雯还是麝月？麝月的这一番话，有理有据，天衣无缝，晴雯不过是嘴不饶人，一味任性发泄罢了。再看第58回，芳官与其干娘吵架，晴雯先过来，只是就事论事，反遭芳官干娘顶撞，还是袭人急忙叫麝月上场。麝月又说了一大段话：

> 你看满园子里，谁在主子屋里教导过女儿的？便是你的亲女儿，既分了房，有了主子，自有主子打得骂得，再者大些的姑娘姐姐们打得骂得，谁许老子娘又半中间管闲事了？都这样管，又要叫他们跟着我们学什么？越老越没了规矩！你见前儿坠儿的娘来吵，你也来跟他学？你们放心，因连日这个病那个病，老太太又不得闲心，所以我没回。等两日消闲了，咱们痛快回一回，大家把威风煞一煞儿才好。宝玉才好了些，连我们都不敢大声说话，你反打的人狼号鬼叫的。上头能出了几日门，你们就无法无天的，眼睛里没了我们，再两天你们就该打我们了。他不要你这干娘，怕粪草埋了他不成。

那婆子听了麝月这段话，羞愧难当，一言不发。事情也就平息了下来。

麝月有没有当宝玉姨娘的欲望？第 20 回，屋子里只有宝玉与麝月两个人，宝玉叫麝月也去玩，麝月说“都玩去了，这屋里交给谁呢？”于是麝月就给宝玉篦头。两人在镜内相视而笑。这时晴雯跑回来，先是以冷笑，继之以“交杯盏儿还没吃，就上了头”的尖酸嘲讽。

宝玉屋里的丫环，有哪一个不想当宝玉的姨娘呢？

《红楼梦》书中麝月之最后的结局，据曹雪芹的最知心的脂砚斋在批语中透露，《红楼梦》写到袭人出嫁后，麝月是留在宝玉身边唯一的丫环。第 20 回，庚辰本有如下脂砚斋的批语：“闲上一段儿女口舌，却写麝月一人。有袭人出嫁之后，宝玉宝钗身边还有一人，虽不及袭人周到，亦可免微嫌小弊等患，方不负宝钗之为人也。故袭人出嫁后云，‘好歹留着麝月’一语，宝玉便依从此语。可见袭人虽去，实未去也。”第 63 回“寿怡红群芳开夜宴”，大观园的少女们聚众在一块猜拳行令。麝月掣签时，掣出一支荼蘼花来，虽然春天挨到荼蘼花开时已到暮春季节，即所谓“开到荼蘼花事了”，题的却是“韶华胜极”四字。可见麝月之命运小瞧不得。正所谓谁笑到最后，谁笑得最好。

三十一、三对小人物的爱情

《红楼梦》把宝、黛之恋写得惊天地、泣鬼神，这是人所共知的。但书中的几个小人物之恋，也值得让人回味。这些小人物之间的爱情，如月光照耀下溪涧随波逐流的花朵，一个个哀婉而迷茫，令人心碎、叹息。

《红楼梦》中有三个比较出格的浑小子，名字是贾芸、贾蔷、贾芹。书中开头就说到宁、荣二公是一母同胞兄弟。宁公居长，生了四个儿子，宁公死后，只贾代化袭了官。荣公死后，长子贾代善袭了官，有几个儿子书中却没有交代。然后出来了一大帮子非宁、荣二府的贾姓子弟，如贾芸、贾蔷、贾芹、贾茵、贾菖、贾菱等，想来就是另外几个儿子的后人了。

贾芹靠他娘和老子给凤姐行贿弄到一个去家庙管和尚道士的差事，谁知贾芹劣根性膨胀，在那里胡作非为，称王称霸，夜夜招聚匪类赌钱，养小婆小子，以致被人告发，赶了出去。贾芹这种人唯知吃酒赌钱，眠花宿柳，是根本不懂何为爱情的。

贾芸、贾蔷在与大观园众多女孩的交往接触中，却各自赢得了一份芳心。

贾芸是荣府的一门穷亲戚。这个贾芸“容长脸，长挑身材”，“生得着实斯文清秀”（第24回）。他到舅舅卜世仁家借十几两银子准备买些麝香、冰片给凤姐送礼谋个差事，不但没有借到还受了一顿奚落，后来找到一个泼皮倪二，却仗义借给他银两，贾芸这才有机会进得贾府，向凤姐送上一份礼，加上能说会道，讨得凤姐的欢心，就给了他一份管理园中花木的差事。这个贾芸可不是善良之辈，上面批下来二百两银子的花木费用，贾芸只花上五十两，其余一百五十两都进了他的私囊。因为得以进入大观园管理花木，贾芸不但能见到宝玉，还认宝玉作爹，自己甘愿做儿子（贾芸是草字头辈，宝玉是玉字辈，宝玉自然大了一辈）。更与大观园内的丫环们多有接触，续出了一段情缘。

这个女孩名叫小红，长得倒也“十分俏丽干净”（第 24 回），也不是个等闲人物。与贾芸一样，都是那种千方百计往高枝上攀的人。连薛宝钗这样平时不大议论人的人都说小红“眼空心大，是个头等刁钻古怪东西”（第 27 回）。书中说小红是鼎鼎大名的管家林之孝家的女儿，那可是在贾府上层说得着话的“大奴才”。然而，小红在大观园的处境，不要说袭人、晴雯这样的大丫环，就是秋纹、碧痕这样的二三等丫环都瞧不起她。一次趁屋中无人，她在屋外听到宝玉喊要喝水，就进去给宝玉递上一杯水，趁势与宝玉套近乎，恰好秋纹等抬水回来，见除宝玉外，只有小红一人在屋内，“便心中大不自在”，劈头盖脸就是一顿辱骂，什么“没脸的下流东西”，“你也拿镜子照照，配递茶递水不配”，“不如我们散了，单让他在这屋里”（第 24 回）。而小红唯有忍气吞声而已。

芸、红之恋，起由是一块丢落的手帕。初次相见，小红就“下死眼把贾芸盯了两眼”（第 24 回）。原因是贾芸进园内种花木时捡到一块手帕，被小红看到贾芸手中的一块帕子就是自己丢失的那块。于是贾芸就把自己的一块“还”给了小红，却留下了小红丢失的那块。这种青春男女之间的私相传递岂不就是“爱情”？好把个小红折腾得翻来调去，吃不下饭，睡不好觉。忽听窗外低低地叫道：“小红，你的手帕子我拾在这里呢。”小红听了忙出来看，不是别人，正是贾芸。小红不觉的粉面含羞，问道：“二爷在哪里拾着的?”贾芸笑道：“你过来，我告诉你。”一面说，一面就上来拉她。那小红急回身一跑，却被门槛绊倒——唬醒过来，方知是梦。（第 25 回）也许真如她梦中所见，他们的爱情依然是残留的那个梦，那么纯真，让人心动神飞。贾芸与小红的爱情结局书中没有作出任何交代（高鹗最后安排贾芸参与拐卖巧姐的恶劣行为，沦人不齿）。曹雪芹惜墨如金，并没有给予更多的描述。然而正是这太简单的交往，使这“爱情”洗涤世俗和猜疑，呈显出了单纯。

小红后来被凤姐派了个差事，回来向凤姐回话：“平姐姐叫我回二奶奶：才旺儿进来讨奶奶的示下，好往那家子去。平姐姐就把那话按着奶奶的主意打发他去了。”凤姐问如何打发的，小红说：“平姐姐说：我们奶奶问这里奶奶好。原是我们二爷不在家，虽然迟了两天，只管请奶奶放心。等五奶奶好些，我们奶奶还会了五奶奶来瞧奶奶呢。五奶奶前儿打发了人来说，舅奶奶带了信来了，问奶奶好，还要和这里的姑奶奶寻两丸延年神验万全丹。若有了，奶奶打发人来，只管送在我们奶奶这里。明儿有人去，就顺路给那边舅奶奶带去的。”如此伶牙俐齿，在一旁的李纨只听得“奶奶”“爷爷”一大堆，竟没有听懂，而凤姐却对小红说：“好孩子，难为你说的齐全”，“你明儿服侍我去吧”，“我一调理，你就出息了”。小红最终被凤姐看上，问小红愿不愿意跟她。小红答道：“愿不愿意，我们也不敢说，只是跟着奶奶，我们也学些眉眼高低，出入上下，大小事也得见识了。”（第 27 回）好一个不卑不亢，不愧是大管家的女儿。

相比芸、红之恋，蔷、龄之恋要厚实得多。贾蔷这个书中很早就出现的人物，写他“比贾蓉生的还风流俊俏”（第 9 回）。这么一个英俊少年，整日跟随贾珍贾蓉，好的没有学到什么，坏的却沾染了不少。在筹建省亲别墅时，贾珍安排贾蔷到姑苏合聘教习、采买女孩子，置办乐器行头。按说贾蔷在宁国府混迹多年，让他去采买人口，并且还是采买妙龄女孩，还不是像贾芹那样大出丑闻，然而贾蔷走的是另一条路，赢得了一个最娇美的女孩的爱情。书中有两段极为动人的描写，不妨实录如下：

且说那宝玉见王夫人醒来，自己没趣，忙进大观园来。只见赤日当空，树阴合地，满耳蝉声，静无人语。刚到了蔷薇花架，只听有人哽噎之声。宝玉心中疑惑，便站住细听，果然架下那边有人。如今五月之际，那蔷薇正是花叶茂盛之际，宝玉便悄悄的隔着篱笆洞儿一看，只见一个女孩子蹲在花下，手里拿着根绾头的簪子在地下抠土，一面悄悄的流泪，宝玉心中想道："难道这也是个痴丫头，又象颦儿来葬花不成?"因又自叹道："若真也葬花，可谓'东施效颦'，不但不为新特，且更可厌了。"想毕，便要叫那女子，说："你不用跟着那林姑娘学了。"话未出口，幸而再看时，这女孩子面生，不是个侍儿，倒像是那十二个学戏的女孩子之内的，却辨不出他是生旦净丑那一个角色来。宝玉忙把舌头一伸，将口掩住，自己想道："幸而不曾造次。上两次皆因造次了，颦儿也生气，宝儿也多心，如今再得罪了他们，越发没意思了。"一面想，一面又恨认不得这个是谁。再留神细看，只见这女孩子眉蹙春山，眼颦秋水，面薄腰纤，袅袅婷婷，大有林黛玉之态。宝玉早又不忍弃他而去，只管痴看。只见他虽然用金簪划地，并不是掘土埋花，竟是向土上画字。宝玉用眼随着簪子的起落，一直一画一点一勾的看了去，数一数，十八笔。自己又在手心里用指头按着他方才下笔的规矩写了，猜是个什么字。写成一想，原来就是个蔷薇花的"蔷"字。宝玉想道："必定是他也要作诗填词。这会子见了这花，因有所感，或者偶成了两句，一时兴至恐忘，在地下画着推敲，也未可知。且看他底下再写什么。”一面想，一面又看，只见那女孩子还在那里画呢，画来画去，还是个“蔷”字。再看，还是个“蔷”字。里面的原是早已痴了，画完一个又画一个，已经画了有几千个“蔷”。外面的不觉也看痴了，两个眼睛珠儿只管随着簪子动，心里却想：“这女孩子一定有什么话说不出来的大心事，才这样个形景。外面既是这个形景，心里不知怎么熬煎。看他的模样儿这般单薄，心里那里还搁的住熬煎。可恨我不能替你分些过来。”伏中阴晴不定，片云可以至雨，忽一阵凉风过了，唰唰的落下一阵雨来。宝玉看着那女子头上滴下水来，纱衣裳登时湿了。宝玉想道：“这时下雨。他这个身子，如何禁得骤雨一激！”因此禁不住便说道：“不用写了。你看下大雨，身上都湿了。”那女孩子听说倒唬了一跳，抬头一看，只见花外一个人叫他不要写了，下大雨了。一则宝玉脸面俊秀，二则花叶繁茂，上下俱被枝叶隐住，刚露着半边脸，那女孩子只当是个丫头，再不想是宝玉，因笑道：“多谢姐姐提醒了我。难道姐姐在外头有什么遮雨的?”一句提醒了宝玉，“嗳哟”了一声，才觉得浑身冰凉。低头一看，自己身上也都湿了。说声“不好”，只得一气跑回怡红院去了。（第30回）

……

一日，宝玉因各处游的烦腻，便想起《牡丹亭》曲来，自己看了两遍，犹不惬怀，因闻得梨香院的十二个女孩子中有小旦龄官最是唱的好，因着意出角门来找时，只见宝官玉官都在院内，见宝玉来了，都笑嘻嘻的让座。宝玉因问“龄官独在那里?”众人都告诉他说：“在他房里呢。”宝玉忙至他房内，只见龄官独自倒在枕上，见他进来，文风不动。宝玉素习与别的女孩子顽惯了的，只当龄官也同别人一样，因进前来身旁坐下，又陪笑央他起来唱“袅晴丝”一套。不想龄官见他坐下，忙抬身起来躲避，正色说道：“嗓子哑了。前儿娘娘传进我们去，我还没有唱呢。”宝玉见他坐正了，再一细看，原来就是那日蔷薇花下划“蔷”字那一个。又见如此景况，从来未经过这番被人弃厌，自己便讪讪的红了脸，只得出来了。宝官等不解何故，因问其所以。宝玉便说了，遂出来。宝官便说道：“只略等一等，蔷二爷来了叫他唱，是必唱的。”宝玉听了，心下纳闷，因问：“蔷哥儿那去了?”宝官道：“才出去了，一定还是龄官要什么，他去变弄去了。”宝玉听了，以为奇特，少站片时，果见贾蔷从外头来了，手里又提着个雀儿笼子，上面扎着个小戏台，并一个雀儿，兴兴头头的往里走着找龄官。见了宝玉，只得站住。宝玉问他：“是个什么雀儿，会衔旗串戏台?”贾蔷笑道：“是个玉顶金豆。”宝玉道：“多少钱买的?”贾蔷道：“一两八钱银子。”一面说，一面让宝玉坐，自己往龄官房里来。宝玉此刻把听曲子的心都没了，且要看他和龄官是怎样。只见贾蔷进去笑道：“你起来，瞧这个顽意儿。”龄官起身问是什么，贾蔷道：“买了雀儿你顽，省得天天闷闷的无个开心。我先顽个你看。”说着，便拿些谷子哄的那个雀儿在戏台上乱串，衔鬼脸旗帜。众女孩子都笑道“有趣”，独龄官冷笑了两声，赌气仍睡去了。贾蔷还只管陪笑，问他好不好。龄官道：“你们家把好好的人弄了来，关在这牢坑里学这个劳什子还不算，你这会子又弄个雀儿来，也偏生干这个。你分明是弄了他来打趣形容我们，还问我好不好。”贾蔷听了，不觉慌起来，连忙赌身立誓。又道：“今儿我那里的香脂油蒙了心！费一二两银子买他来，原说解闷，就没有想到这上头。罢，罢，放了生，免免你的灾病。”说着，果然将雀儿放了，一顿把将笼子拆了。龄官还说：“那雀儿虽不如人，他也有个老雀儿在窝里，你拿了他来弄这个劳什子也忍得！今儿我咳嗽出两口血来，太太叫大夫来瞧，不说替我细问问，你且弄这个来取笑。偏生我这没人管没人理的，又偏病。”说着又哭起来。贾蔷忙道：“昨儿晚上我问了大夫，他说不相干。他说吃两剂药，后儿再瞧。谁知今儿又吐了。这会子请他去。”说着，便要请去。龄官又叫“站住，这会子大毒日头地下，你赌气子去请了来我也不瞧”。贾蔷听如此说，只得又站住。宝玉见了这般景况，不觉痴了，这才领会了划“蔷”深意。自己站不住，也抽身走了。贾蔷一心都在龄官身上，也不顾送，倒是别的女孩子送了出来。（第 36 回）

这大概可称作大观园里最美的风景线之一。然而，他们的爱情能长久吗？最后的结局又是怎样的呢？书中没有作任何交代。龄官的结局，可以作如下推断：

第 58 回有藕官祭药官的一段文字，藕官扮演小生，药官扮演小旦，两人不但戏中情投意合，就是寻常饮食起居，也是你恩我爱。后来药官死了，藕官哭得死去活来，直到再补了蕊官扮小旦，她又与蕊官恩恩爱爱，同时不忘死去的药官。这里出现了药官和蕊官两个小旦。然而最早扮演小旦的龄官哪里去了呢？补上蕊官肯定是在抄检大观园遣散戏班之前，而龄官却早就消失。在昆曲行当里，粗分为生旦净末丑，细分为“二十家门”，大观园十二个女孩子一人担一种类犹不够分的，因此不可能同时存在两个以上的小旦。而在药官死后补上了蕊官，那么龄官哪里去了呢？最大的可能是在药官死之前就死了。这个身体单弱，眉眼长得像林黛玉，就是林妹妹的影子，她就是为情而生，为情而死啊。贾蔷终究还是那个终日里“斗鸡走狗，赏花玩柳”（第 9 回）的贾蔷，他必定是最后辜负了龄官的一片痴情！

迎春的丫环司棋与其表哥潘又安的爱情与上面两对极为不同。司棋是大观园内众多丫环中出类拔萃的一个，倒并不是她长的容貌美丽、人品出众，而是她的行事方式很与众不同，常出人意料。司棋领着小丫环们砸厨房，起因不过是厨房的柳嫂看人下菜，对司棋这个“副小姐”不够尊重，没有按她的要求送去一碗鸡蛋羹。芝麻大的事偏要大动干戈，把厨房砸个稀巴烂，说明司棋是个天不怕、地不怕的人，敢做别人不敢做的事。当然，砸厨房不是一个单独的行为，只是在司棋操控下向厨房夺权的一个环节，因为厨房的管家柳嫂及其女儿受玫瑰露、茯苓霜事件的牵连，厨房面临改换“领导”的机会，司棋才策划把她的婶子秦显家的推出来夺厨房的权。可见司棋的确是一个令人刮目相看的人物。司棋领着人砸厨房实在不值得人同情，但其对表哥的爱情却是无可挑剔的。他们的爱情非常直接，极富激情。所谓真爱无罪，况且都是未婚男女。如果要指责的话，只是少了一点含蓄蕴藉。在抄检大观园时，司、潘之爱被暴露在光天化日之下，而司棋只是“低头不语，也并无畏惧惭愧之意”（第 74 回），连见多识广的王熙凤也觉可疑。为什么司棋会有这种表现？只能说是爱情支撑着她，是爱，是问心无愧的真爱支撑着她。面对众多人轻薄的笑声，她像天使般站立云端，用纯洁的灵魂守护着自己作为一个“人”的尊严。就对爱情的理解说，司棋是超出那个时代的人物！

在曹雪芹的笔下，面对爱情，女子总比男子坚韧。司棋恼恨潘又安不该私自逃走，“纵然闹出来，也该死在一处”。在抄检大观园之后，司棋被逐，潘又安逃的不知去向，这段生死恋看起来又没有了下文。可是续作者高鹗又把司棋塑成了烈女形象，只为了那个不争气的潘又安，竟一头撞墙死了。第 92 回，潘又安又回来找到了司棋，司棋又一次声称“他到那里，我跟到那里，就是讨饭吃也是愿意的”，既然这个既是表哥又是爱人的潘又安回到了自己的身边，司棋本应喜出望外，高兴才是，咋又撞死了呢？高鹗显然是写得极不近情理，简直就是拿人的生命当儿戏。文字也极为粗陋。司棋死了，潘又安买来两口棺材，一口给司棋，另一口留给自己，也小刀子一抹，死了。高鹗做这样的安排，表面上固然轰轰烈烈，但未必就是曹雪芹的本意，从情节发展上看也过于唐突。曹雪芹可是惯于以恶谑的方式摧毁男人的面具，不然在前八十回为什么安排潘又安逃走，而又胆小怕事逃得无影无踪呢？既已逃得无影无踪，为什么又突然回来呢？并且"改邪归正"，变成了一个"烈男"，是什么原因促使他转变的，交代得不清楚。

第三辑　红楼释疑

三十二、大观园的分房方案

贾妃省亲过后不久，贾府的未出阁的小姐加上李纨、宝钗、黛玉，再加宝玉，都搬进了大观园中居住。而究竟谁住什么房子，如何分配大观园的房子，这个问题像任何分配问题一样，是很让人费心思的。而在搬进之前必定有一个“分房方案”。开始也许读者并不介意谁住什么房子，不过是凭各人喜欢吧。但到第56回，探春慨叹“可惜蘅芜苑和怡红院这两处大地方……”才知道原来房子是有差别的。而宝玉、宝钗分得了最大的两处房子。怡红院、蘅芜苑这两处的房子到底有多大？书中留下了一些蛛丝马迹。怡红公子分大房子，这自然无可非议，因为他毕竟是荣国府嫡孙，他分得了怡红院这处最大的房子之一，自不必说。单说蘅芜苑，“五间清厦连着卷棚，四面出廊，绿窗油壁，底下超手游廊”。也是一处大地方，这一处分给了宝钗。而分给林黛玉的潇湘馆呢？只是“石子漫成的甬路，上面小小三间房舍，一明两暗，从里面房内又得一小门，出去则是后院，又有两间小退步”。薛宝钗自己已先与薛姨妈在梨香院有房子住，为什么在大观园内还要占据一所大房子，供她一人居住，林黛玉却只能分得小小三间住所，连史湘云来了也常与林黛玉挤在一起住下？可见大观园之分房已不是真正要解决住房问题，而变成了一种待遇。

然而到底是谁主持了这个分房方案呢？此前书中写到贾元春在宫中思

忖“家中现有几个能诗会赋的姐妹，何不命他们进去居住，也不使佳人落魄，花柳无颜”，“又想到宝玉自幼在姊妹丛中长大，不比别的兄弟，若不命他进去，只怕他冷清了”。于是，“命太监夏守忠到荣国府来下了一道谕，命宝钗等只管在园中居住，不可禁约封锢，命宝玉仍随进去读书”(第23回)。显然众姐妹搬进大观园是贾娘娘旨意，原是贾妃一手操办，并且直接点到了宝钗。大观园本是为贾妃省亲而建造，是贾妃的行宫。贾府众人在贾妃面前一个个顶礼膜拜，哪里还敢管房子分配之事。其实也用不着拿什么分房方案，哪个妹妹住什么地方，贾妃“钦点”一下就成。倒是贾母的两个血统女孩儿，只能挤在“小小三间房舍”内，显得有些委屈。按说常来常往的史湘云也应该在大观园分得一个住处，可是连一间房都没有分得。在整个贾府内，除皇妃外有谁敢得罪得起贾母呢？曹雪芹很聪明，说潇湘馆“那几竿竹子隐着一道曲栏，比别处更加幽静”（第23回），与宝玉住的怡红院又近，所以林黛玉喜欢住这个地方。神不知、鬼不觉就把薛宝钗分得了大房子的事实轻轻掩饰了过去。

其实曹雪芹在写第28回的时候，就已经露出了庐山真面目，元春从宫中送出的端阳节礼品，只有宝玉、宝钗两人的相同，都是上等宫扇两柄，红麝香珠二串，凤尾罗二端，芙蓉簟一领。而林黛玉与迎、探、惜的一样，只单有扇子和数珠儿，以致宝玉诧异“怎么林姑娘的倒不同我的一样，倒是宝姐姐的同我一样，别是传错了罢？”然而回目上列得极为分明：“薛宝钗羞笼红麝串”，哪里有一星半点错！在贾元春眼里，“二宝”就是天生的一对，当然住的房子也要一般大。由此看来，林黛玉早已被这位贵妃娘娘淘汰出局。呜呼！必死无疑矣。

三十三、贾府的财政开支

贵族贾府这样一个显赫的大家族，每天在消耗大量的物资钱财，自然涉及一个收支是否平衡问题。

贾府有哪几宗收入，前面已经作了详细说明。其主要收入，一是官俸；二是皇帝恩赏；三是娘娘及皇帝的赏赐；四是庄园供奉。其中最大的收入是庄园供奉。宁、荣二府各管着八九个庄子。这些庄子，是先皇对贾演、贾源这样的有功之臣的酬劳，惠及子孙。庄头乌进孝年底到贾府送货，贾珍对乌进孝说算定了“至少也有五千两银子”。此外，还有高利贷，包揽讼词，贪污纳贿，开营当铺等种种手段赚取银钱。

综上所述，就一年总算，贾府的正常收入约有万两银子。这里说的正常收入，是剔除了放高利贷、包揽讼词、贪污纳贿等的收入，因为那些收入属于非法行为，数量可观且又难以确定。这万两银子到底值多少钱？按曹雪芹所处的清代来说，当时的一两银子，约等于公制的 37.3 克，国际市场每盎司白银价格为 7－8 美元，1 盎司等于 28.35 克，若折合人民币，则每两白银价格约 80－90 元。由此推算出贾府一年的正常收入约相当于当今的近一百万元。

说到开支。首先是上下众人的“月例”，即工资，这是必须开支的。贾母、王夫人等月例最高，是 20 两银子。李纨按规定是 10 两银子，王夫人念其是寡妇，还带着一个儿子贾兰，又添加10两，这样就与王夫人一样了。凤姐自定月例5两银子。赵姨娘、周姨娘、平儿等人的月例是2两银子。迎、探等小姐的月例也是2两银子。丫环的月例是分等级的。晴雯、麝月等大丫环的月例是人各一吊钱。佳蕙等小丫环人各500钱。另外王夫人特别规定，袭人与赵姨娘、周姨娘等同，月例2两银子，袭人增加的这一两银子不动“官钱”，从王夫人的月例里出，可见袭人的的确确已成了王夫人的心腹。一次凤姐忽然发现几个仆人给她送礼来了，开初不明白为什么，后来发现原来是王夫人的丫环金钏儿死后，她的一两银子的月例还空着，王夫人四个大丫环只剩了三个，小丫环的月例只有几百钱，都想争这个一两的月例缺额。凤姐心里想的是，你们送什么我就收什么，反正我有主意。最后王夫人表态，由金钏儿的妹妹玉钏儿吃双份月例来表达她内心的赎罪之情，这件事才算了结。

贾府的吃喝是非常浪费奢侈的。荣国府三日一大宴，二日一小宴及平常日子，他们吃的是什么呢？一次小丫环芳官告知厨房的柳嫂送些吃的来，柳嫂派人送了一个盒子来，里面是一碗虾丸鸡皮汤，又是一碗酒酿清蒸鸭子，一碟腌的胭脂鹅脯，还有一碟四个奶油松瓤卷酥，并一大碗热腾腾碧荧荧蒸的绿畦香稻粳米饭。芳官还嫌油腻，只将汤泡饭吃了一碗，拣了两块腌鹅。第75回写到贾母平时的吃饭，几色菜摆上后，另外还有别人送来孝敬她的几样菜。贾母吃了一些椒油莼菜酱，也是她平常喜欢吃的，莼是一种水生植物，花和叶子可以食用。还有两种菜，一种是鸡髓笋，也就是鸡骨髓炒笋片，另一种是风腌果子狸，这是罕见的菜肴了。刘姥姥第二次进荣国府，在一次家宴上吃一种茄子做的菜，她问是什么菜，怎么做的？凤姐告诉她：把才下来的茄子把皮刨了，只要净肉，切成碎钉子，用鸡油炸了，再用鸡肉脯子肉并香菌、新笋、蘑菇、五香腐干、各色干果子切成钉子，用鸡汤煨了，将香油一收，外加糟油一拌，盛在瓷罐子里封严，要吃时拿出来用炒的鸡瓜子一拌就是。荣国府吃的茄子原来是这样做的，不光是刘姥姥，就是读者也会惊叹不已。这样的奢华吃喝要花多少钱呢？有一次由史湘云请客吃了一顿螃蟹宴，总共花了二十两银子。照这样算下来，就是王夫人的一个月“工资”，也只够请吃一顿饭，而一个丫环做一年的活，也不够请吃一顿饭。

贾府的开支除了平常日子的吃喝玩乐外，最大的几笔开支就是元妃省亲、秦可卿出丧等几宗事。元妃省亲盖省亲别墅究竟花了多少银子，书中没有细算，但在具体修建过程中也有一些细账。在规划位置时，贾敬、贾赦、贾政几个老爷子议计从宁国府东边一带借着东府花园起，转至北边，丈量出三里半大的地方盖省亲别墅。贾琏倒也颇有经济头脑，听到后立即就说，这样做省事省钱多了，万万不可另寻别处。于是就有贾珍、贾赦、赖大、来升等安插摆布，堆山挖池，起楼竖阁。对下姑苏合聘教习采买女孩、置办乐器行头等事，贾蔷出了个主意，说这项银子不用动用别处的，因为江南甄家收着贾府五万两银子，只要带一封书信会票过去，先支三万两，剩下二万再置办花烛彩灯及各色帘栊帐幔。

名义上贾琏与凤姐共治共管荣国府内外事务，内里却充满着明争暗斗。贾芹的母亲求凤姐给她的儿子谋个事，凤姐立即就答应下来，马上去找王夫人，说省亲期间请来的和尚道士不可以打发到别处去，最好送到家庙铁槛寺派个人管着，将来再用时方便。王夫人就同贾政商量，贾政即表示同意。这样贾芹管和尚道士的事就铁定的了。但贾芸的母亲也早就托贾琏给她儿子找个事，求了两三回了。贾琏想叫贾芸去管和尚道士，凤姐就派贾芸去大观园内管种树种草。贾芸最终还得给凤姐送了礼。凤姐对贾芸说：“你们要拣远路走，叫我也难说，早告诉我一声，有什么时候不成的。”（第 24 回）为了顾全贾琏的面子，凤姐给贾琏做了个人情，贾芹管和尚道士的事，由贾琏批票，画押后发对牌，库房按数支出三百两银子，贾芹带着二十多人，威威风风地雇了几辆车去城外铁槛寺去了。再有贾琏的奶妈赵嬷嬷再三再四求贾琏，叫他给自己的两个儿子找差事，贾琏却只答应不办事，最后还是求了凤姐，凤姐立即就安排她的两个儿子赵天梁、赵天栋跟随贾蔷下姑苏聘教采买唱戏的女孩子，凤姐并不把这种事当正经事。而贾琏跟鲍二家的通奸被凤姐发现后，鲍二家的上吊自寻了，贾琏花了二百两银子为她送葬，最后他只能悄悄地“命林之孝将那二百两银子入在流水账上分别添补，开消过去”（第 45 回）。贾琏与凤姐斗法，为什么常处下风？原因就是凤姐的背后有王夫人、贾母作靠山，王夫人又可以直通贾政那里，而贾琏的老子老娘在荣国府不掌实权。凤姐名义上是贾赦夫妇的儿媳，他们之间却是“鸡犬之声相闻，老死不相往来”，许多重大事情贾赦夫妇都不知晓。

贾蔷等人去江南合聘采买唱戏的女孩，置办乐器、行头，行前贾蓉对凤姐说“婶子要什么东西，吩咐我开个账给蔷兄弟带了去，叫他按账置办下来”（第 16 回）。这里贾蔷也悄悄对贾琏说“要什么东西，顺便弄来孝敬”（第 16 回）。当然，这些东西都打到“公家”的账上。贾芸被凤姐派去管采购花木，批下了二百两银子，买树所用大约花了五十两，其余一百五十两就进了他的私囊。贾芹到家庙铁槛寺管和尚道士，每月都有分例钱，和尚道士的分例钱又都从他的手上过，没有人敢违拗，以至贾芹在那里称王称霸，夜夜招聚匪类赌钱，养小婆小子。直到后来被人告发，被逐出贾府。可见，营私舞弊历来就是如此，“公家”的钱，不花白不花，花了也白花。上上下下都是这样做，长此以往，这样的豪族人家岂有不亏空的。冷子兴在演说荣国府时，说“如今的这宁、荣两门，也都萧疏了”，

“主仆上下，安富尊荣者尽多，运筹谋划者无一，其日用排场费用，又不能将就省俭，如今外面的架子虽未甚倒，内囊却也尽上来了”（第 2 回）。贾珍之流也不时叹息“这二年哪一年不多赔出几千银子来”（第 53 回）。贾探春管园子时曾尝试搞“改革”，也只是把园中种竹子、蔬菜稻谷和各种花卉的地承包给个人，这样每年的管理费就省下，不用再到账房去领钱了，相反还可以上缴一些钱，这样算下来一年可以省下四百两银子。探春纵有大志，其改革的范围也就是大观园这一片地，属小打小闹，对整个大局根本就无补于事。

贾府长期挥霍奢侈，造成巨额亏空，是最后败亡的重要原因。

三十四、林家的财产去向

林黛玉之父林如海，原籍姑苏，祖上乃世袭列侯，到林如海从科第出身，中一甲探花，官做到巡盐御史。但林家子孙不旺，只留下唯一爱女黛玉。《红楼梦》第 12 回，林如海身染重病，书信寄往贾府，要林黛玉回去。随后黛玉由贾琏护送回扬州。不久，林如海就病死在任上。按照当时的宗社继承制度，林家没有儿子，应从亲支嫡系过继一个儿子来继承家业。但书中并未提及，说明林家已没有继承人。第 57 回，“慧紫鹃情辞试莽玉”，紫鹃哄骗宝玉说林黛玉要回苏州去，引得宝玉呆病发作。书中借贾母之口说“林家的人都死绝了，没有人来接他（黛玉）”。后来紫鹃又对宝玉说：“林家实没了人口，纵有也是极远的，族中也都不在苏州住，各省流寓不定。”（第 57 回）可见，此次贾琏赴扬州，是身负处理林家遗产之重命的。由贾府出面料理林如海的丧事，即使林氏远族中有人提出要继承财产的问题，贾府也有充分理由为林家未出阁嫡女争得一份遗产。贾琏护送林黛玉到达时，林如海或尚在，林如海临终前肯定对贾府有托付，或留下遗嘱。很大的可能是把林家财产的大部分放到了林黛玉的名下。这笔遗产远在千里之外，肯定要先交待给一个可靠的人托管，再慢慢处置。林家毕竟是世袭四代列侯，即或林如海是一个清官，也是任职多年的“盐政”，这在世人眼里是一个“肥缺”。但林如海死后，书中没有作出任何交代。在处理完林如海的丧事后，贾琏又护送林黛玉返回到贾母身边。林黛玉带回来的，仅是许多书籍纸笔，黛玉分送给宝钗、迎春等人。

处理林家遗产关系重大。分到林黛玉名下的财产，贾琏代表贾府做这份财产的托管人，不可能从中独吞，也不敢自作主张。他必须回去向林家的至亲也就是贾母、贾赦、贾政等人汇报。然而此事在书中没有作出任何交代，甚至贾琏及黛玉南下的一切活动都从简，一笔都未提及。

一直到第55回，凤姐在谋划该做的几件大事时，说到“宝玉和林妹妹他两个一娶一嫁，可以使不着官中的钱，老太太自有梯己拿出来。”这老太太的“梯己”，也不能理解成就是林家的遗产。可到第72回贾琏与王熙凤闲聊时，说到夏太监、周太监时常到贾府来敲竹杠，动不动就被敲去上千银子，贾琏感叹“若再发个三二百万的横财就好了”。这里要注意的是“再发”两字，说明以前曾至少发过一次“三二百万”的财。但查遍《红楼梦》全书，始终找不到发这三二百万财的事实。而留下的蛛丝马迹就是贾琏携同黛玉回扬州去处理林如海的丧事。贾琏偕同林家嫡亲女儿黛玉前去奔丧，而林家已没有一个近亲，处置林家遗产，显然贾家占有极大的优势，贾琏这个于世路上好机变言谈的人，头脑绝不会发懵，而到底贾府如何分得林家的遗产，是不是真的发了一个“三二百万”的财，从书中看永远是一个谜。但从贾琏这句话中之话看，这一个“再”字，无疑泄露了出来。

如果探索林家财产的去向，无非有这样三种可能：一是林家财产被贾府吞没，理由是贾琏确实携黛玉回扬州处理过林如海的丧事。二是按当时的习俗，应由林家的嫡系支脉中选一人过继林家财产（黛玉现已寄居在贾府，又是林家的独女，不管由谁做林家的继承者，黛玉的一份“嫁妆”是绝对少不了的）。三是林家虽然是世袭列侯，但林如海是科举出身，为官清正廉洁，一生没有积蓄，除了留下女儿黛玉的一份生活费用外，没有遗产处理问题。现在看，这第二种可能几乎为零。第三种可能也难以立足。即使林如海是一个清官，还有房产田地等不动产要处理。其实林黛玉寄居在荣国府，其吃穿住用，包括出阁嫁妆，并不要动用贾府的，林家完全可以足额提供。第 45 回，黛玉对宝钗谈到，宝钗家里有房有地，又有买卖土地，不过是亲戚情分住在贾府，大小事情不沾他们一文半个，“我是一无所有，吃穿用途，一草一纸，皆是和他们家的姑娘一样，那起小人岂有不多嫌的”。实际却并非如此，因为林黛玉寄居贾府，贾府名义上赡养林黛玉，实际却是赚足了。贾府既占有了林家的财产，在名义上赡养林黛玉，却又无视林黛玉的婚姻诉求，最后年纪轻轻就死了，魂归姑苏，显得非常不厚道，与禽兽无异。曹雪芹运笔如刀，千里伏线，对书中的重大事件做出了交代。

三十五、从琪官身上看“男色之风”

《红楼梦》中的琪官原是忠顺王府的戏子，因为与宝玉相好，受宝玉的影响，到东郊离城二十里有个叫紫檀堡的地方，置买了房地产，过起了小日子。因琪官失踪，外面多有传言琪官与贾府的宝玉相交甚厚，所以王府就派人到贾府来要人。理由就是王爷交代的那样：“若是别的戏子呢，一百个也罢了；只是这琪官随机应答，谨慎老诚，甚合我老人家的心，竟断断少不得此人”（第 33 回）。很有些软中带硬的味道。

贾政听了这话，又惊又气，即唤宝玉来问，宝玉开始抵赖，后来不得不承认有这样的事。这可把贾政气了个目瞪口呆。此为宝玉挨揍的主要原因。

现在的人感觉不出这件事有多严重。清朝初期盛行男色之风。何为男色之风？这得从清世祖进北京后立下的禁止嫖妓特别是禁止官员嫖妓的规矩说起。康熙大帝立下大法，嫖妓的官员，为首者斩，从者发配到边陲地区。实际执行也是极严厉的。此后一直到嘉庆、光绪年间都保留了惩罚官员嫖妓的规定。但禁止的是嫖妓，官员们便剑走偏锋，改玩妓女为玩相公。于是清朝官员竟竞相攀比玩相公，官府和私宅养戏班子成风。北京八大胡同一带相公堂子十分盛行。

男色之风，始见于《尚书》，大行于六朝。清代则是它们的继承。乾隆年间诗人蒋士铨曾作诗讽刺说：“朝为俳优暮狎客，行酒灯筵呈颜色。士夫嗜好诚未知，风气妖邪此为极。腼然相对行欢喜，江河日下将奚止？不道衣冠乐贵游，官妓居然是男子。”《燕京杂记》中介绍说：“京师优童者甲于天下，一部中多者近百，少者亦数十，其色艺甚绝者，名噪一时，岁入十万。”“优童大半是苏扬小民，从粮船至天津，老优买之，教歌舞以媚人者也。妖态艳妆，逾于秦楼楚馆，初入都者，鲜不魂丧神夺。挟资营干，至有罄其囊而不得旋归者。”所谓相公，是从“像姑娘”衍化而来，指的就是男妓。《清稗类钞》里专有记载，他们从小就要做一番特殊打理和培养，成本比上等妓女还高。挑选那些眉目美好，皮色洁白的幼伶，先教戏三二折，学戏中女子之语、之步、之态，每天“晨起以淡肉汁洗面，饮以蛋清汤，肴馔亦极醴粹，夜则药敷遍体，唯留手足不涂，云泄火毒。三四月后，婉好如好女，回眸一顾，百媚横生”。

曹雪芹写作《红楼梦》，明里是写盛唐（所谓京都为长安），实际在字里行间渗透着清初的气息。这男色之风就是明显的例子。书中写宝玉与琪官（蒋玉菡）很带有同性恋滋味，薛蟠把柳湘莲当作男妓来玩，结果招致一场毒打。宝玉与琪官相交，两人惺惺相惜。而琪官竟是忠顺王府的宝贝。宝玉不知天高地厚，敢于同王府叫板，而贾政原只是一个工部主事，后来才逐步升到工部员外郎、郎中，但也只是个四五品的官。他咋敢得罪忠顺王府？他这个小小的工部员外郎还做不做？他是绝对不敢得罪忠顺王府的。即使不撤他的官，今后还会有他升迁的机会吗？宝玉的所作所为简直就是拆他的台，毁他的前程，乃至要他的命，他岂不怒发冲冠？宝玉挨打也就成其必然的了。

三十六、“打狗”不看主人

赵姨娘是贾政的小老婆，贾政是书中唯一的正人君子。在贾府，虽然贾政的权力有限，却没有劣迹，与贾敬、贾赦、贾珍之流绝然不同。赵姨娘与贾政的关系非同一般，平时照顾着贾政的生活起居，是贾政的“袭人”。然而就是这么个人，却是王夫人、王熙凤这对姑侄的眼中钉、肉中刺。王夫人、王熙凤从不把赵姨娘母子当人看待，动不动就是一顿恶言毒语。什么“养出这样的黑心不知道理下流种子来”（王夫人语，第25回），王熙凤见赵姨娘管教贾环，就说“他现是主子，不好了，横竖有教导他的人，与你什么相干”，骂贾环“窝心脚把你的肠子窝出来！”（第20回）他们之间的仇恨极深。

俗话：打狗还得看主人。然而王家姑侄骂起赵姨娘母子来从不看主人。贾政听到这些恶言毒语心里是怎么想的？设想如果贾政认为他们骂得对，则贾政内心必然讨厌赵姨娘。如果贾政讨厌赵姨娘，则王夫人姑侄辱骂赵姨娘，正合了贾政之意。然而从贾政的表现看并不讨厌赵姨娘，倒是王夫人，贾政好像从不答理她。平时也看不出王夫人对贾政的生活起居有过什么照料。倒是赵姨娘总是守在贾政身边，照料着贾政。贾政为什么离不开赵姨娘呢？自然有其理由。赵姨娘自小就服侍贾政，日久天长，两人自然感情深挚。到贾政年岁大了，更需要人服侍。加上贾政不像贾赦那样放浪，个人作风正派，就更离不开赵姨娘了。怪就怪在对这个贾政身边的人，为什么王夫人姑侄两个总是死不对眼。看人家鸳鸯，虽然只是个丫环，因为把贾母服侍得舒舒服服，上上下下无不敬重她，在众人眼里，俨然就是一个站着的“贾母”，谁又敢得罪她？王夫人姑侄辱骂赵姨娘，难道就不怕引来贾政的不快？很明显这姑侄俩根本就不把贾政放在眼里。王夫人仇视赵姨娘，很大的原因是因为赵姨娘迷住了贾政，所以吃醋。女人的醋劲发作起来，是不顾一切的。可是王熙凤辱骂赵姨娘，就是打狗不看主人的眼色了。一个小辈敢动长辈的尊严，肆意妄为，必然要引起长辈的不满，她的胆子从哪里来的？无非就是凭借王家的势力，王熙凤的哥哥王子腾在朝中做大官腰杆子硬，明着就不把贾政这个小官放在眼里罢了。

如此对待贾政，贾政岂能不察觉，他对王夫人姑侄之不满，在书中时不时地表现出来。贾政为何下死手暴打宝玉，难道仅仅是为了管教儿子，还不是发泄他内心的不满？很可能夹杂着复杂的情绪。如果他心中充满着对儿子的爱，为什么说出“不如趁今日一发勒死，以绝将来之患”如此绝情的话，并且真的拿绳索来要勒死这个儿子，明显就是报复王夫人，用王夫人自己的话说就是“有意绝我”（第 33 回）。相比较而言，贾政对贾环倒流露出亲密，宝玉之所以挨打，除了结交忠顺王府琪官这件事外，就是贾政听信了贾环的告状。第 75 回，贾赦当着贾政的面，称赞贾环写的诗“不失咱们侯门的气概”，还说“将来这世袭的前程定跑不了你袭呢”，贾政在一旁平静答话，并不生气，两人明显地把宝玉撇在一边。如果要分出贾府的派别的话，贾赦、邢夫人与贾母、王夫人姑侄就是对立的双方，贾政则站在贾赦这一边。贾政打宝玉，王夫人、贾母先后前来拦阻，贾政说“我养了这不肖的孽障，已不孝，教训他一番，又有众人护持”，这个“众人”所指，自然就是贾母、王夫人了。而贾母说“可怜我一生没养个好儿子”（第 33 回）。两人一对一答，贾政对贾母的不满是明摆着的。最奇怪的是贾政名义上是荣国府的家长，而家政大权却掌控在贾母、王夫人、凤姐手中，贾政能做的事就是与清客相公下棋、论诗。许多评论者都说贾政迂腐，不会处理事务，哪里知道贾政心里有多忌恨。贾政自叹“我近年于家务疏懒，自然执事人操克夺之权”（第 33 回），可见贾政过去也是管过家的，只是“近年”于家务上管的少，大有不是我不想管、不会管，而是不让我管的满腹牢骚，并且明摆着对现在的掌权人不满。他早已被晾在一边，没有任何权力，只能守着一个赵姨娘，可不他就借赵姨娘之口、之手，不时发泄他的怨愤。赵姨娘在大观园内的所作所为，说不定背后就有贾政的默许。到贾府被抄，从王熙凤房里抄出两箱子高利盘剥票据。贾政叹息“我不料家运衰败一至如此!”（第 112 回）为什么会出现这种情况，明摆着王熙凤等人就是头等蛀虫，导致了这“忽喇喇似大厦倾”，以致到了无可挽回的程度。贾政如此跌足长叹，其心中的怨恨和悲苦，实在难以排解!

三十七、解“一从二令三人木”

《红楼梦》第5回，写贾宝玉在太虚玄境翻阅金陵十二钗正副册，又听《红楼梦十二支》曲子，以诗和曲的方式表达书中每个女子的最终命运。其中王熙凤的册子上画着一片冰山，上有一只雌凤。其判词是：“凡鸟偏从末世来，都知爱慕此生才。一从二令三人木，哭向金陵事更哀。”其中最关键的一句“一从二令三人木”，是最难解的一句，已故俞平伯先生就坦言不知道这一句是什么意思。

《脂砚斋重评石头记》甲戌抄本在这一句下面的一条批注：“拆字法。”

最早解释这句话的，是1795年（乾隆六十年）周春（1729－1815）在其所著《阅红楼梦随笔》中《红楼梦约评》一节中说的：

案诗中“一从二令三人木”句，盖“二令”，冷也；“人木”，休也；“一从”，自从也。“三”字借用成句而已。

自此以后的各种解释，大致都是按这个路子沿袭下去的。近二百年来并无大的变化，亦无大的进展。如红学家吴恩裕接受并总结这句话的解释说：一从，言听计从；二令，发号施令；三人木，终于被休。

这样的解释，看起来虽然适当，细究起来却不符合事实。“一从”，贾琏对凤姐何尝言听计从过？从来就是同床异梦。可见“一从”之解释不通。“二令”的根据是册子上画有一片冰山，周春解释出一个“冷”字。

实际上册子上所画的冰山，是引《资治通鉴》上所载的唐天宝十一年（752年）杨国忠的故事：“君辈倚杨右相如泰山，吾以为冰山耳。”指王熙凤倚仗贾母、娘家“金陵王”的势力，亦不过是一座冰山。王熙凤在荣国府管家的位子上胡作非为，到最后如冰山融化倒塌。原本就没有什么“冷”的含义。曹雪芹博通古今，岂能不知道这个古典。把“二令”解释成发号施令也过于牵强附会。倒是“三人木”组合成一个休字，较为符合拆字法。

那么这句话该作怎样的解释呢？只有跳出原来的思维方式，另辟蹊径，才能作出新的解释。周策纵，美国威斯康星大学东方语言系和历史系终身教授，于上世纪八十年代对这句话提出了新的解释。

如果深入解读《红楼梦》第68回“苦尤娘赚入大观园，酸凤姐大闹宁国府”和第69回“弄小巧用借剑杀人，觉大限吞生金自逝”。就会发现曹雪芹所写的“一从二令三人木”，是指王熙凤害死尤二姐这件事。

“一从”。第68回开头，凤姐假惺惺去访尤二姐，尤二姐对她说：“奴家年轻，一从到了这里之事，皆系家母和家姐商量主张。今日有幸相会了，若姐姐不弃奴家寒微，凡事求姐姐的指示教训，奴亦倾心吐胆，只服侍姐姐。”这一段话，既点出了“一从”这个词，又勾画出尤二姐温顺、善良、通情达理的品格。从而揭开了凤姐与尤二姐的较量。

“二令”。尤二姐被凤姐赚入大观园后，凤姐下了两道命令：一面命旺儿暗地里唆使张华去都察院告贾琏；另一面命王信用钱疏通都察院，反坐张华的诬告罪。果然，都察院最后裁决如下：“张华所欠贾府之银，令其限日按数交足；其所定之亲，仍令其有力时娶回。”（第69回）“二令”由此显现。

“三人木”。就是三个“休”字。这三个“休”字，都是从凤姐口中说出。其中两个“休”字是在第68回，凤姐到宁国府撒泼，向尤氏说出来的：“连官场都知道我厉害吃醋，如今指名道姓，要休我。我来了你家，干错了什么不是，你这等害我？或是老太太、太太有了话在你心里，使你们做这圈套，要挤我出去？如今咱们两个一同去见官，分证明白。回来咱们共同请了合族中人，大家觌面说个明白，给我休书，我就走路。”这段话里一连说出两个“休”字。再到第69回，凤姐于无人处，对尤二姐说：“妹妹的名声很不好听，连老太太、太太们都知道，说妹妹在家做女孩儿就不干净，又和姐夫有些首尾，‘没人要的了，你捡了来。还不休了，再寻好的。’我听了这话，气个倒仰，查是谁说的，又查不出来。这日久天长，这些个奴才们跟前怎么说嘴！我反弄了个鱼头来拆。”这里说的“还不休了”，可算作第三个“休”字。凤姐当面对尤二姐如此说，那不是把尤二姐往死路上逼吗？这还不算，又教唆贾赦送给贾琏的小妾秋桐日夜作践尤二姐，辱骂尤二姐是“先奸后娶没汉子要的娼妇”（第69回），什么难听的话都从秋桐的嘴里喷出来，可怜的尤二姐唯求速死这一条路了。

千万不要小瞧王熙凤陷害尤二姐这件事。一个人再有才干，再被人追捧，如果做下了这种害死一个善良、无辜的人的恶行，一辈子是活不安宁的！她的良心已被判处了死刑。“一从二令三人木”，概括了王熙凤制造这起恶行的全部过程，是王熙凤死刑的起诉书。接下来她也只剩下“哭向金陵事更哀”这一条路可走了。

在大观园内，众多的人都被王熙凤的两面手法所蒙蔽，以为尤二姐是被秋桐等人害死的，凤姐或至多也是共同犯罪。当然也有少数人，如宝玉、黛玉等暗中为尤二姐的命运担忧，可是他们插不上手，只能隔岸观火，心里干着急。俗语：若要人不知，除非己莫为。王熙凤害死尤二姐后，为了消灭证据，不留痕迹。她派旺儿追杀张华，以达到斩草除根。谁知旺儿在外面转了一圈，回来对她说张华已死。王熙凤自以为害死尤二姐这件事干得天衣无缝，极为漂亮。实际上张华并没有死。张华是王熙凤残害尤二姐的直接证人。王熙凤谋害了尤二姐，与贾琏的夫妻情分也就了断。第69回，贾琏搂尸大哭：“你死的不明，是我坑了你。”贾蓉向南指大观园的界墙，贾琏会意，跌脚说：“我忽略了，终究对出来，我替你报仇。”贾府颓败时，最终因为证人的存在，贾府的政敌自然要把这件阴谋杀人案揭发出来，王熙凤这个主谋最终被押上审判台，她是逃避不了的，当然也是罪有应得。

令人奇怪的是多少年来，竟有不少人津津乐道王熙凤陷害尤二姐这件事，认为王熙凤干得漂亮。把人与人之间互相残杀当作一门艺术来研究，缺失了人类一颗最珍贵的同情心，这实在使人类之蒙羞。如果真要组织一场如何杀人的经验交流，王熙凤陷害尤二姐这件事堪为经典。

三十八、《红楼梦》写的是哪个朝代的事

《红楼梦》开篇就作了说明："此书凡写长安，在文人笔墨之间，则从古之称，凡夫妇儿女子家常口角，则曰'中京'，是不欲着迹于方向也。盖天子之邦，亦当以中为尊，特避其'东南西北'四字样也。"又称："此书不敢干涉朝廷，凡有不得不用朝政者，只略用一笔带出，盖实不敢以写儿女之笔墨唐突朝廷之上也。"

刘姥姥未进荣国府，即在乡下谋划："如今咱们虽离城住着，总是天子脚下。这长安城中，遍地都是钱，只可惜没人会去拿去罢了。"（第6回）

第56回写到："长安都中也有个宝玉。"

书中第79回，更写到："合长安城中，上至王侯，下至买卖人，都称他家是'桂花夏家'"，"凡这长安城里城外桂花局俱是他家的，连宫里一应陈设盆景亦是他家贡奉"。

中华历史上建都长安的朝代有秦、唐、汉，更早一些的还有商、周，这样《红楼梦》就明显地避开了宋、元、明、清（宋建都开封，元、明、清建都北京），其直接的目标就是避开说及当朝（清）之事，从而避免了由文字狱带来的灾难。

接下来就又出现了问题，既然写的是长安城中之事，第2回，贾雨村

对冷子兴说："去岁我到金陵地界，因欲游览六朝遗迹，那日进了石头城，从他老宅门前经过。街东是宁国府，街西是荣国府，二宅相连，竟将大半条街占了。"怎么贾府又跑到六朝古都南京来了呢？第5回，贾宝玉在梦中看到金陵十二钗的册子时说："常听人说，金陵极大，怎么只有十二个女子？如今单我们家里，上上下下，就有几百女孩子呢。"可不又把贾府搬到了南京。可是第33回，贾母因贾政狠打了宝玉，赌气要走，声称"我和你太太、宝玉立刻回南京去!"如果本就在南京，又何必"赌气"回南京去？难道偌大的一个"赫赫扬扬，已将百载"的贾府可以这么搬来搬去？可见说来说去到底在哪里，原是一笔糊涂账。

而从书中的描写来看，又明显地带有满清王朝时期的痕迹，如第11回，凤姐在天香楼看戏，写到凤姐"款步提衣上了楼"，这上楼要提衣，明明就是着的满族妇女的旗装。第41回，刘姥姥在大观园迷路后转到了一面大穿衣镜前，这种雕空紫檀板镶嵌玻璃的穿衣镜，只有到清代以后才出现，还有书中出现的玻璃器皿，墙头上挂的自鸣钟，各种进口西洋货，也是清代之后才有的，这样看来，岂不是又回到了当朝。而清朝的"都中"是北京。更有考证表明，《红楼梦》中许多事件人物，与清康、雍、乾年间的许多事件人物相似，表明曹雪芹确实是在自身经历的基础上进行构思创作来完成《红楼梦》的，只是不敢明写而已。

三十九、第一回矛盾之处

《红楼梦》第一回写了当年女娲氏炼石补天，共炼了三千六百五十一块石头，剩下一块未用。但这块石头经过锤炼，灵性已通，见众石俱得补天，独自己没有入选，自怨自叹，日夜悲号，后经过茫茫大士、渺渺真人超度，将一块大石头变成一块鲜明莹洁的美玉，缩成扇坠大小可佩可拿，携入红尘，随胎来到人间，历尽离合悲欢，引出一段人生之经历。后来又不知过了几世几劫，有个空空道人从大荒山无稽崖青埂峰下经过，见一块大石头上字迹分明，编述历历，原来就是那块奇石因无才补天，幻形入世，至红尘历尽离合悲欢、炎凉世态的一段故事。又经曹雪芹于悼红轩中披阅十载，增删五次，纂成目录，分出章回，形成长篇巨著。其中的贾宝玉就是衔玉而生者。

这样说来，贾宝玉的来龙去脉已经交待得很清楚了。然而，书中接着又借甄士隐梦中所遇，见一僧一道携了"蠢物"（即那块未得补天的石头）去"交割"（即投胎人间），并称还有一干风流冤孽也要投胎人间。其中西方灵河岸上三生峰有一绛珠草（"绛"字之本义，除深红色外，实为绛草之略称。《昭明文选》刘渊林注："绛"，绛草也，出临贺郡，可以染）。因赤霞宫神瑛侍者日日以甘露灌溉，使之久延时日，受天地精华，复得雨露滋养，遂脱去木质，换得一个女体。闻得神瑛侍者欲下凡造历幻缘，也要跟他下凡，声称要把一生的眼泪还他，以报答甘露浇灌之恩。这个神瑛侍者，就是书中的贾宝玉。

这样就有了两个贾宝玉。一个是“衔玉而生”的贾宝玉，另一个是“神瑛侍者”贾宝玉。难道是二者合一了吗？书中没有作出任何交代。这是书中开篇就出现的矛盾。严格说来，贾宝玉并不就是那块未得补天的“石头”，而是衔了那块“玉”从娘肚子里生出来的小男孩，而神瑛侍者才是贾宝玉的“真身”（直到程高本时，由高鹗、程伟元加上了一段“只因当年这个石头，娲皇未用，自己却也落得逍遥自在，各处去游玩，一日来到警幻仙子处，那仙子知他有些来历，因留他在赤霞宫中，名他为赤霞宫神瑛侍者”这样的话，才使二者合二为一）。

《红楼梦》书中有许多自相矛盾之处。可能是《红楼梦》本身是由多种原始材料合起来的。单是书名就有《石头记》、《情僧录》、《风月宝鉴》等，说明这本书并不是曹雪芹一个人从头写出来的。但就第一回来说，短短两页，不可能出自几个人之手。曹雪芹为什么要把贾宝玉设计出那块未得补天的“石头”和“神瑛侍者”两个源头呢？显然另有深意。

果然，书中后来又出现一个江南甄家，也有一个宝玉，两个宝玉不但长得一模一样，其脾气秉性也如出一辙，都不喜读书，喜欢在女孩儿队里混。贾宝玉说“我见了女儿便清爽，见了男子便觉浊臭逼人”（第 2 回）。甄宝玉认为“女儿两个字极尊贵清净的”，挨打时还会乱喊“姐姐”“妹妹”，认为可以解疼。相比较来看，贾宝玉除了禀赋“石头”气息外，更接近神瑛侍者。书中写道，黛玉初入贾府，一见宝玉便大吃一惊，心下想道：“好生奇怪，倒像在那里见过一般，何等眼熟到如此。”而宝玉也说：“这个妹妹我曾见过。”可不，在灵河岸边三生峰，曾经日夜相伴。不少人认为这本书用“石头记”作为书名比“红楼梦”更好，甚至建议今后再出版时改成“石头记”，从以上考据看，单就贾宝玉的来路，就有两个不同的源头，如果把书名叫做“石头记”，把灵河岸边三生峰的神瑛侍者置于何地呢？再说还有众多的太太、奶奶、小姐、丫环、奴仆，难道都是这块“石头”的陪葬？所以说取名“石头记”并不确切。

书中出现了一个贾宝玉，又出来一个甄宝玉，似乎是多此一举。然而曹雪芹为什么作这样的安排，实在是前后照应，别具匠心。二知道人在《红楼梦说梦》中评道：“甄宝玉之模样与贾宝玉同，甄宝玉之举止议论皆与贾宝玉同，女娲所炼之石，尽入情缘矣。”原来甄宝玉也是一块“石头”，两人都秉承了因未得入选补天的怨恨和悲情，令世人“换新眼目”，难解其味。

四十、从紫鹃出场说起

林黛玉进贾府时只带了两个人来，一个是自幼奶娘王嬷嬷，一个是十岁的小丫环名唤雪雁。贾母见雪雁甚小，一团孩子气，王嬷嬷又极老，便将自己身边的一个二等丫环名唤鹦哥的与了黛玉。可是这个鹦哥自此就消失了似的，直到第8回，走出来一个名叫紫鹃的丫环。雪雁给黛玉送手炉来，黛玉问她是谁送的，雪雁回答说“紫鹃姐姐怕姑娘冷，使我送来的”。此处才第一次出现紫鹃的名字。从此紫鹃自始至终一直服侍黛玉。如果是鹦哥改名紫鹃，书中也应作出说明。可是鹦哥突然消失，紫鹃突然出现，书中并未有任何说明。这说明书本身存在漏洞。

紫鹃的出现和鹦哥的消失还只是一个例子。还有另一个叫茜雪的丫环，第8回，宝玉从梨香院吃酒回到绛云轩，接过茜雪捧上的茶吃，又问起早晨沏的一碗枫露茶，茜雪回答说：“那会子李奶奶（李嬷嬷）来了，他要尝尝，就给他吃了。”宝玉听了，将手中的茶杯只顺手往地下一掷，打了个粉碎，跳起来问茜雪：“他是你哪门子的奶奶……撵了出去，大家干净!”可自此以后，李嬷嬷照常出现，茜雪却不知去了哪里，消失得无影无踪。倒是《脂砚斋重评石头记》甲戌本第26回有一段眉批：“《狱神庙》回有茜雪红玉一大回文字，惜迷失无稿，叹叹”，才提到这个茜雪。

从《红楼梦》众多的版本看，丫环的名字存在不少混乱。如彩霞与彩云究竟是一个人还是两个人？凤姐在一次过生日时，贾母等议论“学那小家子大家凑份子，多少尽着这钱去办”，连平儿、袭人、彩霞也都各凑一、二两银子。后来尤氏在具体操办的过程中，决定把丫环的那份都给退还，但“彩霞”的那份却退给了“彩云”（第43回）。再就是彩云与贾环“谈恋爱”，还是彩霞与贾环“谈恋爱”，各种版本中也极混乱。第60回里，贾环得了硝，兴兴头头来找彩云，与彩云打情骂俏。到第70回里，林之孝开了一个小厮娶媳妇的名单，几位商议说到“彩云近日和贾环分崩”，正闹别扭呢。如此生动有趣的情节，写出了贾环与彩云的感情纠葛。然而在第25回，王夫人叫贾环抄“金刚咒”时，又说“只有彩霞还和他合的来”，宝玉来了和彩霞说笑，只见彩霞“淡淡的不大答理，两眼睛只向贾环处看”，而彩云只与一般丫环一样站在旁边，又明明是彩霞与贾环在“谈恋爱”。难道是两个人同时爱上了贾环，还是一前一后爱上的，还是闹“三角恋爱”？如果仔细读《红楼梦》全书，显然是曹雪芹绝没有这样的安排。最大的可能是《红楼梦》在传抄的过程中把人物关系弄错了。或者说，彩云、彩霞原本就是一个人。

再比如迎春的生母究竟是谁？甲戌本、舒本、蒙本上说是“贾赦前妻所生”，戚本却说是“贾赦之妾所生”，梦本、程甲本、程乙本也说是“贾赦姨娘所生”。还有彼本（列宁格勒藏本）索性说是“赦老爷之妻所生”，更奇怪的是庚辰本说是“政老爹前妻所生”。因为《红楼梦》经过反复传抄，以致各种说法都有。现在流行的版本称“二小姐乃赦老爹之妾所出，名迎春”（第2回）。第73回邢夫人与迎春有一段面对面的谈话：“况且你又不是我养的”，“你是大老爷跟前人养的，这里探丫头也是二老爷跟前人养的，出身一样”。跟前人就是姨娘（小老婆）。总起来说无非是三种情况：一是贾赦的前妻所生，二是贾赦的小老婆所生，三是邢夫人所生。邢夫人已经明明白白自我介绍“倒是我一生无儿无女”（第 73 回）。按现在流行的版本说，迎春是贾赦的小老婆所生，但问题又出来了，既然迎春是贾赦的小老婆所生，那么贾琏呢？贾琏的亲生母亲是谁在书中没有作任何透露。如果贾琏也是贾赦的小老婆所生，凤姐就不可能对赵姨娘和贾环那样的歧视，自己的丈夫是小老婆生的，她自己就先短了气势，还会如此霸气吗？再说以金陵王家的权势，也不可能把女儿嫁给一个庶出的小子。那么贾琏就只有贾赦前妻所生一条出路。按说既然是大老婆所生，本该堂堂正正说出来，但书中并没有作出交代。既然贾琏可以是贾赦的前妻所生，迎春也有可能是前妻所生，所以有的版本说迎春是“贾赦前妻所生”也不是空穴来风。于是问题又出现了，这个贾赦的前妻是什么人，邢夫人是在贾赦的前妻死之后娶的呢，还是由姨娘“扶正”的呢？书中均没有作出交代，比较起来说邢夫人是填房较为可信。贾赦的原配夫人应该也是官宦或富裕人家的小姐，应当门当户对。但并不是四大家族的，如果是四大家族的，书中必定会有交代。林黛玉的母亲早已去世，但她的母亲贾敏在书中开篇就作了介绍，为什么贾琏的母亲书中竟不透露一点信息，连贾琏是正出还是庶出都看不出来呢？邢夫人作为填房，其家庭状况不会太好，因为官宦人家或富裕家庭的小姐是不肯做填房的。所以现在书中的邢夫人与其身份也较为相符。

《红楼梦》中自相矛盾之处极多，如果细追究起来，竟很难查出一个所以然来。《红楼梦》抄本极多，即使是最早的抄本，也避免不了传抄中的改动和误抄，现在更不可能认定哪一种写法就是曹雪芹的原汁原味。

四十一、贾妃的"存年"

《红楼梦》中的贾妃，书中写她生于甲申年正月（第 86 回），死于甲寅年十二月（第 95 回）。按干支推算，甲申年以下是：乙酉、丙戌、丁亥、戊子、己丑、庚寅、辛卯、壬辰、癸巳、甲午、乙未、丙申、丁酉、戊戌、己亥、庚子、辛丑、壬寅、癸卯、甲辰、乙巳、丙午、丁未、戊申、己酉、庚戌、辛亥、壬子、癸丑、甲寅，贾妃死于甲寅年，共活了三十一岁。可是书中说贾妃"存年四十三岁"，不知高鹗这位老先生是如何推算出来的，犯下了如此明显的错误。究竟是作者的失误，还是另有深意呢？贾元春是什么样的人？据查曹氏家谱，只有曹雪芹的祖父曹寅的长女嫁给了镶红旗纳尔苏平郡王为妃。书中的贾元春很可能就是以这位王妃为背景，"存年四十三"是这位王妃所活的实际年龄。可是作者为什么要用干支推算上的错误来印证这位王妃的年龄呢？按照干支推算，甲寅年以下是：乙卯、丙辰、丁巳、戊午、己未、庚申、辛酉、壬戌、癸亥、甲子、乙丑、丙寅，作者完全可以写贾妃死于丙寅年，"存年四十三岁"，或者把贾妃的生年向上推，以符合"存年四十三岁"，避免干支推算中出现的明显错误，且同样可以印证贾妃的原型是纳尔苏平郡王妃。之所以出现书中现在这样的错误，极大的可能是作者写作中的失误。又比如第 12 回，"这年冬底，林如海的书信寄来，却为身染重疾，写书特来接林黛玉回去"。

贾琏遵贾母之命当即送黛玉去扬州，到第 14 回，贾琏命昭儿回京告知，说林如海九月初三去世，年内赶不回来，还要取大毛衣服等。既然是冬底病重，为何九月初三就去世了呢？冬底才去扬州，当然是穿了大毛衣服去的，又为何还要取大毛衣服呢？显然写得极不合情理。绝大多数抄本都是这样，包括最后出现的程高本也是这样写的。只有极个别破残抄本把“这年冬底，林如海身染重病”改成“这年八月，林如海身染重病”，从时间上纠正过来。

四十二、书中的南腔北调

《红楼梦》使用的语言基本上都是京腔。曹雪芹的家世本是满族皇帝之包衣（奴隶），从祖父辈开始，虽然世袭江宁织造的官职，但京都语言是带过去的。正像海外华人虽然几代居住海外，仍会说中国话一样，曹雪芹的京腔官话是家传的。同时曹雪芹从小接触的是吴语，应该说对吴语是熟悉的，十三岁时家被抄，接着迁居北京，与北京的贵族子弟频繁往来，京腔自然又十分流利，到成年后写起文章来也是一派京味。如果仔细阅读全部《红楼梦》，发现其中夹杂了不少吴语。

北京语言中习惯讲喝茶、喝酒，书中一律使用“吃茶、吃酒”这一地道的南语。但个别地方也有混用。第 54 回里，“凤姐便笑道：‘宝玉，别喝冷酒，仔细手颤，明儿写不得字，拉不得弓。’宝玉忙道：‘没有吃冷酒’。”凤姐前头说的是“喝冷酒”，宝玉后头答的是“吃冷酒”，一北一南，颇有趣，当然也绝不能机械地理解为凤姐是北方人，宝玉是南方人。

林黛玉说：“大清早起死呀活呀的，也不忌讳。”（第 28 回）袭人：“大清早起，这是何苦来。”（第 21 回）湘云：“大正月里，少信嘴胡说。”（第 22 回）大清早起，大正月里，前者是一天的开始，后者是一年的开始，不能说不吉利的话，这是江南一带的习俗，是典型的江南吴语。

林黛玉：“你这几天还不乏，趁这会子不歇一歇，还嚼什么蛆。”紫鹃笑道："倒不是白嚼蛆……"（第57回）嚼蛆，白嚼蛆，就是唠叨，略带有胡说、乱说的意思，是南方口语。在北方口语里是没有这样说的。

王夫人："宝玉难道和谁'作怪'了不成?"（第34回）这个"作怪"二字，是吴语中经常的口头语。这里专指少年男女之间不该做出来的事。

薛姨妈："这会子热剌剌的说一个去……"（第57回）这个"热剌剌"也是吴语中的口头语。

贾母笑道："你把茄鲞搛些喂他。"凤姐依言搛些茄鲞送入刘姥姥口中。（第41回）这个"搛"字，是吴语中的口语。"搛菜"，就是北方的"拣菜""挟菜"，表达同一个意思。在这一回里，还有凤姐说的"你把才下来的茄子把皮籖了，只要净肉"。"籖"，是江南一带的方言，就是"削"的意思。

鸳鸯："你快夹着屄嘴离了这里好多着呢!"（第46回）。"屄嘴"，这是南方吴语中典型的骂人语言。其恶心之处是把嘴喻成女性阴户，实在够损的了。北方口语中绝对没有这样的话。

柳家的："别讨我把你头上的杩子盖似的几根屄毛挦下来"。（第61回）这"挦"是南方口语，如"挦鸡毛"，就是拔鸡毛，去掉鸡身上的毛。把头发比作"屄毛"，也是南方语言里骂人的毒语，北方没有这么乱骂人的。

贾母："这定是凤丫头促狭鬼闹的，快别信他的话。"（第40回）这"促狭鬼"三字是南方语言中骂人的话，"促狭"是刁钻、够损人之意，但有时也是一种善意的调笑。贾母这里"骂"凤姐"促狭鬼"就是一种善意的"骂"。

第68回，"少不得我去拆开这鱼头"。这个"拆鱼头"是流行江南一带的口语。原本是说把饭桌上的鱼头用筷子拆开来，便于别人吃。后来引申为给人以方便之意。书中说凤姐自己愿意做“拆鱼头”的工作，也是包含与人方便的意思。有的评者把“拆鱼头”解释为处理复杂难弄的事，似乎不确切。

贾母：“把胆子吓破了，见了他老子就像避猫鼠儿一样。”（第25回）如果胆子都吓破了，人就活不成了。从逻辑上讲是不通的。这在北方语言中也是没有的。但在南方（特别是苏南）口语里是常用的。当然不是说真把胆子吓破，而是包含着“吓得够呛”的意思。还有贾母说的“别叫他老子吓着他”（第23回）这样的口语，也是吴语中大人对小孩常用的语言。

宝玉对紫鹃说：“我只告诉你一句趸话：活着，咱们一处活着；不活着，咱们一处化灰化烟。”（第57回）“趸话”，就是不吉利的话，这是江南的方言，在北方没有这样的说法。

越是细读《红楼梦》，越能发现书中夹着许多长江下游一带的方言，在此不一一列举。

《红楼梦》全书基本上用的是北方官话和口语，但中间夹杂如此多的南方俗语，使人想起产生《红楼梦》的源流，其前身是一本叫作《风月宝鉴》的书。

清康乾年间有一个叫袁枚（1716—1798），号简斋的人，著有《随园诗话》。在其《随园诗话卷二》里有一段话：“康熙间，曹练亭为江宁织造，每出，拥八驺，必携书一本，观玩不辍。人问：‘公何好学?’曰：‘非也。我非地方官，而百姓见我必起立，我心不安，故籍此遮目标耳。’素以江宁太守陈鹏年不相中，及陈获罪，乃密荐陈。人以此重之。其子雪芹撰《红楼梦》一部，备记风月繁华之盛。”

这里必须说明的是，曹练亭就是曹栋亭，“练”乃“栋”之笔误。曹栋亭名叫曹寅（字栋亭），是曹雪芹的祖父，时任职江宁织造。所谓其子雪芹撰《红楼梦》一部，应该理解成曹雪芹所撰《红楼梦》之前，确实有一本书被曹雪芹进行了披阅增删，形成了《红楼梦》这本书。因为原来的那本书出现更早，大概就是《红楼梦》中开头说的那本叫作《风月宝鉴》的书。现在已很难考证出这本书是曹家的何人所作。此时曹家还没有抄家败落，曹雪芹还没有迁居北方，因此书中南方语言很多，或说就是用南方语言写成的。到曹雪芹全家迁居北京，着手撰写《红楼梦》，“披阅十载，增删五次”时，就不可能不保留原来书中的南方语言文字。

四十三、非凡“红楼”

《红楼梦》情节紧凑，以人物为主线，步步紧扣，凡写景都与人物的心理状态相呼应，有时甚至只寥寥数笔，绝没有单独为写景而写景。如写潇湘馆，贾政、宝玉与众清客相公一行人“忽抬头看见前面一带粉垣，里面数楹修舍，有千百竿翠竹遮映”，“入门便是曲折游廊，阶下石子漫成甬路。上面小小两三间房舍，一明两暗，里面都是合着地步打就的床几椅案。从里间房内又得一小门，出去则是后院，有大株梨花兼着芭蕉。又有两间小小退步。后院墙下忽开一隙，得泉一派，开沟仅尺许，灌入园内，绕阶缘屋至前院，盘旋竹下而出”（第 17 回）。这里是第一次全方位写潇湘馆，也是从人们的眼中看到的。

黛玉住进潇湘馆后，写景总是寥寥数笔，且与人物心情相系。“（黛玉）一进院门，只见满地下竹影参差，苔痕浓淡，不觉又想起《西厢记》中所云‘幽僻处可有人行，点苍苔白露冷冷’二句来”，黛玉“吃药毕，只见窗外竹影映入纱来，满屋内阴阴翠润，几簟生凉”。（第 35 回）宝玉来潇湘馆看望黛玉，见到的潇湘馆也只是寥寥几笔。宝玉“顺着脚一径来至一个院门前，只见凤尾森森，龙吟细细，举目望门上一看，只见匾上写着‘潇湘馆’三字”。

写蘅芜苑，也是“贾政因见两边俱是超手游廊，便顺着游廊步入。只见上面五间清厦连着卷棚，四面出廊，绿窗油壁，更比前几处清雅不同。”“只见许多异草：或有牵藤的，或有引蔓的，或垂山巅，或穿石隙，甚至垂檐盘阶，或如彩带飘飘，或如金丝盘曲，或实若丹砂，或花如金桂，味芳气馥，非花香之可比。”（第17回）

即使写贾府，也是写黛玉初次进荣府时，从眼中看到的景物写起，黛玉“进入城中，从纱窗向外瞧一瞧，其街市之繁华，人烟之阜盛，自与别处不同。又行了半日，忽见街北蹲着两个大石狮子，三间兽头大门，门前列坐着十来个华冠丽服之人。正门却不开，只有东西两角门有人出入。正门之上有一匾，匾上大书‘敕造宁国府’五个大字”，“又往西行，不多远，照样也是三间大门，方是荣国府了”。

再如薛宝琴初次来贾府，正赶上府上除夕祭祖，目睹了贾府祭祖的庄严情景。

总之，《红楼梦》中的景物离不开人物，都是从人物的眼中写出来的。

而外国小说则绝然不同。常常是冗长的景物细节描写。这些描写与小说的情节完全脱钩，成为一种静态的、停滞的描摹。不管是列夫·托尔斯泰，还是巴尔扎克，在其著作中都是这样。以《安娜·卡列尼娜》为例：

他开开门，弗龙斯基走进由一扇小小的窗里透进微弱的光线的厩室。在厩室里站着一匹黑褐色的牝马，它套上了笼头，用蹄子翻腾着新鲜稻草。在厩室的昏暗光线中环顾着周围，弗龙斯基不由自主地又仔细端详一遍他的爱马的全部体格。佛洛是一匹中等身材的马，从养马者的观点看来，并非没有可以挑剔的地方。它全身骨骼细小，虽然它的胸膛向前突出，但却是窄狭的。它的臀部稍稍下垂，前腿明显地往里弯，后腿弯曲得更厉害。前后腿的筋肉都不怎样丰满。但是这匹牝马的肋骨却特别宽，这个特点因为它被调练得消瘦了的缘故显得格外触目。它的膝部以下的脚骨，从正面看上去，不过手指那么粗细，但从侧面看却是非常粗大的。它整个身体，除了肋骨，看上去好像是被两边挟紧，挟成了一长条似的。但是它具有使人忘却它的一切缺点的最大优点。那优点就是血统，如英语所说的那种奏效的血统。在覆盖着一层细嫩、敏感、像缎子一样光滑的皮肤下，筋肉从血管的网脉下面突出地隆起来，像骨头一般坚硬。它那长着一双突出的、闪耀明亮、喜气洋洋的眼睛的瘦削的头，在那露出内部软骨的张开的通红鼻孔那里扩大起来。在它的整个躯体，特别是它的头部，有一种富有精力同时很柔和的神情。它是那样一种动物，仿佛它所以不能说话，只是因为它的口腔的构造不允许它说话。

不就是一匹马，用得着作如此长篇刻画吗？读起来很烦人。巴尔扎克更有一种理论，认为对细节描写的真实性应孜孜以求，几乎要达到苛刻的程度。而这样的描写常常使人感到细腻得讨厌和累赘，读起来似一场灾难。所以郑振铎曾说：“描写太细腻……巴尔扎克的小说，再读一遍的人恐怕没有。”而相比《红楼梦》中每个细节，可以说任何一个读者都会百读不厌。当然，就细节描写方面而言，西方的古典小说都比中国的古典小说精微细谨，这是东西方文化的巨大差别之一。就写景物来说，《红楼梦》注重的是白描点染，表现出景物描写融入情节之中，将读者带入细节描写的场景氛围，跟书中的人物一起去思考，去感受，呈现出一种动态美。这就是《红楼梦》百读不厌的魅力之所在。

四十四、语言大师曹雪芹

第30回“宝钗借扇机带双敲”，本是以写宝钗为主，而书中写王熙凤的那一段却极为精彩。宝玉与黛玉激烈争吵后，听到贾母一句“不是冤家不聚头”的话，竟像参禅一样，一个在潇湘馆临风洒泪，一个在怡红院对月长吁。到宝玉登门向林黛玉表白时，凤姐恰好出现：

宝玉见他摔了帕子来，忙接住拭了泪，又挨近前些，伸手拉了林黛玉一只手，笑道：“我的五脏都碎了，你还只是哭。走吧，我同你往老太太跟前去。”林黛玉将手一摔道：“谁同你拉拉扯扯的，一天大似一天的，还这么涎皮赖脸的，连个道理也不知道。”一句话没说完，只听喊道：“好了！”宝、林二人不防，都吓了一跳，回头看时，只见凤姐跳了进来，笑道：“老太太在那里抱怨天抱怨地，只叫我来瞧瞧你们好了没有。我说不用瞧，过不了三天，你们自己就好了。老太太骂我，说我懒。我来了，果然应了我的话了。也没见你们两个人有些什么可拌的，三日好了，两日恼了，越大越成了孩子了。有这会子拉着手哭的，昨儿为什么又成了乌眼鸡呢！还不跟我走，到老太太跟前，叫老人家也放些心。”说着拉了黛玉就走。林黛玉回头叫丫头们，一个也没有。凤姐道：“又叫他们作什么，有我伏侍你呢。”一面说，一面拉了就走。宝玉在后头跟着出了园门。到了贾母跟前，凤姐笑道：“我说他们不用人费心，自己就会好的，老祖宗不信，一定叫我去说合。我及至到那里要说合，谁知两个人倒在一处对赔不是了。对笑对诉，倒像‘黄莺抓住了鹞子的脚’，两个都扣了环了，哪里还要人去说合。”说的满屋里都笑起来。

凤姐周旋于贾母、宝、黛之间，显得何等自然、得体，又是何等活泼、风趣，简直到了炉火纯青的地步。这一段与其说是反映了凤姐的敏捷和才智，更不如说是反映了曹雪芹作为操纵语言的大作家、大艺术家的本色。

再说第19回，“意绵绵静日玉生香”。贾妃省亲之后，宝玉怕黛玉午餐后即入睡存食，来到黛玉处。二人躺在床上又说又闹。这一段讲述，既耳鬓厮磨，温柔缱绻，又天真烂漫，两小无猜。过一分就落入低级下流，少一分就失去了真情实意。如没有极高超的艺术驾驭能力，是绝对把握不住的。但曹雪芹把握得非常准确。要知道此时的宝玉已不是“处男”，早在第5回里，贾宝玉就与袭人领受过“云雨”之事。早已知道男女之间的那么回事，所以他已不可能再回到“两小无猜”的调笑与游戏境界。第15回，宝玉与秦钟、智能儿的三人闹剧，证明宝玉亦不过是阔少一个而已。尽管林黛玉是那么纯真而执着，但说到底也不过是被宝玉这个“过来人”戏耍了一番。两人能演绎出如此逼真的“两小无猜”，实在出于曹雪芹卓绝的艺术构思。其实曹雪芹又何尝不知宝玉内心对林黛玉的欠亏，“二玉”并肩而躺，“宝玉有一搭没一搭的说些鬼话，黛玉只不理”。这不就露出马脚来了吗？

一般地说，《红楼梦》后四十回是高鹗所续，但在高鹗写作后40回之前，确实有过一百二十回本的《红楼梦》传抄本，就连高鹗、程伟元他们自己也是承认的。当然，高鹗对后四十回续写了许多章节，其中不少地方违背了曹雪芹的原来设想，文字也逊色得多。但有些地方从文字表述看，确实带有曹雪芹的写作痕迹，而不是出于高鹗之手。如第 101 回，凤姐、平儿、贾琏在一起说话，平儿说了一长段话。这段话很有点曹雪芹的语言本色，现录如下：

“奶奶这么早起来做什么，那一天奶奶不是起来有一定时候儿呢。爷也不知是那里的邪火，拿着我们出气。何苦来呢，奶奶也算给爷挣够了，那一点儿不是奶奶挡头阵？不是我说，爷把现成儿的也不知吃了多少，这会子替奶奶办了一点子事，又关会着好几层呢，就是这么拿糖作醋的起来，也不怕人家寒心？况且这也不单是奶奶的事呀。我们迟了，原该爷生气，左右到底是奴才呀。奶奶跟前尽着身子累的成了个病包儿了，这是何苦来呢！”说着，自己的眼圈儿也红了。（第 101 回）

这一段话，就很像曹雪芹的手笔。

四十五、“宜人”与“恭人”之争

秦可卿死后，宁国府为了把丧事办得风光体面，找了皇宫太监的头领戴权，花一千二百两银子给贾蓉买了一个五品官“防护内廷御前侍卫龙禁尉”。于是，作为贾蓉的妻子，秦可卿的牌位上就写上了“防护内廷御前侍卫龙禁尉贾门秦氏宜人”。这看上去就风光多了。

查阅《红楼梦》的几个不同版本，《脂砚斋重评石头记》乾隆己卯本、庚辰本，偏偏把“贾门秦氏宜人”抄成了“贾门秦氏恭人”。己卯本、庚辰本是曹雪芹还活着时的两个抄本，因此可以确定的是，红楼梦最早的抄本写的是“贾门秦氏恭人”。宜人与恭人的区别在于，恭人是高于宜人的妇女封号，按明清两代官职品级而论，宜人是五品官之妻封号，恭人是高于五品官之妻封号，而在宁国府内有谁是高于五品的官位呢？只有贾珍一人。曹雪芹这位文学大师当然知道“宜人”是五品夫人，恭人是高于五品的，但为什么偏又要混用呢？原来这“恭人”是与贾珍的世袭官职相对应的，明明白白告诉别人秦氏不只是贾蓉的老婆，亦是贾珍的老婆，他用的是暗示法。

在第 5 回，曹雪芹给予秦可卿的判词是：“画着高楼大厦有一美人悬梁自缢，其判云：情天情海幻情深，情既相逢必主淫；谩言不肖皆荣出，造孽开端实在宁。”秦可卿为什么上吊？这是明白告诉读者是因为与公公长期通奸，被丫环瑞珠撞见，无颜再见人而上吊。第7回宁国府老奴焦大酒后直接骂出了“爬灰的爬灰”，就是指的这件事，宁国府上上下下谁人不知？秦氏死后，贾珍、尤氏各表现异常，丫环瑞珠干脆就一头撞死了之。因为曹雪芹听从叔辈人物脂砚斋等人的劝告，将秦可卿淫丧天香楼的情节删掉，其判词却没作任何改动，留下了蛛丝马迹。所谓“恭人”，亦是蛛丝马迹。这与其说是曹雪芹的疏忽，更不如说是曹子故意留下的谜团。现今流行最广的版本把程高本的“贾门秦氏宜人”改为“贾门秦氏恭人”，无疑是恢复了曹雪芹的真手笔。

四十六、有一处文理不通

第16回，贾琏同凤姐、赵嬷嬷在一起说起贾妃省亲之事，贾琏说了一大段话，这段话是：

如今当今贴体万人之心，世上至大莫如“孝”字，想来父母儿女之性，皆是一理，不是贵贱上分别的。当今自为日夜侍奉太上皇、皇太后，尚不能略尽孝意，因见宫里嫔妃才人等皆是入宫多年，抛离父母音容，岂有不思想之理？在儿女思想父母，是分所应当。想父母在家，若只管叫念儿女，竟不能见，倘因此成疾致病，甚至死亡，皆由朕躬禁锢，不能使其遂天伦之愿，亦大伤天和之事。故启奏太上皇、皇太后，每月逢二六日期，准其椒房眷属入宫请候看视。于是太上皇、皇太后大喜，深赞当今至孝纯仁，体天格物。因此二位老圣人又下旨意，说椒房眷属入宫，未免有国体仪制，母女尚不能惬怀。竟大开方便之恩，特降谕各椒房贵戚，除二六日入宫之恩外，凡有重宇别院之家，可以驻跸关防之处，不妨启请内廷鸾舆入其私第，庶可略尽骨肉私情，天伦中之至性。此旨一下，谁不踊跃感戴？

以上文字中，“皆有朕躬禁锢”这一句不通。皇帝自己称作“朕”，贾琏怎么能够代替皇帝称“朕”呢？还有什么“体天格物”“驻跸关防”“内廷鸾舆”等文诌诌的话，贾琏这个“不肯读书，于世路上好机变言谈”

（第 3 回）的人嘴里也未必说得出来。听者凤姐、赵嬷嬷这二人连字都不识，更是听不懂。

如果这段文字不从贾琏口中说出，改为一般陈述，就好多了。现改动如下：

原来当今贴体万人之心，世上至大莫如“孝”字，想来父母儿女之性，皆是一理，不是贵贱上分别的。当今自思虽日夜侍奉太上皇、皇太后，尚不能略尽孝意，因见宫里嫔妃才人等皆是入宫多年，抛离父母音容，岂有不思想之理？在儿女思想父母，是分所应当。想父母在家，若只管叫念儿女，竟不能见，倘因此成疾致病，甚至死亡，皆由上躬禁锢，不能使其遂天伦之愿，亦大伤天和之事。故启奏太上皇、皇太后，每月逢二六日期，准其椒房眷属入宫请候看视。于是太上皇、皇太后大喜，深赞当今至孝纯仁，体天格物。因此二位老圣人又下旨意，说椒房眷属入宫，未免有国体仪制，母女尚不能惬怀。竟大开方便之恩，特降谕各椒房贵戚，除二六日入宫之恩外，凡有重宇别院之家，可以驻跸关防之处，不妨启请内廷鸾舆入其私第，庶可略尽骨肉私情，天伦中之至性。此旨一下，谁不踊跃感戴？

四十七、两个字的改动

宝玉的大丫环原来服侍贾母，名叫珍珠，名字很俗气，没有什么文化品位，来到宝玉身边后，宝玉以一句“花气袭人知昼暖”，改名为袭人。“花气袭人知昼暖”出自陆游的诗，原诗为“花气袭人知骤暖，鹊声穿树喜新晴”。（陆游《剑南诗稿》卷五十）曹雪芹在运用“花气袭人知骤暖”时改了一个字，把“骤”改成了“昼”，不知道是曹子故意改的呢，还是记错了，或是笔误，不得而知。从字面上说，“昼暖”之意境亦不减“骤暖”。

还有在第63回里，宝玉、湘云等人在一起议论诗，邢岫烟引妙玉的话说，古人中自汉晋五代唐宋以来皆无好诗，只有两句好诗，这两句诗是：纵有千年铁门槛，终须一个土馒头。这两句诗出自范成大的诗，原诗是：“纵有千年铁门限，终须一个土馒头”。（范成大《石湖诗集》卷二十八）哪知曹雪芹在运用时又错了一个字，把原来的“限”改成了“槛”。（只有光绪年间出的《金玉缘》本才改作“铁门限”）范成大写成“铁门限”，引用了六朝的故事。《宣和书谱》记载，知永以书法著名，宾客造请，门阈穿穴，以铁固其眼，故人称“铁门限”。范诗讲的这“铁门限”，比作人的生命力之顽强，犹如千年不坏的“铁门限”。但曹雪芹在引用时改了一个字，叫作“铁门槛”，整个意思就变了。这个千年踏不破的“铁门槛”，与“土馒头”究竟有什么关系，意思十分模糊。如果把“铁门槛”也理解成人的生命力，像铁门槛那样踏不破，似乎十分牵强。到底是记错了或笔误呢，还是故意改了一个字，除曹雪芹本人出来澄清外，别人就很难知道了。

既然是世上最好的两句诗，又为什么要改动呢？如曹雪芹阴司有知，只能问他本人才知道了。

四十八、为何要“杜撰”

曹雪芹是国学大师，博学多才。《红楼梦》全书引用典故无数，随手拈来掺入文中。《红楼梦》问世以来，又有众多评家对全书写下了上千条批注，给书中的引经据典作出了合理注释。如宝玉悼晴雯的名篇《芙蓉诔》，八引《离骚》《楚辞》，六引《庄子》，还有别处引《荆钗》《还魂》《西厢》等等，不计其数。然而，书中尚有数处找不出证据。

第3回，宝玉说道：“《古今人物通考》上说，‘西方有石名黛，可代画眉之墨’，况这林妹妹眉尖若蹙，用取这两个字，岂不两妙。”探春笑道：“只怕又是你的杜撰。”宝玉笑道：“除《四书》外，杜撰的太多。偏只我是杜撰不成?”这段对话有点特别，宝玉一方面说，《古今人物通考》上有这段话，但当探春指出他是杜撰（编造）时，宝玉不但不指出出处，反而承认自己是杜撰。然而既是杜撰，为什么又说《古今人物通考》上有呢？这不是自相矛盾吗？只有一种解释，就是这本《古今人物通考》本身也是杜撰，根本就没有这本书。自《红楼梦》诞生以来，确实至今还没有找到这本称作《古今人物通考》的书来。

再比如，第56回，探春笑道：“你这样一个通人，竟没看见姬子书?当日姬子有云：‘登利禄之场，处运筹之界者，窃尧舜之词，背孔孟之道’。”《红楼梦》《金玉缘》藏本，太平闲人批注：“闲人穷，藏书少，实未见姬子书。”而中国书籍名目中也确实没有人查到《姬子书》。探春在说出“姬子”之前，宝钗已罗列出朱子（朱熹）的《不自弃文》，还抬出了孔子。探春要压倒宝钗，能与前面的朱子、孔子相提并论的也只有周公了，周公姓姬，这怕就是“姬子”的来历。但周公并没有留下一本《姬子书》来。从探春所说的内容来看，所谓“登利禄之场，处运筹之界者，窃尧舜之词，背孔孟之道”，很可能是探春借周公之名狠批孔孟，发泄对孔孟之道的不满，实际上也是表达曹雪芹的不满。也因为只有抬出周公来，才压得住阵脚。当然，发生在“文革”时期的“批林批孔”就更不值得一提了。再说《姬子书》这三个字也不大通，我们只见过《老子》《庄子》《墨子》等，不说《老子书》《庄子书》《墨子书》。如改为《姬子》倒更顺一些。现在出版的《红楼梦》，按庚辰本把《姬子书》改为《子书》，也不甚通。

四十九、时间上的空白

《红楼梦》第12回写到贾瑞为王熙凤害相思，被王熙凤多次捉弄而不知悔改，更兼两次黑夜奔波，被人泼了一身尿粪，生起病来。这个病的症状是心内发胀，口中无味，脚下如绵，眼中似醋，黑夜作烧，白昼常倦，下溺连精，嗽痰带血。诸如此症，不到一年都添全了。于是一头睡倒，诸如肉桂、附子、麦冬等药，吃了几十斤也不见好转，倏又腊尽春回，这病更加沉重，竟然死了。这样算起来贾瑞共病了一年多（药都吃了几十斤，也差不多一年），贾府忙忙地帮着办了丧事。直到这年冬底（又过了一年），因林如海身染重病，贾琏送黛玉去扬州。这样前后共两年时间，这正是那些如花似月的青少年成长最快的时光，书中却没有交待荣国府里发生什么其他事，似乎成了空白。宁国府也只是秦可卿病了两年，就死了。从书的结构上看也不合情理。

再如第70回与第71回不衔接的问题。第70回末尾写的是众小姐丫环在一起玩风筝，玩得十分开心。第71回开头一句却是“话说贾政回京之后，诸事完毕，赐假一月在家歇息”。从时间上说也不衔接。70回写宝玉准备功课，以应付贾政回来检查，天天用功，“可巧近海一带海啸，又遭灾踏了几处生民，地方官题本奏闻，奉旨就着贾政顺路查看赈济回来。如此算来，至冬底方回”。而当时正暮春季节，所以众人就去大放风筝。

可是才放完了风筝，贾政就回来了。贾政也不是如上回说的“冬底”回来，而是八月初，却没有作任何说明。接着就写给贾母过生日（八月初三）。从暮春到八月，期间很可能曹雪芹写过一段精彩文字，就是大观园众女儿度过了一个欢快的“七夕”女儿节，兼给金陵十二钗之一的巧姐过生日，因为她的生日就是七月初七。大观园内连大丫环的生日都不放过，怎能忘了巧姐的生日呢？凤姐绝不会放过，曹雪芹也不会放过。曹子很可能是借天上的双星写出人间儿女的美好隽永并隐含其命运，续千里之“草蛇灰线”。与后来的《芙蓉诔》文中“楼空鸡鹊，徒悬七夕之针”，也有一个衔接。可惜曹雪芹的这段精彩文字已经找不到了，也没有任何别的文字，只好留下现在这样的遗憾。

五十、宝玉喝冷酒

关于宝玉喝冷酒的情形，第 54 回写道：贾母又命宝玉道："你连姐妹的一齐斟上，不许乱斟，都要叫他干了。"宝玉听说答应着，一一按次斟上了。至黛玉前，偏他不饮，拿起杯来，放在宝玉唇上边，宝玉一气饮干。黛玉笑说："多谢。"宝玉替他斟上一杯。凤姐便笑道："宝玉，别喝冷酒，仔细手颤，明儿写不得字，拉不得弓。"宝玉忙道："没有吃冷酒。"凤姐儿笑道："我知道没有，不过白嘱咐你。"

对这一段描写，有人批道："凤姐排摈黛玉，于此见端。"（嘉庆甲子本）不仅嘉庆本上如此，就是晚出的金玉缘本也评道："薛姨宝钗曾劝宝玉吃冷酒，今用凤姐劝之，直是群攻黛玉。"要知道，凤姐在前八十回里是极力主张宝、黛相结合的，况且当时贾母又在场，凤姐怎么会攻击黛玉呢？

贾母明明说的是"连你姐姐妹妹的一齐斟上，不许乱斟，都要叫他干了"，至黛玉前，偏她不饮。黛玉不饮自有身子弱的原因，但不是冷酒的原因。因为其他姐妹都饮了，并且都是热酒，不可能偏偏她会是冷酒。宝玉饮下的那杯是他斟给黛玉饮的热酒（宝玉饮下这杯后自然要再给黛玉斟一杯备用酒）。这个情况是完整的。可是凤姐为什么要说那么几句呢？显然凤姐以为宝玉饮的是黛玉原先的剩酒，所以这里面有误会。宝玉解释

“没有吃冷酒”后，凤姐再说一句“我知道没有，不过是白嘱咐你”，这就是前后矛盾的话了。既然知道前面宝玉喝的不是冷酒，为什么还要说是“白嘱咐”？对凤姐的话，应该从另一个角度去理解，虽然开始认为宝玉喝的是黛玉的剩酒，但经过宝玉的解释，已经知道宝玉喝下的不是冷酒，而是热酒后，凤姐仍认为她告诫宝玉“不要喝冷酒”的意思没有错，包含有这一次没有喝，以后也别喝的告诫。这既然是一个正确的命题，多嘱咐几句又何妨呢？所以凤姐以攻为守，对宝玉的辩解回敬了一句“不过是白嘱咐你”，既维护了自己的面子，又不使宝玉太难堪。要说谁错的话，只是错在凤姐开头没有看清楚当时的情形，与黛玉确实不相干。如果说这是凤姐有意直击黛玉，显然是不妥的。

顺便说一下，《红楼梦》全书充斥吃酒吃饭之类描写，所吃的酒大都是黄酒，或米酒，酒精度很低，所以上至贾母，下至体弱如黛玉都饮得。黄酒也有“品牌”，如惠泉酒、绍兴酒等，都有悠久的历史。第 16 回，贾琏从南方回来，恰逢贾琏的乳母赵嬷嬷来探视，凤姐就说“尝尝你儿子带来的惠泉酒”。

五十一、贾瑞与秦钟的病

早在众顽童闹学堂时，人们就见识了一个行事毫无章法、不辨是非的贾瑞。在学中以公报私，勒索子弟，又附着薛蟠图些银钱酒肉，一任薛蟠横行霸道。贾瑞在宁国府寿诞时偶然碰见凤姐，就癞蛤蟆想吃天鹅肉，想与凤姐做一对“野鸳鸯”，结果被凤姐捉弄出一身病来。病的症状是：心内发膨胀，口中无滋味，脚下如绵，眼中似醋，黑夜作烧，白昼常倦，下溺连精，嗽痰带血。诸如肉桂、附子、麦冬、玉竹等药吃了几十斤也不见好转。二十来岁的年轻人得病咋就好不了？什么心内发膨胀，口中无滋味，脚下如绵，眼中似醋，这种症状，倒也不见得就会死，倒是“黑夜作烧”，“下溺连精”，轻视不得。一个人每天晚上发烧，遗精，最强壮的男人也禁不住如此刀劈斧砍，长此以往，小命就难保了。贾瑞得这样的病，根子还是思念凤姐引出来的。然而一个人连命都不保了，还去想那个毫无希望得到的凤姐，岂不是太愚蠢？看来这个人是一条道走到黑绝不回头了，除非使出绝招来。

果然，这日来了一个跛足道人，自称专治冤孽之症，给了他一面“风月宝鉴”。嘱咐他只可照反面，不可照正面。贾瑞接过镜子，向反面一照，只见一个骷髅立在里面，吓得他连忙掩了，连骂道人“混账”。接着又翻过来照正面，却见凤姐在里面招手。于是荡悠悠进了镜子里，与凤姐云雨一番，这么几进几出，遗了一大摊精，竟然死了。

所谓“风月宝鉴”是极有道理的，骷髅即“色空”。《红楼梦》原名为《石头记》，就是女娲炼石补天未用的那块石头，投胎来到人间的一段故事。石头就是情根。因空见色，由色生情，传情入色，达到“色空”的境界，即悟空也。原来世间的一切皆空。又如“好了歌”所唱的，好便是了，了便是好。既然人世间一切皆空，还有什么可留恋、可追求的呢？贾瑞如果能达到这个境界，其病自然就会慢慢好起来。然而，一个骷髅并没有吓醒他，他又违反师规照镜子的正面，再三被虚妄所迷惑，以致一命呜呼。贾瑞到底得的什么病？从痰中带血看，他得的是肺炎、肺气肿，引起心脏衰竭而死。

再看另一个死鬼秦钟。姐姐才刚去世停灵家庙铁槛寺，就与临近庵里的女尼智能儿搞上了。因在郊外受了些风寒，又与智能儿偷情缱绻，失于调养，得了伤风感冒。这种病对一个少年来说本不算什么。后来智能儿私自逃进城来找秦钟，被秦父知觉，逐出智能儿，将秦钟打了一顿，老父竟气死了。秦钟带病未愈，受了器杖，又见老父气死，痛悔无及。他理应改邪归正才是，可是病情日重一日，竟然死了，到底得的是什么病？书中没有作出交代。分析原因，原是秦钟自身脆弱，原就有弱症，与智能儿从往过密，且尚未成年，岂能吃得消？又经受器杖、老父去世反复折腾，由严重感冒引起肺炎等并发症，以致丧命，所以也属情理之中。秦钟临死对宝玉说：“以前你我见识自为高过世人，今日才知自误了。”人之将死，其言也善。秦钟之言，当为涉世不深就目空一切的人引以为戒，古今皆然。

五十二、从露、霜风波看贾府

玫瑰露、茯苓霜当时是十分贵重的物品，书中写到是南方官员送给贾府的。玫瑰露本是从宝玉那儿由芳官送给厨房柳嫂的女儿五儿治病用的，柳嫂又拿出一些来送给了在赵姨娘处当差的她的侄子，柳家哥嫂又给柳嫂和五儿回送了些许茯苓霜。而茯苓霜是赵姨娘叫丫环彩云去王夫人那里“偷”来的。

管家林之孝家的已知道王夫人耳房柜内少了玫瑰露和茯苓霜。五儿出于对芳官的情意，拿了些许茯苓霜到怡红院去送给芳官，谁知回来路上被林之孝家的看见并盘问，随即进厨房搜查，果然搜出了玫瑰露瓶和一小包茯苓霜。于是林之孝家的派人看住柳嫂和她的女儿，找到平儿并报告凤姐。凤姐吩咐“将他娘打四十板子，撵出去永不许进二门，把五儿打四十板子，立刻交给庄子上，或卖或配人”（第61回）。

凤姐不调查核实，就作出这样的“批示”。而从玫瑰露和茯苓霜的来龙去脉看，柳嫂与女儿五儿是清白的，凤姐作出如此重罚是冤枉了柳嫂和五儿。她们根本就没有做贼，如何受如此重的处罚？平儿从五儿的申诉里知道了事情的原委，主动承担了“平冤狱”的任务。玫瑰露的来龙去脉非常清楚，原由宝玉处引起。茯苓霜牵涉到赵姨娘及丫环彩云，而彩云也说得极明白：“偷东西原是赵姨娘央告我再三，我拿了些与环哥是情真，连太太在家我们还拿过，各人去送人，也是常事。”（第60回）彩云从王夫人那儿拿一些茯苓霜给贾环使用也属正常，贾环好歹也是个主子，总不能只给宝玉一个人使用，其他人用了就是偷。这件事其实用不着由宝玉来承担，正如彩云所理解的，“嚷过两天就罢了”。然而，因为凤姐已经表态，司棋她们立即开始了夺权，由司棋的婶娘秦显家的接管厨房。到柳嫂、五儿放出来“官复原职”，秦显家只当了半天厨房“经理”。又因为宝玉把茯苓霜的事也替彩云隐瞒了下来，招致贾环对彩云的猜疑，气得彩云夜间在被内暗哭。可谓一个浪头又一个浪头。

从露、霜事件中可以看到什么呢？

（一）凤姐胡乱执法。人人都说凤姐在管理上很有两下子，其实就是采取单一的惩罚政策，简单粗暴，如她自己宣称的，“我说行就行”。倒是平儿处事很人性化，较为实事求是。长此以往，难怪大观园内平儿最得人心，凤姐最不得人心。

（二）围绕露、霜事件，演绎了一场夺权斗争。别看一个厨房的头儿，却承担着几百口人的吃饭，贾府实行的是公共食堂制，平时吃饭都由厨房准备，“按房头分派菜馔”（第61回），每逢宴席厨房更是忙碌，日常开销非常大，因此油水也大。因为柳嫂及其女儿的事发，由司棋牵头，联络柳嫂平时的对立面的人集中攻击柳嫂，推举司棋的婶娘秦显家的代替柳嫂。此事显然得到了管家林之孝家的同意，秦显家才得以上任。秦显家的才上任，就给林之孝家送上“一篓炭，五百斤木柴，一担粳米”的礼，又打点送账房的礼，又预备几样菜馔请同事（这些礼品无疑都会打到公家的账上）。谁知才送出去，柳家的又回来继续执政，秦显家只好让位，既白送了礼，还得自己折变了赔补亏空。司棋气了个倒仰，无计挽回，只得作罢。

（三）从贾府的权力结构看，王熙凤及平儿代表贾母、王夫人执掌权力，林之孝家、赖大家等管家掌握着中层权力，往下是各摊的管理人员，如管厨房的柳嫂，各房的大丫环（这些大丫环在园内被称作“副小姐”，如司棋被逐后，周瑞家的发躁向司棋说“你如今不是副小姐了，若不听话，我就打得你”）等。各房的大丫环管理各自主子的生活起居，当然必须接受主子的“领导”。

（四）因为宝玉揽下茯苓霜的事，引起贾环对彩云的不满，怀疑彩云与宝玉有私情，彩云竟哭了个“泪干肠断”（第 61 回）。直到年底，彩云还与贾环“分崩”着（第 70 回）。第 72 回“来旺妇倚势霸成亲”，彩云（霞）最终的命运，由凤姐出面，嫁给了一个酗酒赌钱、容貌丑陋的旺儿之子（书中把彩云、彩霞这两个名字混用，以至感觉是一个人）。虽然赵姨娘从中斡旋，又找贾政说情，无奈贾政不表态，贾环也抱无所谓态度。人人都说赵姨娘极蠢，但对丫环彩云（霞），赵姨娘很看重她的人品，彩云（霞）也真是个好女孩子，赵姨娘一心想把彩云（霞）与贾环说合，最终结果竟无人支持，没有了下文。贾环与彩云（霞）最终是撂开了手。但细究起来，宝玉插手彩云（霞）之事也是一个极为重要的原因。宝玉简直就是一个祸星，对着柳湘莲说了几句话，断送了尤三姐一条性命，插手茯苓霜之事，促使贾环与彩云（霞）闹崩。

五十三、茉莉粉闹剧中的是是非非

第60回中“茉莉粉替去蔷薇硝”，说的是赵姨娘怒气冲冲地冲进大观园，与芳官等几个小丫环大闹了一场，惊动到了探春、李纨、尤氏前来调解。以致公说公有理，婆说婆有理，吵成了一团。最后探春来了一段独白：“那些小丫头子们原是些玩意儿，喜欢呢，和他们说说笑笑；不喜欢便可以不理他，便他不好了，也如同猫儿狗儿抓咬了一下子，可恕就恕，不恕时也只该叫了管家媳妇们去给责罚。”这一段话，说得赵姨娘无话再说，吵闹也就平息。

其实探春这段话也没有分出是非，而是以她惯用的“主子”身份来“灭火”罢了。这场争纷谁是谁非根本就没有涉及到，而是说赵姨娘你也是有身份的人，不该与小丫头们直接对话，如果对哪个丫头不满意，叫管家来管他们就是了，何必亲自出面，自己掉了身价，也影响了我的形象。

从争纷的是与非说，确实是芳官无理。贾环向芳官要蔷薇硝，宝玉本意是要给他的，但芳官心里想蔷薇硝是蕊官所赠，不肯与别人，就拦住宝玉，想从自己盒内常使用的给贾环一点应付过去，打开时见盒内已空，麝月又在一旁说不管拿些什么，他们哪里看得出来。于是芳官就包了一些茉莉粉给贾环。从这一过程看，实际上是几个丫环绑架宝玉，欺骗了贾环。而赵姨娘的思路是清晰的。芳官拿茉莉粉冒充蔷薇硝欺骗贾环，贾环上当受骗，而且这种上当受骗来自芳官这样的小丫环，贾环因为年纪小，或许对芳官的美貌有所垂涎而受宠若惊，赵姨娘以自身的经历却一眼就看出丫头们戏弄贾环的用心，岂不大怒？再加上夏婆子的鼓动，终于由赵姨娘挑起对那些平时目中无人的小丫环进行讨伐。赵姨娘以她一贯的“赵姨娘风格”，上来便将茉莉粉照着芳官的脸上撒去，指着芳官骂道：“小淫妇！你是我银子钱买来学戏的，不过娼妇粉头之流！我家里下三等奴才也比你高贵些的，你都会看人下菜碟儿。宝玉要给东西，你拦在头里，莫不是要了你的了？拿这个哄他，你只当不认得呢！好不好，他们是手足，都是一样的主子，哪里有你小看他的！”真是要多难听就有多难听。但芳官们也不是好惹的。芳官的解释是：“没了硝我才把这个给他的，若说没了，又恐他不信，难道这不是好的？”“我便学戏，也没往外头去唱。”“我又不是姨奶奶家买的。‘梅香拜把子——都是奴儿’呢！”第一句显然是谎话，明明是有的，却说没有，说假话不脸红，像进入了演戏的角色。第二句说的是外头唱，里头唱，也并没多少区别，反正是唱戏。第三句倒有点意思。芳官们固然不是赵姨娘花钱买来的，而是贾家花钱买来的，而贾政是荣国府的家长，赵姨娘作为贾政的小老婆，固然代表不了贾政，但由于贾政宠信赵姨娘，赵姨娘确实可做贾政的半个主。相比较而言，芳官在众多的丫环中也许能做宝玉的半个主，但宝玉见了贾政却如同“避猫的鼠儿”（贾母言）。如此说来，芳官自然就处下风了。最后一句芳官是以守为攻，就这“梅香拜把子”一句，几把赵姨娘急疯。这场争纷其实是打了个平手。

那么如果赵姨娘不主动出击，出来闹一闹，而是找探春、凤姐评理去，会有什么结果呢？很可能因为有宝玉的保护，赵姨娘不会占到任何便宜，与其这样，还不如索性一闹，煞一煞小丫头子们的威风。所有那些平时受芳官等人的气的婆子们个个都在一旁称愿。从闹出来的后果看，因为有宝玉的保护，芳官们暂时倚宠而得势，其实早晚是会为占便宜而买单的。得罪了众婆子，不可能把婆子们一个个逐出，倒使众婆子联合起来与芳官们作对，而芳官们之最后被逐、被拐，却是必然的下场。

五十四、欢乐中的悲哀

女儿一旦贵为皇妃，虽然进了那“不得见人的去处”，但还可以感受皇恩回家省亲。《红楼梦》上半部用很大的篇幅记下了这一段“烈火烹油、鲜花着锦”之最繁华、最热闹的场景。为了建造省亲别墅，贾府动用了几十万两银子。建成后贾政带了一群清客相公及宝玉进去题匾作诗，简直如临仙境。琳宫巍峨，桂殿合抱；金窗玉槛，山水萦绕。省亲期间，火树琪花，庭燎烧空，说不尽帘卷虾须，毡铺鱼獭，鼎飘麝脑之香，屏列雉尾之扇。连贾妃也叹息奢华过费。

帘子外的男眷与帘内的亲骨肉行着君臣之礼，贾妃与贾政父女一问一答，颇耐人寻味。贾妃隔帘含泪对其父说：“田舍之家，虽盐布帛，终能聚天伦之乐，今虽富贵已极，骨肉各方，然终无意趣。”贾妃说的都是心里话，做平常百姓，虽说贫困些，然而衣食不愁，一家子和和睦睦过日子，比起身在皇宫，虽然富贵已极，但骨肉分离，人与人之间充满钩心斗角，整日提心吊胆过日子，不知要好出多少。贾政含泪作答，按他自己的思路，早已“胸有成竹”：“臣，草芥寒门，鸠群鸦属之中，岂意得中凤鸾之端。今贵人上锡天恩，下昭祖德，此皆山川日月之精奇、祖宗之远德钟于一人，幸及政夫妇。且今上启天地生物之大德，垂古今未有之旷恩，虽肝脑涂地，臣子岂能得报于万一，惟朝乾夕惕，忠于厥职外，愿我君万寿千秋，乃天下苍生之同幸也。贵妃切勿以政夫妇残年为念，懑愦金杯，更祈自加珍爱，惟兢兢业业，勤慎恭肃以待上，庶不负上体贴眷爱如此之隆恩也。”不少人讥笑贾政在女儿面前说的如此呆板和虚伪的一段话，实在不得体。其实不必讥笑这位父亲，这是这位饱读诗书的贾府家长在书中唯一的一篇“作品”，显出了皇权在父权面前之神圣与庄严。说他呆板，贾政原本就是一个口不离“四书”的呆板人［但有时也未必。荣国府一家子中秋团聚，贾政说他的两个儿子“妙在古人中有‘二难’，你两个也可以称‘二难’了”，“哥哥是公然以温飞卿自居，如今兄弟又自为曹唐再世了”（第75回）。贾政引《世说新语·德行》中东汉陈寔评论两个儿子为“二难”的古典，把自己的两个儿子也比作“二难”，把宝玉比作唐代诗人温庭筠（字飞卿），把贾环比作同是唐代诗人的曹唐（字尧宾）。贾政说的既文雅，又不失幽默］。说贾政虚伪却是错了，贾政始终是个诚实人。像他这样的四五品官，面见皇帝的机会极少，好不容易面对贵妃娘娘，也算了却一次“面君”的心愿。在皇权面前，他哪里还敢拿出父亲的款来，又岂敢有半点怠慢？在皇妃面前，他既热烈歌颂皇恩浩荡，又嘱咐女儿要勤慎恭肃以侍皇帝老儿，自加珍爱。一片苦心而又滴水不漏。这是当时封建官员的典型表现。如果换一个在朝中做官的父亲，面对贵为皇妃的女儿，一定也是这个样子。也许贾政此时心中充满着一个父亲对女儿的慈爱与关切，只是此时此地难以表达出来，要不他为何眼中饱含泪水？

贾妃一手搀贾母，一手搀王夫人，三个人满心里皆有许多话，只是俱说不出，只管呜咽对泣而已。为什么这样的百年难逢热闹宠罩着如此的悲凄和沉重？是因为长久的骨肉隔离累积太多，以至喜极而悲。而短暂的相见很快就变成离别，这喜极而悲很快就转变成了分离的感伤。贾妃对贾母、王夫人说：“当日既送我到那不得见人的去处，好容易今日回家娘儿们一会，不说说笑笑，反倒哭起来，一会子我去了，又不知多早晚才来”（第18回），才说完自己倒先哭了。小太监一句“时已丑正三刻，请驾回銮”，就得回去，谁知下次又会是在什么时候相见呢？说不定这一次的相见就是“死别”。贾妃在宫中虽然富贵已极，但并不幸福，后宫七十二妃，三千佳丽，皇上是否“宠幸”过她不得而知，事实是在宫中多年，却没有生男育女，其内心之苦闷不言而喻。宫中的凶险很难预料，没有超常的智慧与手腕，很难存在下去的。“二十年来辨是非，榴花开处照宫闱。三春争及初春时，虎兕相逢大梦归。”这个极为尊荣的贵妃，在皇宫里也只是皇帝众多的小老婆之一，中年就去世了，也只是“薄命司”中的一员罢了。

《红楼梦》既然写了省亲，就是写它的全部，“悲”和“喜”都很“原汁原味”，即使是礼单也很原汁原味。贾府上至贾母下到草字头辈，都有符合各自身份的赏赐。另外还有彩缎金银、御酒华筵，赐东西两府凡园中管理工程、陈设、答应及司仪、掌灯诸人。外有清钱赐厨役、优伶、百戏、杂行人丁。省亲既然是天大的喜事，就是要闹个皆大欢喜的结局。

五十五、不奴隶，毋宁死

这个题目似乎就不通。人们常说的是“不自由，毋宁死”，怎么变成了“不奴隶，毋宁死”？奴隶这两个字是什么含义，甭说谁都清楚。书中贾探春有段专门论奴隶的话：“那些小丫头子们原是些玩意儿，喜欢呢，和他们说说笑笑；不喜欢，便可以不理他。便他不好了，也如同狗儿猫儿抓咬了一下子，可恕就恕，不恕时也只该叫了管家媳妇去说给他去责罚。”（第 60 回）更有一辈子为奴的赖嬷嬷曾感叹：“你哪里知道那‘奴才’两字是怎么写的！”（第 45 回）做奴隶的没有自由，主子们随唤随到，甚至掌握生杀大权。小姐贾惜春就对自己的丫环“或打、或杀、或卖”一概不管。晴雯、金钏儿、司棋就是不明不白地死掉了的。

然而令人奇怪的是贾府的奴隶都不愿挣脱这个奴隶的身份。在贾府有这样的一个制度：无论是男性奴隶，还是女性奴隶，到了成婚的年龄，由主子实行“配对”，下一代就是家生奴隶，以至传宗接代，世代为奴。如果有哪个奴婢被主子赶回家去，奴婢们一个个都哭得死去活来，他们是死也不愿离开贾府的。王夫人的丫环金钏儿，因为与宝玉调笑了几句，被王夫人察觉，主子盛怒之下，要把她逐出去，金钏儿脆在王夫人面前哭诉：“我再不敢了，太太要打骂，只管发落，别叫我出去就是天恩了。我跟了太太十来年，这会子撵出去，我还见人不见人呢！”（第 30 回）不几天金钏儿竟跳井自杀了。一句玩笑，挨了一巴掌，就跳了井，死竟然如同家常便饭，丫环的命竟如草芥。再一个就是晴雯，因为性格尖爆，与宝玉发生了冲突，宝玉要回王夫人打发她出去。晴雯哭道：“我多早晚闹着要出去了？饶生了气，还拿话派压我，只管去回，我一头碰死了也不出这门儿。”（第31回）晴雯也是死也不愿离开贾府的丫环中的一个。

只有通读《红楼梦》后，才真正理解奴隶们甘愿做奴隶的理由。

小丫环芳官，这么个毫不起眼的处于最底层的奴隶，一次晚上因为贪玩，肚子饿了，叫另一个更小的丫环去厨房拿点东西来，厨房给她送来了夜餐。这份夜餐是什么呢？请看看：一碗虾丸鸡皮汤，一碗酒酿清蒸鸭子，一碟腌的胭脂鹅脯，还有一碟四个奶油松瓤卷酥，并一大碗热腾腾碧荧荧蒸的绿畦香稻粳米饭。小丫环芳官嫌鸡皮虾丸汤味腥，酒酿清蒸鸭子油腻，只拣了两块腌鹅，又将汤泡饭吃了一碗。

袭人一次从大观园回家去，听说她母兄要赎她回家，她就说“至死也不回去的”，她对家里的人说：“当日原是你们没饭吃，就剩我还值几两银子，若不叫你们卖，没有个看着老子娘饿死的理，如今幸而卖到这个地方，吃穿和主子一样，又不朝打暮骂。”“这会子又赎我作什么？权当我死了，再不必起赎我的念头！”为此还哭闹了一番（第19回）。

平儿这样的通房丫环，平时生活极其奢华，单一副虾须镯首饰，珠子不算，那是货真价实的黄金打造，价值不菲。晴雯被逐后剩下的衣履环簪也有“三四百金之数”。贾府的奴隶走出去，头上还沾有豪门的光环，丫环们一个个无不青春、亮丽、活泼、体面，干活也不累，吃住都和主子一样。

再看晴雯被撵后是一种什么样的情景。第77回，宝玉独自悄悄地来到晴雯住所，一眼就看见晴雯睡在芦席土炕上。

当下晴雯又因着了风，又受了他哥嫂的歹话，病上加病，嗽了一日，才朦胧睡去了。忽闻有人唤他，强展星眸，一见是宝玉，又惊又喜，又悲又痛，忙一把死攥住他的手。哽咽了半日，方说出半句话来："我只当不得见你了。"接着便嗽个不住。宝玉也只有哽咽之分。晴雯道："阿弥陀佛，你来的好，且把那茶倒半碗我喝。渴了这半日，叫半个人也叫不着。"宝玉听说，忙拭泪问："茶在那里?"晴雯道："那炉台上就是。"宝玉看时，虽有个黑沙吊子，却不像个茶壶。只得桌上去拿了一个碗，也甚大甚粗，不像个茶碗，未到手内，先就闻得油膻之气。宝玉只得拿了来，先拿些水洗了两次，复又用水汕过，方提起沙壶斟了半碗。看时，绛红的，也太不成茶。晴雯扶枕道："快给我喝一口罢！这就是茶了。那里比得咱们的茶!"宝玉听说，先自己尝了一尝，并无清香，且无茶味，只一味苦涩，略有茶意而已。尝毕，方递与晴雯。只见晴雯如得了甘露一般，一气都灌下去了。宝玉心下暗道："往常那样好茶，他尚有不如意之处，今日这样。看来，可知古人说的'饱饫烹宰，饥餍糟糠'，又道是'饭饱弄粥'，可见都不错了。"一面想，一面流泪问道："你有什么说的，趁着没人告诉我。"晴雯呜咽道："有什么可说的！不过挨一刻是一刻，挨一日是一日。我已知横竖不过三五日的光景，就好回去了。"

看到这里我们终于明白了奴隶们不愿不当奴隶的理由。正如王蒙先生所说，自由的平民——贫民的生活比死都可怕，它比死更粗野，更低下，更丢人现眼，更无法忍受。因为人首先要吃饭、穿衣、睡眠，单一的自由必须建立在这些得以生存的基本要求之上。如果连吃饭、穿衣、住所都保障不了，连生存的基本条件都不存在了，自由还有什么用呢？谁愿意接受那种饿着肚子，冻的浑身发抖，睡在透风漏雨的屋子里的自由？因为自由说到底是精神产品，而脱离了最起码的物质条件，简直就是无本之木，一文不值。像香菱这样连父母都不知道在何处、连自己的名字都没有的丫环，你给了她自由，她到哪儿去安身？只能到街上去讨饭，沦为乞丐。乞丐的自由与丫环的不自由，究竟哪个更好一些？对香菱来说，她宁可选择丫环的不自由，也不会选择做乞丐的自由。旧中国有的妓院因种种原因被解散后，妓女无处安身，也只得重新找妓院去安身。

其实，大观园里的奴婢早都被奴才化、贵族化了。被奴化了的奴婢，必然为分得主子的一杯美羹而感激不尽。他们已经被熔化成贵族生活的一部分，虽然与贵族的奢侈相比，他们缺少了很多，但也或多或少被贵族化了。那些女主子身边的大丫环，实际已成了名副其实的“副小姐”，神气得很。那些个赖大家的、周瑞家的，还有林之孝、赖大、来升，已经是贾府的中层管理人员，掌握着贾府的一部分权力。他们甚至还有被改变身份的机会，当上主子，以致作威作福。那个世代为奴的赖嬷嬷，她的孙子赖尚荣，不是当上了县太爷，一样的有花园洋房，家中丫环成群吗？

写到这里，倒要劝一些人大可不必为大观园里的奴隶们的命运打抱不平，大可不必为这些奴隶们的“解放”去大声疾呼，他们是“不奴隶，毋宁死”，你要去解放他们，不是让他们去死吗？世界上确实就有这样的怪事呢！

五十六、贾府吃的是什么

荣国府五日一大宴，二日一小宴及平常日子，他们吃的是什么呢？第8回宝玉在薛姨妈处吃便餐，说前日在宁国府尤氏那儿吃的鹅掌、鸭信好吃，薛姨妈就把自己糟的取了些来与他吃。鸭信就是鸭子的舌头，把鸭舌煮熟后用香糟卤汁浸泡，入味后即成一道美味冷盘。可是光一个冷盘就要多少鸭子的舌头？第63回，小丫环芳官告知厨房的柳嫂送些吃的来，柳嫂派人送了一个盒子来，里面是一碗虾丸鸡皮汤，又是一碗酒酿清蒸鸭子，一碟腌的胭脂鹅脯，还有一碟四个奶油松瓤卷酥，并一大碗热腾腾碧荧荧蒸的绿畦香稻粳米饭。小丫环芳官也挑剔，嫌鸡皮虾丸汤味腥，酒酿清蒸鸭子油腻，只拣了两块腌鹅，又将汤泡饭吃了一碗。胭脂鹅脯是冷盘，要做得色如胭脂，必须将鹅肉加盐和硝生腌，再上蒸笼蒸熟，做出来后清爽油嫩，确是一份好菜。一个小丫环竟有如此之享用，令人惊诧。第75回写到贾母平时的吃饭，几色菜摆上后，另外还有别人送来孝敬她的几样菜。贾母吃了一些椒油莼菜酱，也是她平常喜欢吃的，莼是一种水生植物，花和叶子可以食用。还有两种菜，一种是鸡髓笋，也就是鸡骨髓炒笋片，另一种是风腌果子狸，这是罕见的菜肴了。瞧贾府平时的吃饭菜馔，大致也就了解了贾府内吃喝是怎么一回事。

书中写到的一种菜肴，引起了众多人的兴趣。这就是刘姥姥第二次进荣国府，在一次家宴上吃一种茄子做的被称作“茄鲞”的菜，她问是什么菜，怎么做的？凤姐告诉她：把才下来的茄子把皮刨了，只要净肉，切成碎钉子，用鸡油炸了，再用鸡脯子肉并香菌、新笋、蘑菇、五香腐干、各色干果子切成钉子，用鸡汤煨了，将香油一收，外加糟油一拌，盛在瓷罐子里封严，要吃时拿出来用炒的鸡瓜子一拌就是。这么做茄子，不光是刘姥姥，就是读者也会惊叹不已。有人说这样做出来的茄子根本不能吃。这种被称作茄鲞的菜，其中既有茄子，又有鸡肉、香菌、新笋、腐干、果子作配料，实际是一份杂烩菜，应该说是一份美味佳肴，未必就不能吃。从做茄子这么复杂的工序可以看出封建侯门贾府的奢侈，更不要说皇宫里的吃喝是何等的豪奢了。据说广东有的地方确实搞出了“红楼宴”，每上一道菜，就按《红楼梦》中的描写逐一作介绍。但茄鲞这一道菜一般不上，据说是太难做，真正做出来，价格很贵，也极好吃。

俗话说“三代为官，方知穿衣吃饭”。这里是指官家的穿衣吃饭，普通老百姓家只是粗茶淡饭，写出来当是另外一回事。曹雪芹家族三代为官，才能在书中把吃写得如此臻于极致。

五十七、关于吃药

《红楼梦》中写吃药的地方不少，而每一处都有独立的情节。晴雯得感冒后，第一次给她看病的是胡庸医，开的药方内有紫苏、桔梗、荆芥等，还有枳实、麻黄。宝玉看了药方，认为用枳实、麻黄太重，虽属疏散内滞的药，但用在女孩儿身上不合适，后来换了一个姓王的大夫，药方中就去掉了枳实、麻黄，改用当归、陈皮、白芍等，宝玉认为用药得当。这样换药是很有道理的。枳实虽然能化痰消积，但脾胃虚弱者必须慎用；麻黄的主要成分是生物碱，主治外感风寒发热等，但发汗力较强，所以表虚及阴虚盗汗者忌用。这两种药用在晴雯这样的女孩儿身上是不合适的。王大夫改用当归、陈皮等补气的药，当归补血活血、调经怯痛，陈皮理气健脾、燥湿化痰，显然是正确的治疗方法。经过一段时间的治疗，晴雯的病也就慢慢痊愈了。

再说秦可卿生病。由冯紫英介绍来给秦可卿看病的张大夫诊断，秦可卿是个“心性高强、聪明过人的人，聪明太过，则不如意之事常有，不如意事常有，则思虑太过。此病是忧虑伤脾，肝木太旺，经血所以不能按时而至”。大夫所诊断的与她婆婆尤氏说的“他可心细，心又重，不拘听见个什么话儿，都要度量个三日五夜才罢，这病就是打这个秉性上头思虑出来的”十分相符。张大夫给她开的药是“益气养荣补脾和肝汤”，包括人参、白术、云苓、熟地、归身、白芍、川芎、香附米、醋柴胡、怀山药、真阿胶、延胡索、炙甘草等。并嘱“今年一冬是不相干的，总是过了春分，就可望全愈”。这是非常专业的。书中写秦可卿两年后死了，明显地与大夫说的“过了春分，就可望全愈”相矛盾，既然过了春分就能痊愈，为什么两年后又死了呢？这是作者暗示秦可卿之死是别有原因，以秦可卿生病掩盖了因她与贾珍通奸被丫环撞见而自杀的最后结局，并与秦可卿的“淫丧天香楼”判词一致起来。

最奇怪的当是薛宝钗吃的“冷香丸”。制法是：春天开的白牡丹花蕊十二两，夏天开的白荷花蕊十二两，秋天的白芙蓉蕊十二两，冬天的白梅花蕊十二两。将这四样花蕊，于次年春分这日晒干，和在药末子一处，一齐研好。又要雨水这日的雨水十二钱，白露这日的露水十二钱，霜降这日的霜十二钱，小雪这日的雪十二钱。把这四样水调匀，和了药，再加十二钱蜂蜜，十二钱白糖，丸了龙眼大的丸子，盛在旧瓷坛内，埋在花根底下。若发了病时，拿出来吃一丸，用十二分黄柏汤送下。

这样制出来的“冷香丸”，治的是什么病呢？宝钗说她从娘胎里带来的一股热毒，吃什么药都治不好，只有吃这冷香丸才灵验。其成分实际就是四种花蕊，加黄柏。从药理上说，这四种花蕊，《本草纲目》里说，冬天里白梅花，放蜜罐中，服时取出做成汤服用，可以解毒，清神思。牡丹花可以治女子经脉不通，血沥腰痛。荷花又称莲花，水芙蓉，对人体有补气养神、益气力，去热除寒，却百疾之功效，长久服用，绝无毒副作用。黄柏的药理作用就是驱散五脏肠胃中的结热。所以用这些材料制成的药丸，即使常年吃也是百利无害。

给尤二姐看病的又是那个给晴雯看病的胡庸医，用的依然是虎狼药。连贾琏都看出来了，尤二姐已经三个月无经行，又常作呕，是胎气。胡庸医却说不是，还说了一通道理："若论胎气，肝脉自应洪大。然木盛则生火，经水不调亦皆因由肝木所致。"还要让尤二姐露一露脸，然而见了尤二姐的脸，"魂魄如飞上九天，通身麻木，一无所知"（第 69 回）。胡乱开了个疏血通经脉的药方，结果把一个成形的男胎打了下来。这个胡庸医，不光医术极差，医德也极为丑恶。有人怀疑这个胡庸医与凤姐串通，是故意这样做的。

中医是国医，当时西医还没有传到中国。中医中草药能够治病，这是中医能得以存在和发展的基础。从书中用中医治病的案例看，曹雪芹对中医的了解和运用，是颇有一定水平的。

五十八、大户人家的祭祀是咋回事

《红楼梦》的要点是敢于如实描写，并无讳饰，和从前的小说写好人完全是好，坏人完全是坏大不相同。作者的是非爱憎并不作主观的直接表露，没有许多小说包括外国文学中的那种冗长而又抽象的主观描写，而是深含在作者创造的客观世界里，增添了实际生活的“原汁原味”。王蒙先生说《红楼梦》“对于时尚者，永远时尚；对于少女，永远少女；对于忧患老人，永远地老天荒”（《误读红楼》序言）。

大户人家的祭祀是怎么回事，现在知道的人已经不多了。封建社会有宗祠，就是供奉祖宗牌位的地方。族内人每年都要去祠堂祭祀（笔者现在还记得小时候随大人去那里跪拜烧纸的情景，祠堂早在合作化时就被改造成仓库，大跃进时被拆除，祖宗牌位也付之一炬）。贾府是敕封贵族，当然每年都有祭祖礼仪。第53回就是写的这个祭祀场面。

贾府人分昭穆排班立定：贾敬主祭，贾赦陪祭，贾珍献爵，贾琏贾琮献帛，宝玉捧香，贾菖贾菱展拜毯，守焚池。青衣乐奏，三献爵，拜兴毕，焚帛奠酒，礼毕，乐止，退出。众人围随着贾母至正堂上，影前锦幔高挂，彩屏张护，香烛辉煌。上面正居中悬着宁荣二祖遗像，皆是披蟒腰玉；两边还有几轴列祖遗影。贾荇贾芷等从内仪门挨次列站，直到正堂廊下。槛外方是贾敬贾赦，槛内是各女眷。众家人小厮皆在仪门之外。每一道菜至，传至仪门，贾荇贾芷等便接了，按次传至阶上贾敬手中。贾蓉系长房长孙，独他随女眷在槛内。每贾敬捧菜至，传于贾蓉，贾蓉便传于他妻子，又传于凤姐尤氏诸人，直传至供桌前，方传于王夫人。王夫人传于贾母，贾母方捧放在桌上。邢夫人在供桌之西，东向立，同贾母供放。直至将菜饭汤点酒茶传完，贾蓉方退出下阶，归入贾芹阶位之首。凡从文旁之名者，贾敬为首，下则从玉者，贾珍为首，再下从草头者，贾蓉为首，左昭右穆，男东女西，俟贾母拈香下拜，众人方一齐跪下，将五间大厅，三间抱厦，内外廊檐，阶上阶下两丹墀内，花团锦簇，塞的无一隙空地。鸦雀无闻，只听铿锵叮当，金铃玉佩微微摇曳之声，并起跪靴履飒沓之响。一时礼毕。

这样的祭祀场面，出现在那个时代是普遍存在的一种现象，但时隔几个世纪，在现代工业社会里已不可能再见到，即使在历史书中也找不见如此具体的祭祀场景，而《红楼梦》这部小说里能见到。曹雪芹确实是要把《红楼梦》写成贵族大家庭生活的百科全书，越是写到专门的地方，就越精细，越不厌其繁，越细腻真实。

婚丧嫁娶更是纷繁复杂。单说婚嫁，议亲订婚就有庚帖、三媒六聘、放定（下茶）、通书、合婚、过礼；出嫁时有开脸、上头、拜堂、入洞房、坐床等，婚后还有九回。贵族的葬仪，秦可卿之死在书中最隆重，最讲排场，整整花了13、14、15三个回目，诸如报丧、停灵、七作、入殓、灵疏牌、榜、守灵、伴宿、举哀、诵经、水陆道场、出殡、路祭、奠仪、吊纸、穿孝、掩灵、诔文、衔口、垫背、守制、除服等等，极尽风光，穷尽奢华。

再说出行。最现代、最大众化的出行是开自己的小轿车。贵族贾府众人是咋出行的？书中清虚观打醮是小说中有趣的一幕：

少时，贾母等出来，贾母坐一乘八人大轿，李氏、凤姐儿、薛姨妈每人一乘四人轿，宝钗、黛玉二人共坐一辆翠盖珠缨八宝车，迎春、探春、惜春三人共坐一辆朱轮华盖车。然后贾母的丫头鸳鸯、鹦鹉、琥珀、珍珠，林黛玉的丫头紫鹃、雪雁、春纤，宝钗的丫头莺儿、文杏，迎春的丫头司棋、绣桔，探春的丫头待书、翠墨，惜春的丫头入画、彩屏，薛姨妈的丫头同喜、同贵，外带着香菱，香菱的丫头臻儿，李氏的丫头素云、碧月，凤姐儿的丫头平儿、丰儿、小红，并王夫人两个丫头也要跟了凤姐儿去的金钏儿、彩云，奶子抱着大姐儿带着巧姐儿另在一车，还有两个丫头，一共又连上各房的老嬷嬷奶娘并跟出门的家人媳妇子，乌压压的占了一街的车。贾母等已经坐轿去了多远，这门前尚未坐完。（第29回）

有的电视剧的拍摄需要反映历史上祭拜等情节，《红楼梦》书中就有最真实的蓝本。

五十九、通部书之“大过节、大关键”

省亲期间，在贾府众人的簇拥下，贾元春点了四出戏：第一出，《豪宴》；第二出，《乞巧》；第三出，《仙缘》；第四出，《离魂》。

这四出戏是什么样的戏？它对贾府之命运、对《红楼梦》中的人物起到了怎样的预示作用？脂砚斋批道：“所点之戏剧伏四事，乃通部书之大过节、大关键。”脂砚斋既然说是“通部书”，那么就不仅是前八十回，而是脂砚斋在看过全书后发现的“大过节、大关键”。

贾元春点的第一出戏《豪宴》。脂砚斋的评语是：“《一捧雪》中，伏贾家之败。”《豪宴》这出戏是清初戏剧家李玉的作品《一捧雪》里的一出。《一捧雪》写的是莫怀古的家里有九世相传的珍贵玉杯“一捧雪”，大奸臣严世蕃想占为己有，向莫怀古索要。莫怀古不敢不给又不舍得给，就用赝品代替。莫怀古的门客汤勤向严世蕃告密说玉杯是假的，严世蕃把莫怀古害得家破人亡。老仆莫成代替莫怀古被处死，莫怀古的侍妾雪艳刺杀汤勤后自杀，这就是至今还在京剧舞台上演出的《审头刺汤》。莫怀古藏在戚继光的家里，后来严嵩和严世蕃倒台，莫怀古复职，莫成和雪艳得到皇帝封赠。《一捧雪》里的《豪宴》写莫怀古因为补官到京城，以世交的关系拜谒严世蕃，把自己的门客汤勤推荐给严世蕃。众人在一起饮酒看戏。这里边还有个戏中戏《中山狼》，实际指汤勤是中山狼。贾妃点这出

《豪宴》，显示了场面的热烈，也很符合当时的喜庆景象。

为什么说这出戏预示贾家之败？因为后来贾家发生了一件跟抢夺玉杯“一捧雪”相似的事件。贾赦看上了石呆子的扇子，要买来收藏，石呆子偏偏发了呆劲，说什么也不卖。贾赦就勾结贾雨村利用手中的权力，说石呆子欠了官府的银子，逮捕入狱，把他的扇子抄来送给贾赦。按照曹雪芹的构思，贾赦霸占石呆子的扇子，导致石呆子家破人亡，是贾府被抄的原因之一。所以说《豪宴》“伏贾家之败”。

第二出戏《乞巧》。脂砚斋评语说：“《长生殿》中，伏元妃之死。”《长生殿》是清初著名戏剧家洪昇的剧作，演绎了唐明皇跟杨贵妃的爱情悲剧。《乞巧》（原作中称《密誓》）是剧中的一出。七月七日杨贵妃在长生殿“乞巧”，希望她和唐明皇情缘长久，这时唐明皇来了，杨贵妃说起牛郎和织女的情缘，伤心流泪。唐明皇对天发誓说，要跟杨贵妃生生世世共为夫妇，永不分离，说出了“在天愿作比翼鸟，在地愿为连理枝”这样流传千古的誓言。但后来安史之乱发生，唐明皇携杨贵妃外逃到马嵬坡，军士实施“兵谏”，唐明皇不得不下令缢死杨贵妃。脂批在这里点出“伏元妃之死”，明白指出贾妃最后失宠，难逃“断肠枉泣红颜命”的结局。原来纵然贵为皇妃，也是“薄命司”里的一员罢了。

第三出戏《仙缘》。脂砚斋评语是：“《邯郸梦》中，伏甄宝玉送玉。”《邯郸梦》即《邯郸记》，是明代大戏剧家汤显祖的名作。根据唐传奇《枕中记》写成。写的是卢生在梦中得到娇妻，大富大贵，出将入相，又因为官场倾轧，被贬到云南。卢生醒来时才发现，他的大起大落只不过是做了一个梦，留下了“黄粱一梦”的成语。《仙缘》这一出，是写卢生梦醒后看破了人生，被吕洞宾引渡上天，接过何仙姑手里的花帚扫花。脂砚斋认为这出戏预伏了将来甄宝玉送玉的事。

甄宝玉送玉，当然是给贾宝玉送玉。甄宝玉在什么情况下，为什么和怎样给贾宝玉送玉，通灵宝玉怎么阴差阳错到了甄宝玉的手里，因为曹雪芹写的后四十回已经迷失，成了永远的谜。

且看第21回有条回前脂砚斋评语。第21回的回目是“贤袭人娇嗔箴宝玉，俏平儿软语救贾琏”，袭人对贾宝玉没日没夜地跟姐妹们玩发了脾气，教训贾宝玉，贾宝玉听从袭人的教训，表示以后一定改；平儿发现了多姑娘留下的头发，在王熙凤马上要进来时，给贾琏藏了起来。脂砚斋评语原话是：“按此回之文固妙，然未见后三十回犹不见此之妙。此曰‘娇嗔箴宝玉，软语救贾琏’，后曰‘薛宝钗借词含讽谏，王熙凤知命强英雄’。今只从二婢说起，后则直指其主。然今日之袭人、之宝玉，亦他日之袭人、之宝玉也；今日之平儿、之贾琏，亦他日之平儿、之贾琏也。何今日之宝玉犹可箴，他日之玉已不可箴哉？今日之琏犹可救，他日之琏已不可救耶？‘箴’与‘谏’无异也，而袭人安在哉？宁不悲乎？‘救’与‘强’无别也甚矣，但此日阿凤英气何如是也，他日之身微命蹇，展眼亦何如彼耶？人世之变迁如此，光阴之倏尔如此。”

这段批语的大体意思是：读者看到这一回的文字写得妙，如果看到后三十回相似的情节就会更觉得妙了。现在是写袭人娇嗔宝玉，平儿救贾琏，是写丫环，后边直接写到她们的主子，薛宝钗劝诫贾宝玉，贾宝玉不听；王熙凤在贾琏跟前装充英雄，贾琏不理。今天的贾宝玉和贾琏都可以劝可以救，后来却不听劝也不能救了。今天的王熙凤英气飒爽，后来的王熙凤身份低微命运不济，人世居然发生了这么大的变迁！

根据《仙缘》的内容，可作这样的推测：贾宝玉在失玉的情况下跟薛宝钗成了亲，薛宝钗也想按照正统理念来重塑贾宝玉，但是贾宝玉根本不听薛宝钗的劝解。后来甄宝玉来给贾宝玉送玉，贾宝玉得了玉，就不再疯癫，看破人生，学卢生出家做和尚去了。

第四出戏《离魂》。脂砚斋评语是"《牡丹亭》中，伏黛玉之死"。《牡丹亭》是汤显祖的名作，《离魂》就是《牡丹亭》中《闹殇》一出改成的折子戏。《牡丹亭》写的是南安太守杜宝的独生女杜丽娘，美丽聪慧，纯真可爱。她读《诗经》"关关雎鸠，在河之洲"，从鸟儿成双，领悟到"人何以不如鸟乎?"自己年轻美丽何以没有伴侣？跟丫环春香一起到后花园，杜丽娘看到满园春色，感慨年华虚度，很伤感。回到闺房，杜丽娘入梦，在梦中跟书生柳梦梅在牡丹亭畔幽会，梦醒之后，杜丽娘到花园中寻梦没寻着，伤心至极病倒了。杜丽娘从春天病到深秋，在中秋之夕，想看看中秋的明月，结果看到的却是秋雨淅淅沥沥，西风刮着梧桐叶一片一片飘落，杜丽娘心病难医，心事无人可诉，就带着对爱情的渴望，告别双亲，在连宵夜雨中离开了人世。

《离魂》写杜丽娘病重而死。脂砚斋认为这出戏预伏了林黛玉之死。也就是说，从《牡丹亭》杜丽娘之死，可以推见林黛玉之死。

《红楼梦》中写林黛玉进入大观园后，贾宝玉到潇湘馆看望，当时是春天，贾宝玉进入潇湘馆看到的景色是"凤尾森森，龙吟细细"，潇湘馆竹木茂密，春风吹拂着竹梢发出优美的响声，很符合宝黛爱情开始时的勃勃生机和盎然诗意。林黛玉死后，贾宝玉再到潇湘馆，看到的却是一片荒凉冷落景象。脂砚斋的评语透露出这一内容："与后文'落叶萧萧，寒烟漠漠'一对，可伤可叹。"曹雪芹写林黛玉之死，显然受到杜丽娘之死的影响。林黛玉是在潇湘馆泪尽而亡。她是为贾宝玉而泪尽，"质本洁来还洁去，不教污淖陷沟渠"。按林黛玉的性格和病弱之躯，绝不会去投湖自寻，糟蹋自身。更没有什么调包计之类的庸俗夸张而又肤浅离奇的情节。

第四辑　探问红楼

六十、贾府的最终结局是什么

曹雪芹写的《红楼梦》给贾府以何结局，因为后四十回的稿子已失散，无法知晓。只能从前八十回透露出来的蛛丝马迹中作一些推断。

第 4 回“葫芦僧乱判葫芦案”是全书十分关键的一回。贾雨村刚上任就碰到薛蟠打死冯渊的葫芦案，根据门子提供的“护官符”，贾雨村毫不犹豫地作出了胡乱判决，了结了这一起人命官司。还急忙修书二封，告诉贾政并京营节度使王子腾，说“令甥之事已完，不必过虑”。此回有脂批：“此等人家岂必欺霸方始成名耶？总因子弟不肖，招接匪人，一朝生事，则百计营求，父为子隐，群小迎合，虽暂时不罹祸，而从此放胆，必破家灭族不已，哀哉!”又批：“早为下半部伏根。”

葫芦案实际上是贾府败亡的导火索。搅进这个葫芦冤案的不只是贾雨村，还有贾赦、贾政、王子腾，更牵出了石呆子的冤案，一整溜儿“多米诺骨牌”。

其实，贾府子侄们干下的坏事不可胜数，像葫芦案、石呆子案、王熙凤谋杀尤二姐案，哪一件不是死罪？还有贾府私自转移甄府财产，贾琏在居丧期间偷娶尤二姐为妾，王熙凤放债重利盘剥，等等，都是触犯大清刑律的犯法行为。单说第 15 回，“王熙凤弄权铁槛寺”，长安守备之子与张金哥退婚之事，王熙凤从中插手，假托贾琏所嘱修书一封，连夜往长安府勾结节度使云光，强迫退婚，凤姐坐收三千两银子，还逼死了两条人命。此回有脂批："凤姐恶迹多端莫大于此件者，受赃退婚以致人命。"这件事按大清《刑律·杂犯》中所述"嘱托公事"一款，"凡官吏诸色人等为人嘱托者，杖一百；所枉重者，与官吏同罪，至死者减一等。若受赃者，并计赃以枉法论。当该官吏听从所枉之罪重者，官吏以故出入人罪论，至死者坐以死罪。"照此说法，凤姐、贾琏、云光，都是死罪难逃。再说放高利贷，按大清《户律·钱债》："凡私放钱债，每日取利不得过三分，年月虽多，不过一本一利，违者笞四十，以余利计赃重者，坐赃论罪，止杖一百。"按"不枉法赃"论罪，"九十两杖一百徒三年，一百二十两杖一百流三千里，一百二十两以上绞监候。"王熙凤这个放债破落户，私下把丫环们的月钱放债出去坐收利钱，每年就坐收上千银子，也早就该绞监候了。

然虽有刑律法典，封建社会奉行的是"刑不上大夫"。大清对"职官犯法"规定："凡在京在外大小官员有犯公私罪名，所司开具事由，实封奏闻请旨，不许擅自勾问。若许准推向，依律议拟，奏闻区处，仍候覆准，方许判决。"以贾府之显赫地位，更有所谓"八议"的"护身符"，其中之第七议是"议贵"，"凡爵一品及文武职事官三品以上，散官二品以上者"，便属议贵之列。"凡八议者犯罪，实封奏闻取旨，不许擅自勾问"，"先奏请议，议定奏闻，取自上裁"。治不治罪，说到底还是"人治"，还是皇帝老儿说了才算数。贾府众人之所以如此胆大妄为，还不是凭借朝中有靠山，后台硬，皇帝老儿那里的根子扎的牢。

由此可见，贾府在朝中的根基集中到了贾妃娘娘的身上。因为有一个女儿嫁给了皇上，虽然只是个皇妃，贾府也俨然是皇亲国戚，有谁敢动它呢？尽管贾赦、贾珍之流做尽了坏事，只要贾妃在宫中坐稳，谁都奈何不了他们的。

贾妃娘娘在宫中的地位稳不稳呢？从《红楼梦》前八十回看，贾妃坐得很稳当。因为有贾妃在宫中坐镇，地位显赫的东、南、西、北郡王对贾府都格外照料。这从平时的往来中看得很清楚。在秦可卿出殡时，东平郡王、南安郡王、西宁郡王、北静郡王，都分别摆了“路祭”，北静郡王水溶更“换了素服”，亲临祭棚，命长府官“主祭代奠”，亲自与宝玉相谈多时。在贾母八旬寿庆时，南安郡王、北静郡王及王妃专程前来贺寿，二王由宁府接待，二王妃由荣府接待。南安太妃与贾母谈得何等热乎，还问起宝玉，召见众小姐，简直亲如一家。东平郡王与贾府是同乡，荣国府的“荣禧堂”正中对联即是东平郡王手书。

那么贾府在朝中就没有对立面吗？非也。第33回，忠顺亲王府为了一个戏子琪官（蒋玉菡），竟然派人前来索要，态度十分傲慢，而忠顺王府与贾府素无往来，所以吓得贾政直担心“祸及于我”，因为此事几乎把宝玉活活打死。忠顺亲王府为什么敢对皇亲国戚的贾府如此不敬，很可能此王府与皇帝老儿的关系极深，或有人在皇帝的身边近侍，是贾妃在宫闱争斗中的敌手。忠顺王府与其他东、南、西、北四王府不同，四王府都被称作“郡王”，独忠顺王府被称作“亲王”，可见忠顺王府与皇帝的关系非同一般。

从宫闱中的纠缠到朝中诸王间的厮斗，再到贾府这个层次的卷入，勾画出一幅“虎兕”相争的恐怖情景。贾妃的判词中有“虎兕相争大梦归”。“虎兕争兮于朝廷”，这一典故出自东汉王逸所著《楚辞章句》中的《九思》，为伤愍屈原而作，直斥朝政之险恶。“兕”是古时传说中的一种犀牛类的独角凶兽。《说文》云：“兕如野牛而青。”《尔雅·释兽》上说：“兕似牛。”虎兕相争，是三千年中国封建政治争斗的缩影。所谓成者为王、败者为寇。在这场持久的纷争中，随着贾妃的薨逝，一切也就有了结果。

东、南、西、北郡王绝不会为贾府去“赴汤蹈火”，最多也只是照料一下贾府的善后事宜，而贾府的众人特别是贾赦、贾珍之流做出来的事也确实够恶贯满盈了，最终是一败涂地。

贾府究竟败到什么程度？因为曹雪芹没有留下后四十回的稿子，可以肯定的是，绝不是高鹗笔下的那种“沐皇恩”、“延世泽”、“家道复初”的情景，而是如书中前八十回和脂砚斋批语透露出来的那样。大致是：贾政肯定被革职了，因为是贾府唯一为官清正勤勉者，“圣上”标榜“以孝治天下”，因此被批准扶贾母的“慈柩”归故里，入土“守灵”，而贾政也确无劣迹。贾赦、贾珍肯定是“锁枷杠”，即使不判死刑，活罪也是逃脱不了的。贾赦很可能就死在狱中了。贾府其余的平时有恶行的子侄一个也跑不掉，统统关进了“狱神庙”。狱神庙是庙而不是狱，它在监狱的大门内而在监牢之外，其实就是个祭神弄鬼的地方，用现代的话说就是临时拘留所。甲戌本第 26 回有一段眉批：“《狱神庙》回有茜雪红玉一大回文字，惜迷失无稿，叹叹。”第 20 回有批语：“余只见有一次誊清时，与《狱神庙慰宝玉》等五六稿被借阅者失迷，叹叹。”证实宝玉也关在狱神庙内，茜雪、小红还去探望照料过。至于邢、王夫人等女眷，则被圈禁在一个地方，很可能就在家庙铁槛寺内。秦可卿早就托梦王熙凤，叫她在祖坟周边多置些房产土地，以便将来败落时带着子孙回去耕读，可是王熙凤只当作耳边风。贾府被抄家后，女眷无处安身，只好把家庙的和尚道士赶走，栖身家庙内。王熙凤的结局自然不妙，虽然其人罪恶累累，但因终是女眷，外头的事都是男人出面干的，被“休”后“哭向金陵”回娘家去，而娘家也已败落，于是年纪轻轻就忧愤而死。亦如第 43 回尤氏对王熙凤说“弄这些钱哪里使去，使不了，明儿带了棺材里使去”，脂砚斋旁批道：“此言不假，伏下后文短命。”总之，是一派“树倒猢狲散”，家亡人散各奔腾的景象，落了个“白茫茫大地真干净”！

宝玉为什么也被关进了狱神庙？按说宝玉并无劣迹，很可能是受牵连。宝玉的三个挚友，秦钟早早就死了，蒋玉菡因为私自逃出忠顺王府，在外匿居，牵连到王府派人来贾府找宝玉要人。第三位挚友柳湘莲更不是一盏省油的灯。第一回《好了歌》的“注解”，其中的一句是：“训有方，保不住日后作强梁。”甲戌本在“作强梁”旁朱批：“柳湘莲一干人。”因此，很可能因为柳湘莲的“强梁”（强盗）之事祸及宝玉。

相比较而言，女眷中只有巧姐尚有一个好结局。“偶因济刘氏，巧得遇恩人”，由此可知，依曹雪芹的写作初衷应为刘姥姥最终救巧姐于火坑，与板儿成亲，虽不如当年富贵，因为贾府多年周济，加上刘姥姥的精明，却也衣食无忧，过上了小康生活。男眷中贾兰自有一番成就，“桃李春风结子完，到头谁似一盆兰”，面对贾府的一败涂地，贾兰经过自身的努力，“气昂昂头戴簪缨，光灿灿胸悬金印”，应该有一番作为。但结局依然不妙，逃不过“昏惨惨黄泉路近”的下场。

宝玉最终是“悬崖撒手”。他原本就是一块因未得补天的石头，又是赤霞宫神瑛侍者，以此双重身份，投胎来人间，了却一场情缘，最后自然要去警幻仙子那儿报到销号。只是青埂峰下的那块顽石上已写满密密麻麻的字迹，记录下了这历尽离合悲欢炎凉世态的一段故事。

六十一、《红楼梦》的作者是谁

《红楼梦》这本书的作者，在书的开头列出了几个人。女娲在大荒山无稽崖炼石补天，炼成顽石三万六千五百零一块，独留下一块未用，这块石头经过煅炼，灵性已通，因见众石俱得补天，独自己无才，不堪入选，遂自怨自叹，日夜悲号。后来被僧道超度到人间下凡，去那“昌明隆盛之邦，诗礼簪缨之族，花柳繁华地，温柔富贵乡”走一遭，回来后在大石头上记下了下凡到人间历尽离合悲欢、炎凉世态的一段故事。这段故事被空空道人抄录下来，问世传奇，改《石头记》为《情僧录》。东鲁孔梅溪则题曰《风月宝鉴》。后因曹雪芹于悼红轩中披阅十载，增删五次，纂成目录，分出章回，题曰《金陵十二钗》。

空空道人看到的大石头上所记下的“字迹分明，编述历历”的故事，这段故事是谁写下的呢？书中没有说出来。空空道人从头至尾抄录了下来，并改《石头记》为《情僧录》，东鲁孔梅溪题《风月宝鉴》。空空道人只是作了抄录和改动了书名，孔梅溪只作了书名改动，两人都没有别的大动作。后来曹雪芹于悼红轩中“披阅十载，增删五次，纂成目录，分出章回”，付出了十年辛勤的劳动。所以说，真正的作者实际就是两个人，一个是在大石头上写下的“字迹分明，编述历历”的那个人，另一个就是大名鼎鼎的曹雪芹。

对这一段话，有的红学研究者认为前面一段是虚笔，真正的作者就是曹雪芹一个人。也有人说《红楼梦》这本书早就有了，曹雪芹只是做了“披阅”“增删”工作，并不是真正的作者。

说前面一段是虚笔，还没有确实的证据，还只能作为一种猜测。说曹雪芹只是做了一些披阅、增删工作，从而否定曹雪芹的创作《红楼梦》的地位，这是罔顾事实。按照这种说法，曹雪芹“于悼红轩中披阅十载，增删五次，纂成目录，分出章回”，这十年辛勤劳动，如此浩繁的工作量，怎么作出解释？再看那首七绝：“满纸荒唐言，一把辛酸泪！都云作者痴，谁解其中味？”其中字字句句所包含的血泪，难道不使每个读者动容？除非是别有用心或木头人，才会无动于衷。

所以客观地说，在曹雪芹之前，确实有过一本《石头记》或叫作《风月宝鉴》的书，就是叙述那块未得补天的石头投胎到人间的故事。曹雪芹看到后，激发起了他的创作热情。“披阅十载，增删五次，纂成目录，分出章回”，付出了巨大的辛劳，终于写成了这部千古称绝的传世巨著。曹雪芹至少是《红楼梦》的真正作者之一，这是当之无愧的。

那么，前面说的记述石头下凡经历的那段故事的作者是谁呢？现已发现的最早的《红楼梦》手抄本，即《脂砚斋重评石头记》，留下了大量批注，其中的一些批注透露了一些珍贵的情况。

甲戌本是目前发现的最早的《红楼梦》抄本，称作《脂砚斋重评石头记》，在“改《石头记》为《情僧录》，东鲁孔梅溪则题曰《风月宝鉴》”旁边有脂砚斋眉批：“雪芹旧有《风月宝鉴》之书，乃其弟棠村序也。今棠村已逝，余新怀旧，故仍因之。”

在“满纸荒唐言，一把辛酸泪”旁边，有脂砚斋眉批：“能解者方有辛酸之泪，哭成此书。壬午除夕书未成，芹泪尽而逝。余亦哭芹，泪亦待尽。”

在甲戌本第12回脂砚斋批道：“‘秦可卿淫丧天香楼’，作者用史笔也。老朽因有魂托凤姐贾家后事二件，嫡是安富尊荣坐享人能想得到处？其事虽未漏，其言其意，则令人悲切叹服，姑赦之，因命芹溪删去。”

庚辰本第75回前又有批语：“乾隆二十一年五月初七日对清，缺中秋诗，俟雪芹。”

这众多的批语，说明了这样的事实：曹雪芹确实得到了一本叫作《风月宝鉴》的书，并有一个叫棠村的作序。在这本书的基础上，曹雪芹花了毕生的心血，写出了《红楼梦》，直到去世，还没有完成。也就是我们现在所见到的前八十回。

那么，原有的那本《风月宝鉴》是一本什么书呢？是什么人创作的呢？现在看来都是一个谜。但有一点可以肯定，这是一本才子佳人书。不然的话，曹雪芹怎能在此基础上，花费十年功夫和毕生精力，才写出前八十回，还有后四十回未得完成？设想如果那本叫作《风月宝鉴》的书是一本类似《红楼梦》的惊世之作，为什么没有手抄本流传下来，在历史长河中无影无踪呢？所以可以肯定地说，所谓《风月宝鉴》，也就是一块未得补天的石头投胎到了人间，经历了一番才子佳人式的故事的书。按书中所说：“上面虽有些指奸责佞、贬恶诛邪之语，亦非伤时骂世之旨；及至君仁臣良、父慈子孝，凡伦常所关之处，皆是称功颂德，实非别书之可比。虽其中大旨谈情，亦不过实录其事，又非假拟妄称，一味淫邀艳约、私订偷盟之可比。”（第1回）这本书就是一本极普通的才子佳人小说。从曹雪芹创作的《红楼梦》前半部分看，其中的一些带淫秽的描写，很可能就是其留下的痕迹。有人想借先有《风月宝鉴》这本书，来否定曹雪芹的《红楼梦》创作者的地位。更有人在证据不足的情况下，提出是别的某个人创作了《红楼梦》。除非有人能拿出足够的证据，证明以上批语是伪造的。

然而迄今为止，谁也拿不出证据来。所有提出是别的什么人创作了《红楼梦》说法，都拿不出足够的证据，都是个人的主观臆想，信口而来，是不能为广大读者所接受的。

但所谓的这本被称作《风月宝鉴》书的来龙去脉不搞清楚，曹雪芹作为《红楼梦》作者的地位就难以稳固。

甲戌本在“并题一绝云”处还有一段眉批，这段批语是：“若云雪芹披阅增删，然后（则）开卷至此这一篇楔子又系谁撰，足见作者之笔狡猾之甚。后文如此者不少。这正是作者用画家烟云模糊处，观者万不可被作者瞒弊（蔽）了去，方是巨眼。”

按批者所说，这篇“楔子”也是曹雪芹的原创，是作者曹雪芹的“狡猾之笔”，这样说似乎很有些武断，没有充足的证据。不妨把这段话理解成正话反说，或者反话正说。也就是说，确实原来有一本书上写了这样的一段话，被曹雪芹采用了，同时又被他作了改造。所以既可以说是曹雪芹的创作，也可以说是原来就有的，并且不光是那样的一篇“楔子”，书中的不少地方也是这样。这正是“画家烟云模糊处”。

大凡一部伟大著作能够诞生，差不多都是作者的愤世之作，尝尽人世间痛苦之后才成就辉煌，巨著与苦难总有不解之缘。经过几代红学家的辛勤挖掘，曹雪芹的生平考证已经证明，曹雪芹具有创作《红楼梦》的激情和能力。曹家从曹玺开始，曹寅（栋亭）、曹颙、曹頫三代四人任职清康熙年间江宁织造，雍正时曹家被抄家，全家流落北京。曹雪芹于贫困潦倒中创作《红楼梦》。如果曹雪芹家庭没有发生变故，一生富贵，他也许可以成为一个诗人，留下佳作，但他绝不会创作出《红楼梦》这样的巨著。

清室豫良亲王修龄的次子裕瑞（1771－1838）在其所著的《枣窗闲笔·后红楼梦书》中写道：“闻旧有《风月宝鉴》一书，又名《石头记》，不知为何人之笔。曹雪芹得之，以是书所传述者，与其家之事迹略同，因借题发挥，将此部删改至五次，越出越奇乃以近时之人情谚语，夹写而润之，借以抒其寄托。曾见抄本卷额，本本有其叔脂砚斋之批语，引其当年事甚确，易其名《红楼梦》。”这段话表明，确实有过一本叫作《风月宝鉴》的书，被曹雪芹改造成了《红楼梦》。并明确指出脂砚斋是曹雪芹之叔。裕瑞的消息，据他自己说，是从“前辈姻戚有与之（指曹雪芹）交好者”得来的。他所指的前辈姻戚，是他的舅父明义（字我斋），而明义是曹雪芹的同时代人，彼此关系十分密切。在明义所著的《绿烟琐窗集》中，有《题红楼梦》诗二十首。诗前有小引：

曹子雪芹出所撰《红楼梦》一部，备记风月繁华之盛。盖其先人为江宁织府，其所谓大观园者，即今随园故址。惜其书未传，世鲜知者，余见其抄本焉。

这样看来，裕瑞所说与他的舅父明义所说，可以说是完全一致。曹雪芹是《红楼梦》的真正作者，似乎可以确定下来了。

然而，清康乾年间有一个叫袁枚（1716—1798），号简斋的人，乾隆四年进士，在任江宁知县时，购得前江宁织造废园，经精心修葺，改名为随园。袁枚辞官后到随园闲居，好诗赋，世称“随园先生”，与明义等人交往颇深。著有《随园诗话》。在其《随园诗话·卷二》里有一段话：

康熙间，曹练亭为江宁织造，每出，拥八驺，必携书一本，观玩不辍。人问：“公何好学？”曰：“非也。我非地方官，而百姓见我必起立，我心不安，故籍此遮目标耳。”素以江宁太守陈鹏年不相中，及陈获罪，乃密荐陈。人以此重之。其子雪芹撰《红楼梦》一部，备记风月繁华之盛。明我斋读而羡之。当时红楼中有某校书尤艳，我斋题云：“病容憔悴胜桃花，午汗潮回热转加。犹恐意中人看出，台盟言今日较差。”“威仪棣棣若山河，应把风流夺绮罗。不似小家拘束态，笑时偏少默时多。”

这诗写得不怎么样，但可以看出明义与袁枚的关系非同一般，同时也看出其中的矛盾之处。其最突出的矛盾是袁枚说曹雪芹是曹练（栋）亭之子。按照袁枚所说，曹寅（字栋亭）任职江宁织造，其子雪芹随居江宁织造府，依据其身历之繁华写出《红楼梦》，其间又有陈鹏年获罪之说，据考证陈鹏年获罪是康熙 44 年（1705 年）。其时能陪伴曹寅身边的幼子会是谁呢？据考，曹顒生于 1689 年，至 1705 年已 16 岁，很可能就是他。然而他的名字怎么会变成雪芹呢？至于曹頫，直到 1714 年才按康熙旨意过继给曹寅，因此曹頫的可能性不大。曹寅还有一个结发妻，于康熙 20 年亡故，也可能是其发妻有过生育。但怎么可能还有一个叫雪芹的儿子呢？这实在是一个谜。

袁枚说雪芹为曹寅之子，还有佐证。《随园诗话·卷十六》说：

丁未八月，余答客之便，见秦淮壁上题云：“一溪烟水路华凝，别院笙歌转玉绳。为待凉夜新月上，曲栏深处撤银灯。”“飞盏香含豆蔻梢，冰桃雪藕绿荷包。榜人能唱湘江浪，画桨临风当板敲。”“早潮退后晚潮催，潮去潮来日几回。潮去不能将妾去，潮来可肯送郎来?”三首，深得竹枝风趣。尾署“翠云道人”，访之，乃织造成公之子啸厓所作，名延福。有才如此，可与雪芹公子前后辉映。雪芹者，曹栋亭织造之嗣君也，相隔已百年矣。

此处再次肯定雪芹为曹栋亭之嗣君。这里还须指出的是，丁未年即乾隆 52 年（1787 年），据袁枚所说的，推算出曹寅的“儿子”雪芹出生于 1679 年，设定雪芹“备记风月繁华之盛”的《红楼梦》写于曹寅救助陈鹏年的 1705 年（康熙 44 年），则距成啸厓于秦淮题壁的 1787 年（乾隆丁未年）为 83 年。所以袁枚说“相隔已百年矣”。

早在胡适时代，考证出曹雪芹从小生活在贵族家庭，其曾祖父、祖父、伯父、父亲三代四人都是皇帝的内务府官员，世袭江宁织造。也就是为皇宫采购衣物织物的官员。但到他父亲这一辈就被抄家败落下来了。曹雪芹的曾祖父曹玺任职江宁织造府。祖父曹寅，幼时曾伴读康熙，后为康熙侍卫，袭江宁织造。他的文化修养很高，是当时江南文人学士的领袖人物。他有一个儿子曹颙，在曹寅死后继任江宁织造，但三年后也死了。曹寅有一个孪生兄弟曹荃，早死了，留下四个儿子，大儿子名叫曹頫，在曹颙死后就由曹頫继任江宁织造这一官职，曹頫就是曹雪芹的父亲。这方面的考证材料极为充分。就拿曹雪芹究竟是曹寅的儿子还是孙子来说，康熙51年（1712年），曹寅之子连生（曹颙）奏曹寅故后的折中说：“又蒙皇恩怜念先臣止生奴才一人。”（《关于江宁织造曹家档案史料》中华书局1975年版第102页）康熙53年年底曹颙病故，第二年正月康熙亲自下令，在曹寅之弟曹荃诸子中挑一个“能奉养曹颙之母如同生母之人”（同上，第125页），过继给曹寅之妻为嗣。可见曹寅除曹颙外确无其他亲生儿子。不然又为什么要找曹荃的儿子过继呢？

康熙皇帝是十分信任曹家三代的。从康熙给他们的御批和曹家人给康熙的奏章看，曹家还承担了向朝廷沟通情况的任务，充当了情报人员。康熙死后，雍正即位，曹家便失却宠信。康熙晚年为政以宽仁为尚，清的吏治和社会风气变坏，官员贪污、侵欠、挪钱移粮问题日益严重。雍正嗣位后，一方面严惩政治对手，另一方面决心整肃吏治，稽查亏空。曹頫被查出大量亏欠，到雍正五年被免职，接着就被抄家了，曹頫一家被迫迁回北京，当时曹雪芹才13岁。因此，他对于在江宁的豪华生活，即所谓的“秦淮旧梦”是熟悉的，而一下子由贵族公子生活跌到“蓬牖茅椽，绳床瓦灶”的贫困生活，产生了强烈的反差，使他对封建社会走向没落有一个切身的感受，形成了他的愤世嫉俗性格，成了一个“异类”。

曹家父子三代四人任职江宁织造府，现在看，究竟《红楼梦》之作者曹雪芹是曹寅的儿子，还是孙子，各有考据。对一个已经死去二百多年的人物，在挖掘不出更多的历史依据的情况下，留下来的只能是一个谜。设想曹寅之子确实依据曹家发生的实情，写了一本叫作《风月宝鉴》的书，其中有某“校书”（妓女）美艳至极，引来众多人的兴趣，及至题诗作歌。曹寅自己编撰的《栋亭诗抄》开卷即是“我有千里游，爱此一片石”。曹寅的《巫峡石歌》歌云：“娲皇采炼古所遗，廉角磨砻用不得”，“胡乃不生口窍纳灵气”等，不但可以看到《风月宝鉴》的墨迹，更是《红楼梦》开卷女娲炼石补天神话的预演。后来《风月宝鉴》这本书为曹雪芹所得，经“披阅十载，增删五次，纂成目录，分出章回”，创作出了中外文学史上之巨著。在作出这样的设想后，再解释袁枚所说的“曹栋亭织造之嗣君”撰写此书一事，就大致能说得过去。袁枚所说“其子雪芹撰《红楼梦》一部”，虽然确有其事，“雪芹”二字乃笔误，因为不可能在两代人中有两个同名同姓的人，实际是其另一个儿子所撰。这样就化解了与胡适以来众多红学家研究成果的矛盾。

原来这部巨著是曹家几代人的创造。同时也解释了裕瑞所说的“旧有《风月宝鉴》一书，又名《石头记》，不知为何人之笔”的矛盾。而没有曹雪芹的艰苦卓绝努力，这本书只能流落于市井，自生自灭。应该说，曹寅的孙子、曹頫的儿子曹雪芹才是《红楼梦》的真正作者（所谓“大观园者，即今随园故址”的问题也就迎刃而解）。

这里还牵涉到一个问题，就是批书人脂砚斋是谁？从以上的论证中可以看到，所谓“本本有其叔脂砚斋之批语”，由此证明脂砚斋是曹雪芹的叔叔，或者说脂砚斋是曹雪芹的叔辈人物，这应该是有充分的证据的。

六十二、曹雪芹的生卒时间

曹雪芹生于何年？卒于何年？从现存的资料推算，曹雪芹的卒年比较容易推算出来。

曹雪芹生前十分凄凉，由于贫困潦倒，四十多岁就去世了，八十回后只留下了一些残稿，巨著没有写完。这位历史巨人死于何年，现有两种说法。一是认为死于 1762 年，其依据是脂砚斋的一段批语："壬午除夕，书未成，雪芹泪尽而逝。"另一种说法认为死于癸未年的除夕。究竟哪种说法更符合真实情况？应该说曹雪芹死于壬午除夕，白纸黑字，明摆着的。从阳历与阴历的关系上说，阳历跨阴历两个年度，当然，阴历也跨阳历两个年度。如果确认曹雪芹死于壬午年，据查，壬午年的正月初一为 1762 的 2 月 12 日，那么壬午年的除夕就已经是 1763 年的 2 月 1 日了。因此所谓"壬午除夕"，实际上已经到了阳历下一年之初，即 1763 年 2 月 1 日。如果确认壬午除夕为曹雪芹之卒日不可更改，如果取壬午年的下弦 1762 年 2 月 11 日，那么壬午年的上弦应当是 1761 年，即辛巳年，显然极不合理。由以上分析，我更倾向于曹雪芹死于 1763 年 2 月 1 日。

对于曹雪芹之去世，他的朋友们都为之十分惋惜和悲痛。敦敏（1729—1796），字子明，号懋斋，著有《懋斋诗抄》，他是清太祖努尔哈赤第 14 子英亲王阿济格的五世孙，因阿济格早已被夺爵，所以远不如其他宗室显赫。敦诚（1734—1791）是敦敏的兄弟，字敬亭，号松堂，极有诗才，著有《四松堂集》等。他们与曹雪芹在宗学里相识，彼此往来密切。在曹雪芹死后，都有挽曹雪芹的诗。敦诚《挽曹雪芹》写道：

四十萧然太瘦生，晓风昨日拂铭旌。肠回故垅孤儿泣，泪迸荒天寡妇声。

牛鬼遗文悲李贺，鹿车荷锸葬刘伶。故人欲有生刍吊，何处招魂赋楚蘅？

开箧犹存冰雪文，故交零落散如云。三年下第曾怜我，一病无医竟负君。

邺下才人应有恨，山阳残笛不堪闻。他时瘦马西州路，宿草寒烟对落曛。

“太瘦生”是借用李白赠杜甫的诗《戏赠杜甫》中的“借问别来太瘦生，总为前人作诗苦”。“牛鬼”句是引唐代杜牧《李长吉歌诗叙》中称赞李贺的话：“牛鬼蛇神，不足为其虚荒诞幻”，以此比曹雪芹，同时也悲悼他像李贺一样才高命短。“鹿车”句，引《晋书·刘伶传》中，刘伶纵酒，乘着鹿车，叫人背着铁锹相随，说：如果我醉死了，便把我埋掉。这里是拿刘伶比作曹雪芹。“生刍”是指干草。《后汉书·徐樨传》记载徐樨吊郭林宗母丧，“置生刍一束于庐前而去”。“蘅”是一种多年生香草，《楚辞》中多有引用，这里含悼念之意。“三年下第”指敦诚自己参加宗学考试都失败了，雪芹对他曾深有同情。“邺下才人”指的是汉末建安七子为核心的文学集团云集邺中（今河北省临漳县），以此赞扬曹雪芹的才华。“山阳残笛”，指的是晋人向秀与嵇康、吕安同为好友，后来嵇、吕被杀，向秀有一次经过他们的旧居，听到邻人吹笛，非常伤感，写了一篇《思旧赋》，这个故事被后人称作“山阳残笛”。“西州路”，《晋书·谢安传》记载，晋人羊昙为谢安所器重，谢安曾坐车进西州门，谢安死后，羊昙走路从不经过那里，以免触动哀思。一次因喝醉走散到了西州门，发觉后他恸哭而返。这里用来比喻敦诚自己对雪芹的死的悲痛情感。“宿草”是隔年的草，“落曛”指的是落日的余光。

敦敏《河干集饮题壁兼吊雪芹》写道：

花明两岸柳霏微，到眼风光春欲归。逝水不留诗客杳，登楼空忆酒徒非。

河干万水漂残雪，村落千家带远晖。凭吊无端频怅望，寒林萧寺暮鸦飞。

“河干”指的是潞河，又称作潮白河，是北运河的上游。乾隆29年（1764年），敦敏在潞河某处与友人登楼饮酒，回忆起过去与雪芹聚会的情景，感慨万分。“柳霏微”是形容柳叶初萌烟蒙蒙的样子。“诗客杳”，诗客指曹雪芹，“杳”，再也见不到他了。“酒徒非”当然也是指曹雪芹再也找不见了。

爱新觉罗·永忠（1735—1793），字良辅，敬轩，清宗室诗人。康熙第14子胤禵的孙子，胤禵在与胤禛继承皇位的争斗中失败，遭胤禛（雍正）禁锢，直到乾隆时才被释放。永忠因上代之祸而消极避世，工于诗书，著有《延芬室集》。他与敦氏兄弟很熟，但未结识曹雪芹，他从墨香处得到《红楼梦》时雪芹已去世。墨香名额尔赫宜，是敦氏兄弟的叔父，曾是乾隆的侍卫，曹雪芹死时他21岁，极推崇《红楼梦》并收藏。永忠有《因墨香得观红楼梦小说吊雪芹三绝句》，写得极为动情：

传神文笔足千秋，不是情人不泪流。可恨同时不相识，几回掩卷哭曹侯。

颦颦宝玉两情痴，儿女闺房语笑私。三寸柔毫能写尽，欲呼才鬼一中之。

都来眼底复心头，辛苦才人用意搜。混沌一时七窍凿，争教天不赋穷愁。

诗中所言“才鬼”，以唐代诗人李贺（人称“才鬼”）比作曹雪芹。最后两句引《庄子·应帝王》中说：中央帝混沌没有了七窍（眼耳鼻嘴等），后来给他一天凿一窍，七天凿成，变的聪明了，但混沌也就死了。意思是说，混沌尚且要死，何况像曹雪芹这样绝顶聪明的人呢?

确定了曹雪芹的逝世时间后，按敦诚诗中所言“四十萧然太瘦生”，往上推算，曹雪芹当生于1723年。曹家于1727年第一次抄家时，雪芹才四岁，五岁即随家搬迁北上，据此说法，曹雪芹对所谓“秦淮旧梦”不可能留下多少记忆。再说敦诚诗中所言之“四十”也许是凑成的整数，并不就是四十岁整，或许是四十多岁，而究竟多多少现在亦无证据。另雪芹的友人张泉宜说曹雪芹死时“年未五旬”，以此来推算，雪芹当生于1715年。曹家被抄北上时曹雪芹已十三四岁，对“秦淮旧梦”当有清晰的记忆，从而写出惊世巨著《红楼梦》。究竟哪种说法更准确，现在均拿不出更多的证据来。

六十三、曹雪芹的诗友写了哪些有关他的诗

爱新觉罗·敦诚、爱新觉罗·敦敏兄弟是曹雪芹的挚友。敦诚与清宗室诗人如永奎、永忠等都有诗酒往来，他的诗在清宗室诗人中的地位很高，著有《四松堂集》，卷前有其兄敦敏写的《敬亭传》，上世纪五十年代，又发现敦诚诗的两个抄本，即《四松堂诗抄》《鸠鹤杂诗》。其中有与曹雪芹有关的诗。

寄怀曹雪芹沾

少陵昔赠曹将军，曾曰魏武之子孙。君又无乃将军后，于今环堵蓬蒿屯。

扬州旧梦久已觉（雪芹曾随其先祖寅织造之任），且著临邛犊鼻裈。爱君诗笔有奇气，直追昌谷破篱樊。当时虎门数晨夕，西窗剪烛风雨昏。接䍦倒着容君傲，高谈雄辩虱手扪。

感时思君不相见，蓟门落日松亭樽（时余在喜峰口）。劝君莫谈食客铗，劝君莫叩富儿门。残杯冷炙有德色，不如著书黄叶村。

开头少陵二句，唐代诗人杜甫自称“少陵野老”，在《丹青引赠曹将军霸》诗中称：“将军魏武之子孙，于今为庶为清门。”曹霸是当时的名画家，曹操的后裔，做到左武卫将军，后来贫困潦倒。所以敦诚说，只怕你

是曹霸的后代。环堵，本意一方丈，后称贫困屋舍为“环堵之家”。“且著临邛犊鼻裈”，且著，即穿衣。临邛，即今四川省邛县，犊鼻裈，一种形状像牛鼻子样的短裤，酒店里的雇佣所穿。这是用汉司马相如曾在临邛穿着犊鼻裈卖酒的典故，喻曹雪芹也曾卖字画谋生。昌谷，指唐代诗人李贺，他家居昌谷乡，在今河南省宜阳县内。他的诗集亦名《昌谷集》。篱樊，即“樊篱”，篱笆。“当时”二句，即回忆当年同在右翼宗学里，朝夕相聚，无话不谈的情景。虎门，相传周代设立学府于虎门之外，以教王室子弟。这里借指供清宗室子弟读书的宗学。敦敏、敦诚兄弟入学的右翼宗学所在的北京西单牌楼石虎胡同，是清敦惠伯富良之府，与宗学相邻，曹雪芹曾在富家为西宾，又在宗学里作“瑟夫”（瑟夫在满语里是“师傅”之谓），故得以与敦诚兄弟相识，结下了友谊。“西窗剪烛风雨昏”，用李商隐《夜雨寄北》诗“何当共剪西窗烛，却话巴山夜雨时”，喻好友相聚情意绵长。接䍦，一般解释为白帽，或衣；倒着，倒戴或倒穿。晋代山简镇守襄阳时，常醉酒，有人为他作《少儿歌》：“日夕倒载归，酩酊无所知。复能骑骏马，倒着白接䍦”。这里是形容曹雪芹不拘封建礼法，酒中傲世的狂态。虱手扪，即捉虱子。晋代桓温权势显赫，王猛穿着平民百姓的粗布短衣去见他，一边讲话，一边捉虱子，旁若无人。这里以此比曹雪芹。“蓟门”句，“蓟门烟树”是当时燕京八景之一，此指曹雪芹居于北京西郊。松亭，即松亭关，在今河北省平泉县界内，喜峰口北面。当时敦诚在松亭关做税吏，因思念曹雪芹，常酌酒自宽。“劝君”二句，引战国时齐国冯驩投靠孟尝君门下，因为被告当作下客相待，就弹着长剑发牢骚说，吃饭没有鱼，出门没有车。富儿门，语出杜甫《奉赠韦左丞丈》诗：“朝扣富儿门，暮随肥马尘；残杯与冷炙，到处潜悲辛。”这里是双关语。“著书黄叶村”，指曹雪芹写作《红楼梦》，苏轼《书李世南所画秋景二首》

之一有“家在江南黄叶村”的句子，敦诚在这里指的是曹雪芹写书的地方。

赠曹雪芹

满径蓬蒿老不华，举家食粥酒常赊。衡门僻巷愁今雨，废馆颓楼梦旧家。

司业青钱留客醉，步兵白眼向人斜。何人肯与猪肝食？日望西山餐暮霞。

开头两句，写曹雪芹居住的地方生满杂草，冷落而又荒凉，生活十分贫困，全家食粥，欠着别人的钱。衡门，就是以横木为门，喻居住简陋。今雨，指新友，而不是指下雨。杜甫《秋述》说：“秋，杜子卧病长安旅次”，“常时车马之客，旧雨来，新雨不来”。后即以今雨代指新友。司业句，引杜甫《戏简郑广文兼呈苏司业》诗：“赖有苏司业，时时乞酒钱。”司业是官名，杜诗中指唐人苏源明，郑虔（广文）有才名，生活贫困，常去苏源明处饮酒，醉后骑马而归。这里说的是曹雪芹也很贫困，靠类似苏司业那样的朋友接济。步兵句，晋人阮籍做过步兵校尉，人称“阮步兵”，《晋书·阮籍传》说他见了权贵、儒生，常以白眼对之，表示瞧不起。这里指曹雪芹不肯随波逐流的傲世态度。猪肝食，东汉闵仲叔客居安邑，老病家贫，缺钱买肉，每天买猪肝一片，卖肉的常不给他。安邑县令知道后派人告诉卖肉的要给他。西山，指的是曹雪芹当时所住的北京西郊地方的山。餐暮霞，旧时有仙人餐暮霞饮露的说法。颜延之诗曰：“中散（指稽康）不偶世，本是餐霞人。”

佩刀质酒歌

秋晓遇雪芹于槐园，风雨淋涔，朝寒袭袂。时主人未出，雪芹酒渴如狂。余因解佩刀沽酒而饮之。雪芹欢甚，作长歌以谢余，余亦作此答之。

我闻贺鉴湖，不惜金龟掷酒垆。又闻阮遥集，直卸金貂作鲸吸。嗟余本非二子狂，腰间更无黄金铛。秋气酿寒风雨恶，满园榆柳飞苍黄。主人未出童子睡，斝乾瓮涩何可当。相逢况是淳于辈，一石差可温枯肠。身外长物亦何有，鸾刀昨夜磨秋霜。且酤满眼作软饱，谁暇齐鬲分低昂。元忠两褥何妨质，孙济缊袍须先尝。我今此刀空作佩，岂是吕虔遗王祥。欲耕不能买犍犊，杀敌何能监边疆。未若一斗复一斗，令此肝肺生角芒。曹子大笑称快哉，击石作歌声琅琅。知君诗胆昔如铁，堪与刀颖交寒光。我有古剑尚在匣，一条秋水苍波凉。君才抑塞倘欲拔，不妨斫地歌王郎。(《四松堂集》诗集卷上)

乾隆27年（1762）秋天的一个清晨，曹雪芹从西郊来到北京宣武门内的槐园访敦敏，却和敦诚巧遇。当时敦敏还未起床，雪芹却已“酒渴如狂”，敦诚于是“解佩刀沽酒而饮之”。雪芹乘兴作长歌以谢，敦诚也就写了这一首诗作答。敦诚的诗以他一贯的诗风，引经据典，直抒胸臆。“曹子大笑称快哉，击石作歌声琅琅。知君诗胆昔如铁，堪与刀颖交寒光。”从中我们看到曹雪芹性格的另一个侧面。可惜曹雪芹所作的长歌已无法找到。

贺鉴湖即贺知章。“金龟掷酒垆”，唐天宝年间，李白从四川到长安，把诗稿送给贺知章看，贺读到《蜀道难》，惊叹不已，便把挂在身上的金龟解下来换酒，两人整日痛饮。阮遥集，即阮孚，阮籍之孙，曾解金貂换酒，金貂是汉以后皇帝侍臣的冠饰。淳于，指战国时代的淳于髡，善辩之士，自称"饮一斗亦醉，饮一石亦醉"，齐威王"乃罢长夜之饮"。"且酤满眼作软饱"，杜甫《入奏行赠西山检察使窦侍御》有"为君酤酒满眼酤"之句。旧时说蜀人以竹筒酤酒，上有穿绳之眼。软饱，指饮酒。苏轼《发广州诗》："三杯软饱后，一枕黑甜余。""谁暇齐鬲分低昂"，意思是说谁有空分辨酒的好坏呢。齐同脐，鬲同膈。《世说新语·术解》说，桓温有一个主簿，能分辨酒的好坏，说好酒吃下去直流到脐，坏酒只流到膈。"元忠两褥"指北齐人李元忠喜饮酒，即使只有两条褥子，也要典当一条买酒吃。"孙济缊袍"，孙济是三国时孙权的叔父，喜饮酒，曾言"寻常行坐处，欠人酒钱，欲质此缊袍偿之"。缊袍，用新旧棉絮做的棉袍。吕虔，曹魏时任徐州刺史，王祥，是"二十四孝"里寒天卧冰为母求鲤鱼的孝子。在东汉末年天下大乱时，吕虔曾檄王祥为别驾，委以兵权。"肝肺生角芒"语出苏轼诗："空肠得酒芒角出，肝肺槎丫生竹石。"这里是形容饮酒酣足。斫地歌王郎，杜甫《短歌行赠王郎司直》诗："王郎酒酣拔剑斫地歌莫哀，我能拔尔抑塞磊落之奇才。"这里是借此称赞曹雪芹的才华。

在《懋斋诗抄》里，敦敏有四首与曹雪芹交往的诗。

乾隆25年（1760），敦敏在明琳的宅子中与曹雪芹相遇，写道："芹圃曹君沾别来已一载余矣，偶过明君琳养石轩，隔院闻高谈声，疑是曹君，急就相访，惊喜意外，因呼酒话旧事，感成长句。"

可知野鸡在鸡群，隔院惊呼意倍殷。雅识我惭褚太傅，高谈君是孟参军。

秦淮旧梦人犹在，燕市悲歌酒易醺。忽漫相逢频把袂，年来聚散感浮云。

褚太傅：晋人裒褚，字季野，太傅是官名。《世说新语·识鉴》说裒褚有识人之明。这里是敦敏自谦没有裒褚那样的鉴识能力。孟参军：晋人孟嘉，参军是官名。《世说新语·识鉴》中说孟嘉善于言谈。这里把曹雪芹比作孟嘉。

乾隆26年（1761）秋，敦敏、敦诚去西郊访雪芹，敦敏写下《赠芹圃》：

碧水青山曲径遐，薜萝门巷足烟霞。寻诗人去留僧舍，卖画钱来付酒家。燕市哭歌悲遇合，秦淮风月忆繁华。新愁旧恨知多少，一醉𤫉𤪌白眼斜。

乾隆26年初冬，敦敏再次到西郊去访雪芹，未遇，留下了这首《访曹雪芹不值》：

野浦冻云深，柴扉晚酒薄。山村不见人，夕阳寒欲落。

乾隆28年（1763），旧历二月末一日，敦敏用诗代替书信，请雪芹由西郊进城，到他家的槐园吃酒：

东风吹杏雨，双早落花辰。好枉故人驾，来看小院春。诗才忆曹植，酒盏愧陈遵。上已前三日，相劳醉碧茵。

还有一位叫张宜泉的人，镶黄旗汉军，一生穷困，晚年靠教私塾维生，与曹雪芹意气相投。著有《春柳堂诗稿》，记载了与雪芹的交往。

怀曹芹溪

似历三秋阔，同君一别时。怀人空有梦，见面尚无期。扫径张筵久，封书畀雁迟。何当常聚会，促膝话新诗。

和曹雪芹西郊信步憩废寺原韵

君诗曾未等闲吟，破刹今游寄兴深。碑暗定知含雨色，墙赜可见补云阴。蝉鸣荒径遥相唤，蛩唱空厨近自寻。寂寞西郊人到罕，有谁曳杖过烟林。

题芹溪居士

爱将笔墨逞风流，庐结西郊别样幽。门外山川供绘画，堂前花鸟入吟呕。羹调未羡青莲宠，苑召难忘立本羞。借问古来谁得似？野心应被白云留。

以上三首较为晓畅明白。“庐结西山别样幽”，当时曹雪芹确实在北京西郊盖了一所简陋的房子，据考证在白家疃一带，山水相间，环境幽静。雪芹在那里写作绘画，生活十分艰苦。诚如敦诚兄弟所说的“举家食粥酒常赊”、“卖画钱来付酒家”，但曹雪芹傲骨嶙峋，并不羡慕李白那样受到皇帝的宠幸。因为李白（号青莲）以诗见长，唐玄宗曾亲自做菜给他吃。当时皇家画院也曾召曹雪芹，为他所拒（“羹调未羡青莲宠，苑召难忘立本羞”），只有山中的白云才能把他留住（“野心应被白云留”）。

近年来，有人曾就敦诚、敦敏兄弟及永忠等人与曹雪芹的交往提出疑问，认为他们与之交往的曹雪芹并不是写作《红楼梦》的曹雪芹，而是另外一个与《红楼梦》毫不相关的同名同姓的人。这种看法近乎荒唐。敦诚、敦敏的诗中固然没有直接谈及曹雪芹写《红楼梦》，但敦诚在《寄怀曹雪芹沾》诗中写“雪芹曾随其先祖寅织造之任”这一句作何解释？永忠吊唁曹雪芹的诗中说“颦颦宝玉两情痴，儿女闺房语笑私。三寸柔毫能写尽，欲呼才鬼一中之”，岂不是直接点出了《红楼梦》，又作何解释？此诗写于乾隆 33 年（1768），离曹雪芹去世才五年，总不至于造谣惑众吧？难道永忠所悼念的曹雪芹与敦诚、敦敏所交往与悼念的曹雪芹是两个不同的曹雪芹？他们之间平时在一块吃酒作诗就没有一点沟通？所谓考证，总不能一味罔顾事实。

六十四、《红楼梦》的版本

所谓《红楼梦》的版本，严格意义上说应当指出版物。从这个意义上说，只能推到清乾隆56年（1791年）有一个叫程伟元的对传抄近三十年的《红楼梦》传抄本共八十回，并又收罗了一些残稿，叫他的一个朋友叫高鹗的，“细加釐剔，截长补短，抄成全部”，用活字排印出来，形成了一百二十回本的《红楼梦》（通称“程甲本”），之后又有“程乙本”。

实际上，在程伟元、高鹗排印出版《红楼梦》之前的三十年间，在曹雪芹还活着的时候及死后不久，《红楼梦》即以《石头记》的手抄本形式开始在社会上流传，渐渐被人们珍爱，有人手抄一本到市场上去卖，可以卖到“数十金”。早期流传的手抄本带有脂砚斋等人的批语，题名为《脂砚斋重评石头记》，多数都不足八十回。统称为《脂砚斋重评石头记》。现已发现的手抄本有：

（一）乾隆甲戌（1754年）本，共16回（第1—8回，13—16回，25—28回）。

（二）乾隆己卯（1759年）冬月脂四阅评本，共38回（第1—20回，31—40回，61—70回但内缺64、67回，后经抄配）。

（三）乾隆庚辰（1760年）秋脂四评阅本，共78回（缺第64、67回）。

（四）乾隆甲辰（1784 年）菊月梦觉主人序本，共 80 回。

（五）有正书局石印戚蓼生序本，共 80 回，重抄付印。

（六）清蒙古王府藏抄本，共 120 回，前 80 回大体同戚本。共有六百多条侧批。

（七）南京图书馆藏抄本。

（八）南京发现的靖应昆藏抄本。

（九）梦稿本，指乾隆抄本 120 回《红楼梦稿》。

（十）舒本（已酉本），吴晓玲收藏舒元炜序的抄本《红楼梦》。

（十一）郑本，郑振铎藏残抄本。

（十二）亚本，前苏联列宁格勒藏抄本。

以上十二种抄本，是指到目前已经发现的，而没有发现的抄本，其数目很难估量，可能要比这多得多，并且差不多都已毁损。所以有人用“蔚为壮观”来形容，实不为过。在以上十二种版本中，其中甲戌、己卯、庚辰本，则系脂评本之“嫡系”，有正书局的戚本也属此系统。甲辰本虽然没有提及脂评，但因为出来较晚，也确实是在脂评本的基础上产生出来的，在脂评本的基础上增补了一些内容，分量也不多。曹雪芹卒于 1763 年（又说 1762 年），所以以上（一）（二）（三）3 个评本出现时曹雪芹还在世，批书的脂砚斋或畸笏叟自称与曹雪芹很熟，口气如长一辈人，但有些批注跨时很长，如甲戌本应早于庚辰本 7 年，但甲戌本带有年月的最后批注是甲午（1774）8 月，而庚辰本最晚的批注可考见的是丁亥（1767）年，反而早了 7 年。甲戌本的原批应是 1754 年以前，但甲午 8 月的那条批注是 1774 年，前后跨度长达 20 年之久。

最早由胡适发现的甲戌本虽然只残存十六回，但批注密集，其中脂砚斋的批语提供了十分重要的《红楼梦》研究资料，正楷文字十分清晰端庄，显示出了深邃的文化功底。同时又提出了脂砚斋是什么人的问题。甲戌本的祖本应是八十回左右的抄本，这个抄本的书名叫《脂砚斋重评石头记》，既然称作“重评”，当然还有“初评”，只是如今还没发现。可见曹雪芹早在甲戌年（乾隆19年）之前就已经写出《红楼梦》前八十回的稿子了。

自甲戌年由脂砚斋“抄阅重评”，到乾隆21年，有一次对书稿的“对清”工作（后来的庚辰本第75回另页上有一则附记：“乾隆二十一年五月初七对清”）。到乾隆24年（1759），《红楼梦》前八十回又有一次定本，即现存的己卯本，其总目页的书名下注：“己卯冬月定本”。到庚辰年（乾隆25年，1760年）《红楼梦》又有一个新的定本，即庚辰本。这就是在曹雪芹还活着的时候的三个最重要的抄本。

把曹雪芹还活着时的三个抄本作比较，可以明显地看出三个抄本的修改痕迹。甲戌本现存的十六个回目，在己卯本、庚辰本里有六个回目作了修改，改动面占三分之一以上。如第3回，甲戌本作“金陵城起复贾雨村，荣国府收养林黛玉”，己卯、庚辰本改作“贾雨村缘起复旧职，林黛玉抛父进京都”。第五回回目甲戌本作“开生面梦演红楼梦，立新场情传幻境情”，己卯、庚辰本改作“游仙境指迷十二钗，饮仙醪曲演红楼梦”。第七回目，甲戌本作“送宫花周瑞叹英莲，谈肄业秦钟结宝玉”，己卯、庚辰本改作“送宫花贾琏戏熙凤，宴宁府宝玉会秦钟”，等等。被改的回目，有的用词不当，有的语言生硬，或与正文内容有出入，改动后的回目对仗工整，明白顺畅，均比以前的要好。甲戌本佚失的其他回目是如何改动的，据此可想而知。又有一些研究者发现，己卯、庚辰这两个抄本中有些章节的字迹完全一样，实际上是同一个人所抄，并查证出这个人就是近代的文化骗子陶洙所为，从而提出这两个抄本之真伪问题。可以肯定的是，陶洙之抄袭绝不是创作。退一步说，即使否定了这两个抄本，《红楼梦》手抄本之存在毕竟是一个无法否认的历史事实。

对于曹雪芹逝世以后的各抄本，有一个共同的特点：每个传抄者都以自身的理解，对《红楼梦》全书的文字进行了加工修理，所以每个传抄本虽然大致上维持了原貌，但在具体文字表述上差别很大。对这样的文字，现在已无法确定究竟哪些文字是曹雪芹本人所写，哪些是后人加上去的或删改掉的，从而给出版《红楼梦》这部伟大著作带来很大的困难。基本可以肯定的是，凡是与最早的三个抄本不一致的地方，均可视为后人所改动的。

程伟元、高鹗的程甲本、程乙本出得最晚，其最大的优势是，它是迄今为止最完整的一部一百二十回本的《红楼梦》。乾隆 56 年（1791），有一个叫程伟元的对传抄了近三十年的这本书进行整理，共八十回，又收罗后面的残稿，叫他的一个名叫高鹗的朋友“细加釐剔，截长补短，抄成全部”，又用活字排印出来，于是，才有一百二十回本《红楼梦》出现（通称“程甲本”）。之后又有“程乙本”。应该说，程甲本、程乙本具有很大的优势，是手抄本的集大成者。清和珅是一个《红楼梦》从手抄本到刻印本的支持者，因为这个原因，他才“批准”程伟元、高鹗使用活字排印出一百二十回本的《红楼梦》，从而结束了手抄本时代。据考证，程甲本和程乙本差别很大，虽然两个版本的间隔时间很短，只有几十天，却有两万多字的区别，已故俞平伯先生认为，高鹗、程伟元出的两个版本，实际上是在两个流失的曹雪芹的原著的基础上加工整理出来的。当然也绝不止就是两个版本，可能参考了多个抄本后加工整理出来的。这与有一个叫舒元炜的杭州人在乾隆 54 年（1789）看到的一个《石头记》一百二十回残本相吻合（舒元炜在这个残本的序中说“核金函于斯部，数尚缺夫秦关”，俞平伯老先生考证“秦关百二”典出史记《高祖本记》)。不同的一百二十回本的《红楼梦》流传至今，其后虽有多种版式，其主要内容却没有大的变化。

就各抄本和两个程本而言，各不相同的地方随手可拈。如果对它们作比较，今人总要以“服从真理，符合实际”来作出判别。

试举秦钟之死为例。程甲本以下各刻本都只写众小鬼抱怨都判胆怯，接着就是一句“毕竟秦钟死活如何？且看下回”。到第17回开场，秦钟已死了。

庚辰本在众鬼抱怨之后却多了一段话，各脂本及有正戚本亦然。这段话是：

都判道：“放屁，俗话说的好，天下官管天下民，自古人鬼之道却是一般，阴阳并无二理，别管他阴也罢，阳也罢，还是把他放回没有错了的。”众鬼听说，只得将他魂放回，哼了一声，微开双目，见宝玉在侧，乃勉强叹道：“怎么不早来，再迟一步也不能见了。”宝玉携手垂泪道：“有什么话，留下两句。”秦钟道：“并无别话，以前你我见识自为高过世人，我今日才知自误了。以后还该立志功名，以荣耀显达为是。”说毕，便长叹一声，萧然长逝了。

吴藏本（即有舒元炜作序吴晓玲收藏）既不同刻本，也不同戚本，在众鬼埋怨都判之后，秦钟不能醒转了。“宝玉连叫数声不应，定睛细看，只见他泪如秋露，气若游丝，眼望上翻，欲有所言，已是口内说不出来了。但听见喉内痰响若上若下，忽把嘴张了张，便身归那世了。宝玉见此光景，又是害怕，又是心疼伤感，不觉放声大哭了一场。看着装裹完毕，又到床前哭了一场，又等了一会，此时天色将晚了，李贵茗烟再三催促回家，宝玉无奈，只得出来上车回去。”

从以上可看出，秦钟有三种死法。相比较而言，庚辰本等脂本及有正戚本写到秦钟死前留下警世之言。程本第16、17两回之间衔接不好。吴藏本写得过于拖沓。现在社会上流行的是脂批本及有正戚本的写法。

再引一段各本不同的写法：

第32回有一段文字，脂评庚辰本是这样写的："宝玉一时醒过来，方知是袭人送扇子来，羞的满面紫涨，夺了扇子，便忙忙的抽身跑了。"

到程甲本里，这段变成了如下文字："宝玉一时醒过来，方知是袭人，虽然羞的满面紫涨，却仍是呆呆的，接了扇子，一句话也没有，竟自走了。"

程甲本改得很有道理，反映出宝玉的情绪是慢慢变过来的。再说当着袭人的面，宝玉也没有必要如此害怕，更不必立刻就逃走。可惜的是现在流行的版本为了追求曹雪芹原著的效果，还是采用了脂评庚辰本的写法。

再就是第9回闹学堂一段。

己卯本以前的抄本是这么写的："瑞大爷反派我们的不是，听着人家骂我们，还调唆他们打我们。茗烟见人欺负我，他岂有不为我的。他们反打伙打了茗烟，连秦钟的头也打破了，这还在这里念什么书。"

到庚辰本是这样改写："大爷反倒派我们的不是，听着大家骂我们，还调唆他们打我们茗烟，连秦钟的头也打破。这还在这里念什么书！茗烟他也是为有人欺负我的。不如散了吧。"

这两种写法相比较，前面说"还调唆他们打我们"，显然不太符合实际，那些人绝不敢打宝玉，除非是吃了豹子胆，改成打"我们的茗烟"就符合实际了。所以说庚辰本改得是好的。但"听着大家骂我们"这一句，也是不确切的，因为众人也不敢骂宝玉。现在流行的版本采用了庚辰本的写法。

再比如对贾赦这个人物，各种脂评本上都没有考语。到甲辰本（1784年）加上了一句“为人平静中和”，到程甲本上还是这样。此乃上上考语，加在贾赦这个恶棍身上可谓不伦不类。再说贾赦这个人脾气暴烈，为了一点子小事，把儿子贾琏的头都打破了，哪里有一丝“平静中和”的气质？后来到程乙本才改为“为人却也中平”。

说两个字的差别。

《红楼梦》第76回“中秋夜大观园即景联句”中林黛玉对史湘云的最后一句“冷月葬诗魂”，现在大都改作“冷月葬花魂”。为什么由“诗”改作“花”呢？

先看最早的几个抄本的异同情况。

从现存留的第76回脂评系统主要抄本庚辰本、王府本、正戚本、宁藏本、梦稿本、甲辰梦觉本这六种抄本看，其中二、三、四共三种抄本均是“葬花魂”，只有甲辰梦觉本是“葬诗魂”，而庚辰本很特别，原文是“葬死魂”，用笔点去“死”字，旁加“诗”字。从各抄本的时间上看，庚辰本是祖本，其他各本都是从这个本子转抄而来。那么前面说的二、三、四种抄本为什么不随之抄成“葬诗魂”，而抄成“葬花魂”呢？只有一种解释，就是现在流传下来的庚辰本也只是过录本，其他抄本是从别的抄本转抄来的。原始的庚辰本写的是“葬花魂”，过录本误把“花”字抄成了字形相似的“死”字，又因为“葬死魂”文字不通，才有点去“死”字，改成“诗”字的痕迹。后来程伟元、高鹗排印活字版《红楼梦》（程甲本），采纳了甲辰梦觉本的样式，于是“冷月葬诗魂”得以广为流传。

后来的《红楼梦》出版物大都改成了“冷月葬花魂”，自然是想按曹雪芹的原著面貌改过来，但也没有确凿的证据说就是曹雪芹的原文，而只是从林黛玉“葬花词”中“花魂默默向谁诉”等句子中揣测出来的。那么

“诗”与“花”这两个字哪一个更好、更确切呢？“花魂”与前面湘云的“鹤影”是工对，而“诗魂”属宽对，排律诗要求对仗规矩、工严，从对仗的要求上说“花魂”比“诗魂”更严格。但从诗的意境上说，工对未必就比宽对好，这是两个不同范畴的问题。古今不少名作名句，并不都强调工对。“朱门酒肉臭，路有冻死骨”并不对仗，总还是遵守“不以词害意”的原则。从最后一句结尾看，一句“冷月葬诗魂”非常符合两个人此时此地的心境，林黛玉不就是“诗魂”之化身吗？程甲本为什么采用“诗魂”，显然是经过认真斟酌的，程甲本并不是刻意追求曹雪芹的原著效果，而是对各种手抄本在许多地方作了改动，其中大部分改得比较好，有些地方改得不好。现在可以肯定地说，曹雪芹的原稿上写的不是“诗魂”，因为一个偶然的原因，被改成了“诗魂”，程甲本最后采用了它。这一改动很符合林黛玉本人“诗”的神韵。诗魂就是说林黛玉是诗之化身，诗之精灵啊！“花魂”最多就是形容林黛玉的形体美，即所谓花容玉貌，而林黛玉在《红楼梦》书中并不是单纯以容貌美服人，而林黛玉的“诗魂”气质，是其他任何人所无法比拟的。“冷月葬诗魂”这一句，正是对林黛玉本身的画龙点睛。一字之差，其内涵就完全不同了。如果为了追求原著效果而贬低程甲本，硬要改为“花魂”，显然不必。

1949年新中国成立以后，从1953年到1964年，人民文学出版社先后出版过四种一百二十回《红楼梦》版本，以“程乙本”为底本，经过校点整理，属于程高本系统。前八十回经高鹗修改，与曹雪芹原作有一定差距，但基本上把抄本中的前后矛盾的地方改过来了，抄本中的一些粗陋文字也作了删减。当然，对有些不必改的文字也作了改动，因而还不如原来的好（如第30回，庚辰本等写作“只见凤姐跳了进来”，程高本改作“只见凤姐儿跑进来”，就不如原来的生动、形象）。后四十回由高鹗整理补写。高鹗力求追踪原著，基本上完成了宝、黛的爱情悲剧和贾宝玉的出家。“文革”以后的1982年，根据某些红学家的提议，以《脂砚斋重评石头记》庚辰本为底本，参考程甲本、程乙本，进行校订，并增加了注释，又重印出版了《红楼梦》。这是目前社会上流行最广的版本，被称作“新校本”。这个版本的鲜明特点是前八十回是脂评庚辰本，保留了原来书中相当多的前后矛盾及一些粗陋文字。后四十回是程高本。这样的版本称作什么版本，恐怕连名字也不好起，最终注明前八十回是脂评庚辰本，后四十回是高鹗等人整理续写。按照有些人的意见，如果要恢复脂评本的本来面貌，还不如单出脂评本前八十回本，后面的留给读者以想象的空间。

就《红楼梦》前八十回而言，因为程甲本、程乙本毕竟是在《脂砚斋重评石头记》多种抄本的基础上加工整理出来的，如果全盘推翻高鹗的所作所为，重新恢复到手抄本，虽然不能说是倒退，但各种各样的手抄本的文字表达五花八门，实在弄不清究竟哪些是曹雪芹的原创，哪些是传抄过程中加进去的。由于离手抄本时代已经整整二百多年，现在也不可能有人像程、高那样对各种抄本做如此详细的校正和补写。所以我主张也应当在程甲本、程乙本的基础上出《红楼梦》版本，以形成历史之延续，从更广阔的历史角度阅读和理解《红楼梦》这部伟大著作。试举例说，第25回，赵姨娘伙同马道婆谋害宝玉、凤姐那段文字，程本的表述是：“贾政心中也着忙，当下众人七言八语，有的说……”但在各类脂评本中平白插进一段奇文，这段奇文是：“贾政等心中也有些烦恼，顾了这里，丢不下那里。别人慌张自不必讲，独有薛蟠更比诸人忙到十分去：又恐薛姨妈被人挤倒，又恐薛宝钗被人瞧见，又恐香菱被人臊皮，——知道贾珍等是在女人身上做功夫的，因此忙的不堪。忽一眼见了林黛玉风流婉转，已酥倒在那里。当下众人七言八语。有的说……”从各脂评本看，且不说这段文字是不是曹雪芹的原文，但放在这里很有些粗陋不堪、不伦不类。程高本把这段文字删掉是完全正确的，但现在为了追求曹雪芹的原稿效果，又照手抄本排了出来。

再比如第 22 回，贾政猜贾府众姊妹做的谜语，猜到“更香”这个谜底的时候，庚辰本写贾政“大有悲戚之状”，接着就离开了。程高本却不同，又平添了一个谜语：

南面而坐，北面而朝，“象忧亦忧，象喜亦喜”——打一用物。贾政道：“好，好！如猜镜子，妙极！”宝玉笑回道：“是。”贾政道：“这一个却无名字，是谁做的？”贾母道：“这个大约是宝玉做的？”贾政就不言语。

程高本加添的这一个谜语及贾政、贾母、宝玉三个人的对话，特别是对贾政这个人物的刻画，几近画龙点睛，极为生动。

再看第 74 回的一段文字：

只见晴雯挽着头发闯进来，豁一声将箱子掀开，两手捉着底子，朝天往地下尽情一倒，将所有之物都倒出。王善保家的也觉没趣，看了一看，也无甚私弊之物。回了凤姐，要往别处去。凤姐儿道：“你们可细细的查，若这一番查不出来，难回话的。”

程高本把它改写，凭空增添了不少文字（楷体文字系程高本所增添）：

只见晴雯挽着头发闯进来，豁啷一声将箱子掀开，两手提着底子往地下一倒，将所有之物尽都倒出来。王善保家的也觉没趣儿，便紫胀了脸，说道：“姑娘，你别生气。我们并非私自就来的，原是奉太太的命来搜察；你们叫翻呢，我们就翻一翻，不叫翻，我们还许回太太去呢。那用急的这个样子！”晴雯听了这话，越发火上浇油，便指着他的脸说道：“你说你是太太打发来的，我还是老太太打发来的呢！太太那边的人我也都见过，就只没看见你这么个有头有脸大管事的奶奶！”凤姐见晴雯说话锋利尖酸，心中甚喜，却碍着邢夫人的脸，忙喝住晴雯。那王善保家的又羞又气，刚要还言，凤姐道：“妈妈，你也不必和他们一般见识，你且细细搜你的；咱们还到各处走走呢。再迟了，走了风，我可担不起。”王善保家的只得咬咬牙，且忍了这口气，细细的看了一看，也无甚私弊之物。回了凤姐，要往别处去。凤姐道：“你们可细细的查，若这一番查不出来，难回话的。”

晴雯与王善保家的这番对白，很符合晴雯的性格，话说得也很得体。因为先有王善保家在王夫人面前状告晴雯的情节，此时两人见面，必有一番唇枪舌剑，非常符合情节的发展。

当然，众所周知，程高本有明显之不足，由于高鹗的历史遭遇与曹雪芹有极大差别，前八十回经他“臆改”，有些地方可能失去了原稿的面目，后四十回因为是补写，与曹雪芹原来的设想和残稿中的内容有很大的不同，特别是“沐皇恩”“延世泽”以及宝钗、黛玉“掉包”情节等，与曹雪芹的原来设想完全不同。然而到目前为止，批评者有之，续写者也有之，却没有人能够做出超过高鹗的实际努力的行为。

六十五、《红楼梦》后四十回的作者是谁

现在刊印的《红楼梦》一百二十回本的作者有两位：曹雪芹、高鹗。一般都认为前八十回系曹雪芹所撰，后四十回是高鹗所整理和续写。然而，在高鹗续写之前，是否有曹雪芹所撰的一百二十回本呢？

俞平伯先生在晚年曾对程伟元、高鹗刊排的程甲本和程乙本《红楼梦》一百二十回本进行对比，发现一些蛛丝马迹。程甲本高序刊印于辛亥(1789)冬至日（阴历十二月初三），程乙本引言题壬子花期后一日（次年阴历十二月十三），相距只有70天，对照这两个版本，其中文字改动竟有21500余字之多，即使后四十回也有近6000字改动，甚至还有改错的地方。出现这种情况，很可能是甲、乙两个版本皆非程、高悬空之作，而是他们对两种不同抄本进行加工整理的结果。这样的说法也与他们在序中所说的“爰为竭力收罗，自藏书家甚至故纸堆中，无不留心。数年以来仅积有廿余卷，一日偶于鼓担上得十余卷，遂重金购之，欣然翻阅，见其前后起伏尚属接筍”相吻合。

事情更可以推溯到1789年，有一个叫舒元炜的杭州人，在乾隆54年(1789)到京赶考，从一个名叫筠圃主人那里见到了一个抄本，应邀为该抄本写了一篇序，其中提到了这个抄本与《红楼梦》的回数关系。舒序中说，“业已有二于三分”，则全书当为一百二十回。序中又说，“核全函于

斯部，数尚缺夫秦关”。据俞平伯老先生考证，“秦关”之语，典出《史记·高祖本记》中的“秦关百二”，也就是说全书为一百二十回本。到乾隆56年（1791）才有程高本首次刊印。可见在程高本之前就有一百二十回本。

之后事情更有进展，发现清乾隆年间有一个叫周春的人，所著《阅红楼梦随笔》中记载：“乾隆庚戌（1790）秋，杨畹耕语余云：‘雁隅以重价购抄本两部：一为《石头记》，八十回；一为《红楼梦》，一百廿回，微有异同。爱不释手，监临省试，必携带入闱，闽中传为佳话。”这就证明当时社会上确已早有一百二十回抄本在流传。已查明这个一百二十回本即《乾隆抄本百廿回红楼梦稿》，其中前八十回是脂评本（庚辰本），后四十回文字及情节描写十分简单粗糙。高鹗在这个基础上作了整理加工。同时还澄清了一个事实，就是书名问题。前八十回的书名是《石头记》，只有一百二十回本的才被称作《红楼梦》。

清乾嘉时裕瑞所著《枣窗闲笔》中记载了有关曹雪芹和《红楼梦》的一些资料，其中说到：“诸家所藏抄本八十回书，及八十回后之目录”，“余曾于程、高二人未刻《红楼梦》版之前，见抄本一部，其措辞命意与刻本前八十回多有不同……八十回书后，惟有目录，未有书文，目录有大观园抄家诸条，与刻本后四十回四美钓鱼等目录迥然不同。曹雪芹于后四十回虽久蓄志全成，甫立纲领，尚未行文，时不待人矣。”这就说明在程、高之前流传的抄本中，确有一些带有后四十回的回目，为一些人所亲见。这些与舒元炜的序言可以互作证明。

而从脂砚斋等人在前八十回的大量批语中，可以证明曹雪芹确实是完成了《红楼梦》的全部创作的。从脂砚斋的评语得知，在八十回之后的三十回原稿已经抄录“誊清”（评者畸笏叟也说“见有一次誊清”）。全书末回有“警幻情榜”，“《情榜》评曰：‘宝玉情不情，黛玉情情’。此二评自在评痴之上”（第19回脂批），“宝玉有情极之毒”，“故后文方能‘悬崖撒手’一回”（第21回脂批），“醉金刚一回文字，伏‘芸哥仗义探庵’”（畸笏叟壬午孟夏批），“末回‘警幻情榜’，方知正副、再副及三、四副芳讳”（第18回畸笏壬午春季批），等等。但是非常可惜，曹雪芹所写后三十回之原著，早在乾隆32年（1767）已经“被借阅者迷失”，包括曹雪芹的底稿、脂砚斋的“誊清本”全部荡然无存。

由此可以看出，《红楼梦》的后四十回绝非高鹗一人所作，而是曹雪芹的原有规划，并且也已有一些散落的章回，高鹗只是作了一些加工整理工作，并且在许多方面违背了曹雪芹的原有创作意图。从高鹗所续后四十回的文字看，既有不少粗陋的文字，也有一些与前八十回雷同风格的文字。有的红学评论家称高鹗的续书为“狗尾续貂”固然过分，但其中对宝、黛、钗的处理是一大败笔，还有什么“沐皇恩贾家延世泽”，“兰桂齐芳，家道复初”，贾赦、贾珍都免了罪，贾珍仍袭宁国府三等世职等，与曹子“白茫茫大地真干净”相差万千。煌煌三千年封建专制，被杀、被关、被抄的无数，有几个是被恢复名誉的？曹家被抄后撤销世职，流入民间，子孙如果争口气，通过读书科举道路，还能入仕，但这是另一种情况了。再比如贾母、王熙凤等人的表现与前八十回迥若两人，前八十回贾母、王熙凤是宝、黛结合的有力支持者，怎么到了后四十回倒成了宝、钗结合的始作俑者，谋杀了林黛玉，高鹗这位老先生竟下得了手？

六十六、脂批对后半部之“透视”

《红楼梦》最早的抄本通称《脂砚斋重评石头记》。书中有批语 1823 条，如连双行夹批，总计有数千条之多。实际参与批阅的有两人，即脂砚斋和畸笏叟（另有两人名叫梅溪、松斋的只各有一条批语，可省略）。脂批与畸批也具明显的特点，较早的批语均为脂批，但从壬午年之后就只出现“畸笏”这个名字，脂砚斋这个名字即消失。因为这时全部《红楼梦》的版本都称作《脂砚斋重评石头记》，所以有人就怀疑脂砚斋和畸笏叟实际是同一个人。这个判断在批语中也可得到证实。

第 22 回，宝钗做生日，庚辰本有脂批：“凤姐点戏，脂砚执笔事，知者寥寥矣，不怨夫！”稍后，又有批语：“前批知者寥寥，今丁亥夏，只剩朽物一枚，宁不痛乎！”此为“畸笏”所批。从口气上看，就是一个人在批。

脂砚斋是什么人？甲戌本卷一正文有眉批：“能解者方有辛酸之泪，哭成此书。壬午除夕，书未成，芹为泪尽而逝”，“今而后，惟愿造化主再出一芹一脂，上书付本，余二人亦大快，遂心于九泉矣。甲午八日泪笔”。甲戌本卷十三之末另有脂批：“秦可卿淫丧天香楼，作者用史笔也。老朽因有魂托凤姐贾家后事二件，嫡是安富尊荣坐享人，能想得到处其事，虽未漏，其言其意则令人悲切叹服，姑赦之，因命芹溪删去。”又批道：“此回只十页，因删去天香楼一节，少却四、五页也。”从这些批语中可看出，脂砚斋确实是曹雪芹的知者，实际上是二人共同构筑《红楼梦》的框架。曹雪芹是写完了《红楼梦》的，只可惜八十回之后被借阅者“迷失”了。但在迷失之前，脂砚斋是全部看过的，所以他一次次地批阅前八十回，试图勾勒出《红楼梦》的全貌，给后来的读者一个交代。

第18回，贾妃省亲期间，在贾府众人的簇拥下，贾元春点了四出戏：第一出，豪宴；第二出，乞巧；第三出，仙缘；第四出，离魂。针对贾妃点的这四出戏，脂砚斋批道：“所点之戏剧伏四事，乃通部书之大过节、大关键”，“《一捧雪》中，伏贾家之败”，“《长生殿》中，伏元妃之死”，“《邯郸梦》中，伏甄宝玉送玉”，“《牡丹亭》中，伏黛玉之死”。脂砚斋既然说是“通部书”，那么就不仅是前八十回，而是脂砚斋在看过全书后发现的“大过节、大关键”。

第79回，写黛玉“一面说话，一面咳嗽”，脂批道：“总为后文伏线。”

第26回，写潇湘馆“只见凤尾森森，龙吟细细”，脂批道：“与后文‘落叶萧萧，寒烟漠漠’一对，可伤可叹！”

第79回，写迎春嫁后，宝玉“天天到紫菱洲一带地方，徘徊瞻顾，见其轩窗寂寞，屏帐萧然”，“岸上的蓼花苇叶，池内的翠荇香菱，也都觉摇摇落落，似有追忆故人之态”。脂砚斋批道：“先为对景悼颦儿作引。”预示宝玉悼黛玉有专回专文。

开头第3回，黛玉初来，与贾母谈到吃药时，贾母说：“这正好，我这里正配丸药呢。”脂批道：“为后菖、菱伏脉。”至于贾菖、贾菱如何为黛玉配药，是否与黛玉之死有关，如果不读曹雪芹后面的文字，确实难以想象。

对于贾府之最后溃败，脂砚斋从多个角度作出批语。第75回，众人侍奉贾母吃饭，因为旱涝灾害，庄子上的米不能按数交来，取米饭已无馀。脂批道：“总为后文伏线。”贾母赏月时嫌人少。脂批道：“未饮先感人丁，总是将散之兆。”

第19回，在“袭人见总无可吃之物”这一句旁，脂批道：“以此一句，留与下部后数十回‘寒冬噎酸，雪夜围破毡’等处对看。”

第46回，鸳鸯说：“这如今因都大了，各自干各自的去了。”脂批：“此语已可伤；犹未各自干各自去；后日更有各自之处也，知之乎？”

第1回，在“因嫌纱帽小，致使锁枷杠”旁，脂批：“贾赦、雨村一干人。”

第2回，在“把宁国府竟翻了过来，也没有人敢来管他”，脂批：“伏后文。”

第4回，在“这四家皆联络有亲，一损俱损，一荣俱荣，扶持遮饰，皆有照应的”，脂批道：“早为下文伏线。”这一回又有总批：“此等人家岂必欺霸方始成名耶？总因子弟不肖，招接匪人，一朝生事，则百计营救，父为子隐，群小迎合，虽暂时不罹祸，而从此放胆，必破家败族不已，哀哉！”

对于王熙凤之结局，脂砚斋也尽给予披露。第16回，写平儿撒谎，瞒过贾琏放利钱的事，脂批道：“一段平儿的见识作用，不枉阿凤生平刮目。又伏下多少后文。”

第14回，写凤姐到宁国府协理秦可卿丧事，责打迟误的人，在“那抱愧被打之人含羞去了”，脂砚斋批道：“又伏下文，非独为阿凤之威势费此一段笔墨。”

铁槛寺王熙凤弄权，受贿三千两银子，拆散一段姻缘，致死两条人命。脂砚斋批道：“凤姐另住，明明系秦、玉、智能幽事，却是为净虚攒营凤姐大大一件事作引，凤姐恶迹多端莫大此件者，受赃退婚以致人命。”在“自此胆识愈壮，以后有了这样的事，便恣意的作为起来”，脂批道：“阿凤心机胆量，真与雨村是一对乱世之奸雄。后文不必细写其事，则知其平生之作为，回首时无怪乎其惨痛之态！”特别写出凤姐与贾雨村乃是一丘之貉，两人都是乱世奸雄，其结果亦最惨。

第 43 回，尤氏对凤姐说：“使不了明儿带了棺材里使去。”此处脂批道：“此言不假，伏下后文短命。”

即使是对一些小人物，脂砚斋也指出了结局。第 19 回，宝玉到袭人家里，看见袭人的几个姨妹，脂批道：“一树千枝，一源万派，无意随手，伏脉千里。”究竟这些人是何结局，已无法知晓。第 15 回，宝玉因秦可卿丧，随凤姐到郊外，见村姑二丫头，当面纺纱给宝玉看，又被其母亲唤走，宝玉“怅然无趣”。脂批：“处处点情，又伏下一段后文。”后文究竟怎样，亦难知晓。佳蕙是一个不起眼的小丫环，第 26 回曾和丫环小红一起出现过。脂砚斋也给予批语：“乃羡袭人是宝玉之爱妾也，为后文伏线，无怪后来被逐。”至于如何被逐已无法知晓。第 1 回，在“昨怜破袄寒，今嫌紫袍长”旁，脂批：“贾兰、贾茵一干人。”暗示兰、茵后来会做官。第 24 回，脂批贾芸道：“孝子可敬。此人后来荣府事败，必有番作为。”究竟有何作为，因后三四十回已“迷失”，也已不可能知道了，等等。

按曹雪芹的写法，又据脂砚斋的披露，前八十回中已把所有的伏线布置停当，文笔蓄势待发，到第 80 回末，已如同箭在弦上，正所谓“山雨欲来风满楼”也！贾府之崩塌已难避免。曹雪芹是写完了《红楼梦》全部的，但可惜后半部已全部被借阅者“迷失”。为什么会迷失呢？很大的可能，这是一件清时期的最大的“文字狱”。因为曹雪芹写出了整个贾府的崩溃，在世人看来，无疑就是直指清统治的崩塌，这不是最大的罪状吗？但碍于《红楼梦》的巨大影响，又拿不出直接的证据，于是就对《红楼梦》实施"腰斩"，第80回之后的文字荡然无存。至于到底是谁具体实施了这一"腰斩"，也许是曹雪芹的同情者，或者就是曹雪芹的家族中的人，为了避免给家族带来一场大灾难而不得不为之。直到二十八年后，出来一个叫高鹗的人，另续一段"家道复初"的结局，对《红楼梦》进行了一次脱胎换骨的改造，以致数百年来，形成了一百二十回本《红楼梦》欺世盗名的事实。

六十七、“尚属接榫”还是大为背谬

程伟元、高鹗在程甲本《红楼梦》序中称，后四十回与前八十回“尚属接榫”。究竟是尚属接榫，还是大为背谬，只有用事实来说话了。

首先瞧瞧《红楼梦》的三位主人公，宝、黛、钗是不是“接榫”。

宝玉是一个什么样的人，前八十回已塑造得相当完整。一个真情毕露，待人真诚，蔑视功名利禄，不虚伪、不矫饰、不恃势、不矜贵的怡红公子。而林黛玉就是一棵绛珠仙草，受神瑛侍者甘露灌溉，下凡还泪而来。她就是为情而生，为情而病，为情而死。宝、黛性情相对、互为知己，结成“木石之盟”。《红楼梦》前八十回中宝、黛之恋写得感天动地，催人泪下。而到高鹗的后四十回，却全走了样。续书第 82 回，宝、黛相见，黛玉就对宝玉大谈“读八股”、“取功名”来，竟然也说起了“混账话”。而宝玉经老学究贾代儒的“点化”，“天天按着功课”读书，对袭人说：“好姐姐你放心，我只好生念书”，“今儿晚上还要看书，明日师父叫我讲书呢”（第 82 回）。而宝、黛几次见面，不是“没有说话”，就是“相敬如宾”。到第 96 回后，林黛玉因“泄机关”而“迷本性”，宝玉却疯疯癫癫，如他自己说的那样，“她（黛玉）好的时候我不去，我病的时候她不来”（第 104 回）。两人简直互不答理，视同路人。

再对照宝玉对宝钗的态度，因中了凤姐设计的“掉包”婚礼，黛玉才死，宝、钗的感情就急遽升温。宝玉想宝钗也是“第一等人物”，“方信金石姻缘有定”。于是宝玉开始把“爱慕黛玉的心肠略移到宝钗身上”（第98回）。宝玉甚至拉着宝钗的袖子，央求宝姐姐“你说一句话，我的病包管全好”（第99回）。宝玉临出门，还令传话给宝钗：“告诉二奶奶，别在风地里站着”（第101回）。简直就是拣根鸡毛当令箭！这“两口儿这般恩爱缠绵”，连凤姐都羡慕得妒忌。高鹗唯恐这二位“爱”得还不够，“二五之精妙合而凝”（第109回），还让他们“缠绵”到生下“贵子”贾桂（按说这个贾桂也是贾府嫡传第五代，名字应起“草字头”，却换成了“木字旁”，为讨个“兰桂齐芳”竟顾不得了）。曹雪芹告诫的“空对着，山中高士晶莹雪；总不忘，世外仙姝寂寞林”，“玉带林中挂，金簪雪里埋”早被丢到九霄云外去了。这还是曹雪芹原著的宝、黛爱情悲剧吗？还能称作与前八十回“尚属接榫”吗？只能令我等捧腹。

再说其他人。巧姐的结局原本是“荒村野店纺织”的一个村姑，续书却把她嫁给了一个“家财巨万，良田千顷”的大财主周家，姑爷是个“文雅清秀”的新近科试中了的秀才，将来定是“升官”、“起家”、“子孙昌盛”（第120回），简直牛头不对马嘴。凤姐咽气时说了句“到金陵归入册子去”。凤姐的“册子”上写的是“哭向金陵事更哀”，书中把它变成了魂归金陵，显得极为勉强。探春远嫁海疆，却是“极好”，生活得很幸福，并且“服采鲜明”地回娘家来，“出挑得比先前更好了”（第119回）。三姑爷周统制一家也干脆全“调进京来”。“册子”上的那个“掩面泣涕”“从今分两地，各自保平安”的女子，消失得无影无踪。探春究竟是“生于末世运偏消”，“千里东风一梦遥”，还是大富大贵，时来运转？越看越让人糊涂。最令人读不懂的是元春。元春之死的关键是“虎兕相逢大梦归”。续书不敢正视“虎兕相逢”中隐含着的重大政治争斗之寓意，简单地说她死于“卯年寅月”（“虎兔相逢”）。元春生于“甲申年正月”（第86回），死于“甲寅年十二月”（第95回），按干支推算，只活了31岁，这也太残忍了。可是续书中又说她“存年四十三岁”，不知高鹗这位老先生是如何推算出来的，以至于会犯如此低级错误。有人于近年考证说，贾妃活43岁，隐含曹雪芹的大姑嫁给了讷尔苏平郡王为王妃，活了43岁。如果是这样的话，完全可以直接写出贾元春按干支推算存年43岁，又何必绕这个大弯、留下明显错误呢？元春之死也不是如“册子”所说的那么悲切，而是由于“圣眷隆重，身体发福”，“偶沾寒气，勾起旧病”，竟致“痰气壅塞而死”。原是圣上隆恩浩荡，福享太多而薨。这与曹雪芹设想的元春的结局，可是南辕北辙，大相径庭。再说湘云，其结局分明是“白首双星”，与其“才貌仙郎”的婚姻虽然地久天长，却始终是像牛郎织女那样“双星分离”，如隔天河，难以相聚，直至白头。续书却极为简单地说成“姑爷痨病死了，史妹妹立志守寡”，这算什么“白首双星”？是“接榫”还是不接？

在高鹗的续书中，就人物塑造上说，“金陵十二钗”中真正称得上“接榫”的是迎春。迎春死于中山狼孙绍祖的虐待，“可怜花柳质，一载付黄粱”。书中一直写到第109回，才让迎春返真元，“草草完结”。妙玉“遭大劫”，“终陷泥淖中”，表面上与“册子”基本相符，原因却是牵挂贾宝玉害“相思病”，闹得满城风雨，引起一伙强盗的注视，就动手劫了去，令人啼笑皆非。其他如香菱、袭人之“接榫”也尚说得过去。

事实证明，高鹗这个“闲且惫矣”（鲁迅语）的举人老爷，驾驭不了原著的庞大复杂结构，对人物思想性格本质之把握更是极粗线条，与曹雪芹相比，其艺术功力相差极远。

对贾府为首的四大家族的处置，则是反映高鹗与曹雪芹这两个人极为对立的政治态度。曹雪芹笔下贾府的结局很明确，就是“运终数尽，不可挽回”，就是“忽喇喇似大厦倾”，就是“落了片白茫茫大地真干净”。然而在高鹗的续书中，虽然贾府被抄了家，最终结果却是一场虚惊，“事出有因，查无实据”。贾赦原定的“交通外官”“倚势强索”“逼死石呆子”三款，皆有出入或“不能指实”；贾珍“强占民女”尤二姐，逼死尤三姐也“并非事实”，只有“私埋人命”一款虽属罪状，但可“从宽处理”；贾琏没有任何罪状，“平安无事”；贾蓉“年幼无干”。王熙凤更是女流之辈，外面所做之事都是男人们干的，与她无关。因此，别人所参之罪状统统是“参奏不实”，全都是治错了罪，抄错了家。于是，贾赦的罪名被免了，只割去了一个世职，回家养老享清福；贾珍不但免了罪，仍袭了宁国府三等世爵；贾政因为人品端正，为官清肃，不但仍任“工部郎中”，而且荣国公的世职由他“承袭”。两府“所抄家产，全行赏还”（第119回）。宁、荣二府，仍与查抄前一样峥嵘显贵。这哪里是什么治罪，分明是在演戏！

不但如此，高鹗还要贾府“更上一层楼”。贾府的后代贾兰中了“乡试”，还只是初步，“明年成了进士”，“日后还要有大出息”；宝玉及其儿子贾桂是“高魁子贵”。最后的结局呢？“现今荣宁两府，善者修缘，恶者悔祸，将来兰桂齐芳，家道复初。”（第120回）这个“复初”不只是复初到第三、第四代，完全可以理解成复初到荣公、宁公的第一代。竟是一代胜似一代！

不光是贾府，四大家族全都兴旺发达起来。王家的王子腾前部做到了“九省都点检”，续书又为他加官到“内阁大学士”，死后赐了个“文勤公”的谥号，王家子孙自然有享不完的“天恩祖德”。史家前部已委任了“外省大员”，续书又把保龄侯史鼎“调回”京城，继续做官。最可笑的是薛家，死囚薛蟠被无罪释放，且立誓要痛改前病，洗心革面，由“畜生”变成人，真的是“龙也下蛋了”。“搅家星”夏金桂被安排早早就死去，香菱给薛家生下一子“以承宗祧”（第120回）。这个皇商真就“恢复如初”了。连八十回前被抄了家的江南甄家也时来运转，续书安排甄应嘉“蒙恩还玉阙”，“赐还世职”（第114回），甄宝玉又中了举人，甄府反而比先前更鼎盛起来。

不可否认，高鹗续书在众多《红楼梦》续书中是写得最好的一种。它以“全璧”的姿态出现，对于传播、阅读《红楼梦》起了一定的历史作用。同时对曹雪芹的原著思想的传播，也起了很大的破坏作用。功过是非，自有公论。至于把续书硬要说成与前半部“尚属接榫”，那只是一厢情愿，自作多情而已。现在与曹雪芹时代相隔数百年，社会面貌、社会环境已发生翻天覆地变迁，再也没有人能够令人信服地“续”出《红楼梦》后半部了，因此，高鹗的续作地位，也是轻易动摇不了的。

当然，高鹗也决不是有意要与曹雪芹对着干，而是反映出两个人绝然不同的政治观念。高鹗俨然充当了一个封建制度的卫道士，而曹雪芹是一个封建社会的掘墓者。二者泾渭分明。曹雪芹用重墨写贾府的败亡，高鹗肯定是理解不了的。曹雪芹确实感觉到了数千年的封建专制社会行将灭亡。如果仅局限于一个贵族家庭的衰落，又何必以如此决然的笔墨，写下“落了片白茫茫大地真干净”这样的狠话？当然，也有人断言，《红楼梦》就是写了一个家族的衰落史，与整个封建社会的命运无关。我看说这话的人很有点“以小人之心，度君子之腹”的酸溜溜。曹雪芹是天才人物，不然他就写不出这部旷古绝唱的《红楼梦》，绝非我等凡夫俗子所能理解的。

六十八、“都云作者痴，谁解其中味”

写《红楼梦》是一件十分辛苦的事，当时又不能出版，也没有稿费。用现在的话说，既没名，也没利。曹雪芹究竟为什么而写作？说他具有自觉的初步民主主义思想，现在看来是不可能的。因为任何时代的思想，只是那个时代的生产关系的产物，说当时资本主义工商业处于萌芽状态，这是对的，但曹雪芹家族的没落是清王朝政治斗争的产物，与资本主义工商业并没有直接的联系。曹雪芹家庭遭变故，被抄家，使他感到没出路，处于无奈、苦闷、彷徨状态，这种心态不能硬给他安上一个什么资产阶级民主主义思想表现，他不可能成为新的生产关系的代表人物。然而，他对延续了三千年的封建社会制度难道没有更深入的思考？毋庸讳言，从曹雪芹倾注全力塑造的人物贾宝玉身上，我们看到的许多“离经叛道”行为，在过去的文学作品或实际生活中也曾出现过，如平等、自由，提倡婚姻自主、个性解放，又比如不愿做官、轻蔑仕途经济等，但是，曹雪芹笔下表现出的这些思想，我们确实体察到了一种“末世”的感伤，“悲凉之雾，遍被华林”（鲁迅语），既感受到了末日之将至，又无可奈何，这是以往的文学著作中所没有的。《红楼梦》的写作年代，是中国十八世纪中叶，正是所谓的清朝康乾盛世，人们习惯称之为“海晏河清”，实际上社会矛盾已空前激化，清王朝正处于由盛转衰阶段，新的生产关系已处于萌芽状态，而在同时期的欧洲，新兴资产阶级革命已经风起云涌。《红楼梦》的悲剧情怀，可以说是唱出了一曲没落封建社会的挽歌。书中的这种处于苦闷、凄凉精神状态下对封建社会的真实揭露，虽然还不能说已经跳出了封建的桎梏，但在客观上起到了打击封建专制的作用。因为最有力量的就是事实本身。在中外文学史上，几乎所有的大师都是尝尽世间之苦才成就辉煌事业，“艰难困苦，玉汝于成”。文学与苦难总有着不解之缘。正是处在这种苦闷、无助状态下，才激发起曹雪芹写作《红楼梦》的原始冲动，发出了“满纸荒唐言，一把辛酸泪，都云作者痴，谁解其中味”之感叹。这与其说是作者个人之感叹，实在也是当时的社会发展处于十字路口提出的疑问。

可是，谁又能解出其中之“味”呢？百年来对《红楼梦》的研究洋洋洒洒，蔚为壮观，不就是为解其中之“味”吗？作为对一部巨著之研究，主要应该放在巨著本身，深入体察其中表达的思想内涵、人文价值和艺术魅力，构建和丰富千百年来人类创造的灿烂思想文化艺术宝库。当然，围绕这部巨著对作者及其创作环境的考证也是必要的，以便更深入地了解作者的真实思想，加深对其作品的理解。但不能否认，在红学研究方面也确实存在一些“变味”的行为。就目前说，有的“研究”热衷于标新立异，采取的是“大胆的设想”，却缺少“小心的求证”，凭主观想象就武断地提出一些观点，以至别人看后总觉着似是而非，有的观点甚至很离奇。有的人摆出一副权威的架势，任意发挥，武断地提出一些观点或看法，一副“真理在握”的样子，却缺少谦虚和实事求是的精神。有的研究《红楼梦》，对前人的研究成果轻松地加以否定，然后搜罗能证明自己观点的依据，而对不符合自己的结论的史料却弃之不用。这种做法简直就是对学术的恶作剧。有人说，历史就是任人打扮的小姑娘，这句话用在当今《红楼梦》的研究上，倒显得很恰当。如有人对脂砚斋这个人，硬说不过只是一个抄书者，对《红楼梦》写作的影响极小，或者根本就否认有这个人，对前辈红学家查证到的脂砚斋是曹雪芹的“叔叔”之证据轻易就予以否定。还有的为了根本否定曹雪芹是《红楼梦》这本书作者的目的，搜寻各种依据，而对现存的有关曹雪芹创作《红楼梦》的大量历史资源，却视而不见。甚至根本否认与曹雪芹交往的朋友，如敦诚、敦敏等人的存在，这究竟是在构建红学，还是在拆“红墙”？不尊重前人的研究成果，总想方设法标新立异，立惊世之言，动不动就说前人的研究成果是错误的，其实这种态度本身就是反科学的，是极端错误的。如果红学发展到专注于后人排斥前人的“拆墙”研究方式，“张书记筑路，李书记挖土”，那就很可悲了。《红楼梦》是三百年前我们的先人留下的巨著遗产，是举世闻名的精神财富，而有关这部巨著的历史资料并不多，经过几代红学家的辛勤劳动，对这些历史资料，可以说能挖掘出来的，都进行了深入挖掘。对这些历史资料，最起码的态度是应该珍惜。当然，已挖掘出来的现存资料，并不是全部资料，还只是其中的一部分，甚至还出现了前后资料不一致的矛盾，这就要本着科学的态度，对所掌握的资料作全面分析鉴别，作出科学的结论。对不能作结论的可作为历史悬案留给后来者。如八十回后曹雪芹留下的手稿，按脂砚斋所批已“迷失”，按说如此重要的手稿，是不可能轻易失掉的，其本身就是无价之宝，如何会轻易“迷失”呢？很大的可能是出于某种原因被保存在某个地方，至今还没有被发现。也许随着时日的迁延，这个被“迷失”的手稿找了出来，这将是红学史上划时代的事件。当然，也许永远也不会出现这种情况。手稿之“迷失”本身就是一个解不开的谜。